D1865790

Anne Bax

Herz und Fuß

Roman

konkursbuch
Verlag Claudia Gehrke

Auch wenn es die Orte wirklich gibt, sind die Menschen in dieser Geschichte frei erfunden. Jede Ähnlichkeit mit lebenden oder toten Personen wäre von daher ein sehr großer Zufall.
Ganz wichtig: Die Aufsichten des Gasometers sind in Wirklichkeit ein wilder, wunderbarer Haufen und ich verdanke ihnen einige sehr schöne Jahre meines Lebens.

Wie soll ich meine Seele halten, daß
sie nicht an deine rührt? Wie soll ich sie
hinheben über dich zu andern Dingen?
Ach gerne möcht ich sie bei irgendwas
Verlorenem im Dunkel unterbringen
an einer fremden stillen Stelle, die
nicht weiterschwingt, wenn deine Tiefen schwingen.
Doch alles, was uns anrührt, dich und mich,
nimmt uns zusammen wie ein Bogenstrich,
der aus zwei Saiten eine Stimme zieht.
Auf welches Instrument sind wir gespannt?
Und welcher Geiger hat uns in der Hand?
O süßes Lied.

Rainer Maria Rilke

Das ganze Ruhrgebiet

lag uns im Abendlicht zu Füßen. Stadt an Stadt an Stadt, so weit das Auge reichte. Der hohe Gitterzaun, der die weitläufige Industriebrache, die uns umgab, vor Besuchern ohne Eintrittskarte schützte, wurde auf meinen Befehl zum unüberwindbaren Wassergraben um unser eisernes Schloss. Es war ein Freitag im Juli und das war unsere erste richtige Verabredung. Ich überlegte kurz. Vielleicht auch unsere zweite, auf keinen Fall unsere dritte, dafür wusste ich noch zu wenig über sie. »Von hier oben kann man bis Düsseldorf sehen«, flüsterte ich so stolz in ihr Ohr, als hätte ich den 117 Meter hohen und 68 Meter breiten Oberhausener Gasometer, auf dessen vorderer Aussichtsplattform wir standen, persönlich und nur für diesem Zweck umgebaut. Ich wies über Rhein-Herne-Kanal und Emscher hinweg weltgewandt in die Richtung, in der ich Düsseldorf vermutete. Mit bloßem Auge gesehen hatte Düsseldorf von hier oben noch kein Mensch. Wenn man es ganz genau betrachtete, war das einfach einer der Sätze, die wir in den täglichen Führungen gern benutzten, um Reisende aus ländlich geprägten Bundesländern zu beruhigen. Die Tatsache, dass man eine so gepflegte und modisch tonangebende Stadt wie Düsseldorf vom Dach einer gewaltigen, eisernen Tonne sehen konnte, deren Innenwände auf ewig mit dunklem Schmierfett bedeckt waren, ließ ganz Oberhausen gleich mehr nach Armani und weniger nach Armut aussehen. Dort im fernen Düsseldorf roch es schon morgens nach Chanel, hier roch es den ganzen Tag nach Kanal.

Ihr war das natürlich vollkommen unwichtig. Sie winkte fröhlich hinab zu einem langen Güterzug, der sich parallel zum Kanal mit vielen bunten Containern einem unbekannten Ziel entgegenschleppte. Ich nahm vorsichtig ihre warme Hand, ihre Finger schlossen sich mit angenehmem Druck um meine und wir schauten gemeinsam in den Sonnenuntergang. Die Sonne ging über Oberhausen natürlich nie an einem geraden Horizont unter, sondern sie blieb vorher immer an irgendeiner verbeulten Satellitenschüssel, einem qualmenden Schornstein oder einer frisch renaturierten Halde in der Nähe von Duisburg hängen. Im Moment riss sie sich gerade die komplette linke Seite an der Silhouette dreier stillgelegter, rostiger Hochöfen blutig und der ganze Himmel zerfloss dunkelrot.

Meine neue Eroberung fand auch das schön. Die warme Luft, die ihr das lange Haar zerzauste, umgab uns mit dem Duft von feuchtem Asphalt, irgendwo weit weg hatte es schon zu regnen begonnen. Ich zog sie näher zu mir und suchte in ihren blauen Augen nach meinem Spiegelbild. Da war ich, mein schmales Gesicht, meine dunklen Augen, mein fragender Mund mitten in ihrem sanften Lächeln. Sie war ein paar Jahre jünger als ich oder sie war deutlich älter. Vielleicht waren wir auch beide fünfunddreißig. Mein Herz klopft, flüsterte sie. Ich lauschte. Wenn ich noch ein Herz gehabt hätte, hätte es jetzt bestimmt auch heftig und hörbar geklopft. Aber leider blieb es in dem hohlen Raum in meiner Brust absolut still. Was sicher nicht nur an dem emotionalen Frontalzusammenstoß lag, der mir in einem Sommer wie diesem vor ziemlich genau acht Jahren das Herz zertrümmert hatte, sondern auch daran, dass ich in Wirklichkeit hier oben auf dem Gasometer vollkommen allein war.

Auf dem Kanal fuhr ein langes Binnenschiff Richtung Rhein und zog gerade seine Brücke ein, um unter der nächsten Eisenbahnüberführung hindurchzupassen. Kluges Schiff. Rechtzeitig den Kopf einzuziehen, hatte ich erst spät gelernt. Ich probierte, wie weit ich meinen Kopf zwischen die Schultern senken konnte, und war zufrieden, ich hätte locker unter der Brücke hindurchgepasst. Dann drückte ich meine Stirn gegen den Gitterkäfig über der Plattform, der verhinderte, dass Unglückliche ihre Probleme hier oben mit Hilfe der Schwerkraft lösten, und seufzte. Warum stellte ich mir ausgerechnet an diesem luftigen Ort immer so plastisch vor, dass es nach all den Jahren wieder eine Frau neben und ein Gefühl in mir geben könnte? »Weil das hier einfach unser Lieblingsplatz ist, nicht wahr?«, sagte ich zu der schmutzig grauen Taube, die am Rande des Daches bestätigend mit dem Kopf nickte. So nah am Abgrund, wie sie dort hockte, lief in ihrem Leben wohl auch nicht alles ganz glatt.

Vielleicht hätte ich ja etwas mehr gespürt, wenn ich mir die Augen der Frau, die mir das vergiftete Apfelstück aus dem Hals küssen sollte, grün vorgestellt hätte und ihre Haare kurz und perfekt geschnitten? Oder wenn ich ihr dunkle Augen gegeben hätte? Braune? Gesprenkelte? Ein grünes und ein blaues? Eine Augenklappe? Welches war eigentlich die häufigste Augenfarbe? Und welche gefiel mir am besten? Hatten mir IHRE Augen damals eigentlich von Anfang an gefallen? Ich starrte auf das eiserne Gitter, an dem ich allein lehnte, auf die Taube, die immer noch nickte, und konnte mich nicht erinnern. Das war gut. Alles was ich über SIE vergessen konnte war gut. Die Taube gurrte jetzt leidgeprüft und spähte entschlossen in die Tiefe. »Erstens kommt, wer auch immer dich verlassen hat, davon auch nicht zurück, zweitens kannst du fliegen. Also lass es!« Ich sprach so laut, dass die Taube erschreckt aufflog und mit wirrem Blick Richtung Kanal davonflatterte. Konnten Tauben schwimmen?

Die Sonne hatte den Kampf gegen die drei toten Hochöfen mittlerweile verloren und war ergeben in einen der stillgelegten Erzbunker gefallen. Das nutzte der Regen, um zusammen mit der Dämmerung heranzueilen und das Dach, den Güterzug, das Schiff, die Stadt und mich mit den ersten kleinen Tropfen zu besprenkeln. In meiner Hand knarzte das schwarze Funkgerät leise und erinnerte mich daran, dass ich meinen abendlichen Kontrollgang über die drei Aussichtsplattformen auf dem Dach des Gasometers nun endlich fortsetzen sollte. Ich nahm die Stirn vom Gitter und ging langsam weiter.

Eigentlich mochte ich diese stillen Stunden am Abend, die mir mein Job als Projektleiterin dieser spät berufenen Ausstellungshalle bot, besonders. Es war die Zeit, wenn die Aussichts- und Kulturhungrigen die Welt wieder durch ihren Fernseher betrachteten und wir in unserem untergegangenen Industrieriesen in kleiner Besetzung dem Ende des Tages entgegenträumten. Das heißt, ich träumte, der Hausmeister reparierte, die Aufsichten rauchten und die Kassenkräfte zählten.

Ich machte mich auf den Weg von Plattform eins, an der der Außenaufzug hielt, mit dem ich vor einigen Minuten angekommen war, auf den Rundkurs zu den beiden anderen Plattformen. Zurück würde ich auf dem äußeren Treppenturm zwei Stockwerke bis in die zehnte Etage gehen und von dort den gläsernen Aufzug im Innern nehmen, der einen durch den gigantischen, dunklen, stillen Raum schweben ließ wie einen einsamen Taucher durch die Tiefsee.

Sein kathedraler Innenraum hatte diesen gelernten Gasspeicher Ende der achtziger Jahre vor dem Abriss bewahrt und ihm diesen neuen Job als Wahrzeichen und Museum auf dem zweiten Bildungsweg beschafft. Die Fahrt durch die Schwärze hinab in die wechselnden Ausstellungen wurde mir nie langweilig, aber bevor ich heute schweigend schweben konnte, galt es erst mal auszuschließen, dass jemand die Nacht hoch über dem Ruhrgebiet verbringen wollte. Es gab zwar für jede Plattform auf dem Dach auch eine Überwachungskamera, aber diese Wunderwerke der Technik hatten mehr tote Winkel als der frühe VW-Käfer.

Ich schlenderte in Richtung Plattform zwei. Alles hier oben war ruhig und menschenleer, kein vergessener Besucher, der noch die Aussicht genoss, kein Lebensmüder, der nach ewigem Schlaf suchte. Von dieser Aussichtsplattform hatte ich den direkten Blick auf Europas größtes Einkaufszentrum, das die Frontlinie der ganzen Region in der Schlacht gegen den Untergang darstellte. Früher hatten auf dem gleichen Gelände Zehntausende in Stahlwerken und an Hochöfen gearbeitet, heute brachte es diese selbst ernannte neue Mitte der Stadt auf ungefähr dreihundert Tapfere, die Freizeitkleidung und Flachbildfernseher verkauften. Sollten wir die Schlacht verlieren, würden wir dort später einfach einen Gedenkstein aufstellen: Wanderer, kommst du nach Oberhausen …

Gerade spuckte der lang gestreckte Flachbau seine Besucher Kleinwagen für Geländewagen für Mittelklassewagen in Richtung A 42 aus. Eine träge Metallpolonaise, die im dunklen Rot des Sommerabends angemessen bedeutungsvoll glänzte. Der Wind trug mit den Regentropfen buntes Tonkonfetti des Karaokewettbewerbs, der an Sommerabenden mit gnadenloser Regelmäßigkeit in einem der Biergärten rund um das Konsumschlachtfeld stattfand, zu mir herauf. Ein eiliger Schwarm in der Mitte getrennter Akkorde und zerrissener Texte, die selbst so kleinteilig noch von dem Schrecken kündeten, den sie auf ebener Erde zu verbreiten wussten. Ich wanderte schnell weiter, der letzten Plattform entgegen. Ein großer Fetzen eines vielstimmigen Refrains über einen Stern, der meinen Namen trug, verfolgte mich bis zur nächsten Kurve, wo seine kurze stellare Reise von der Außenwand des Gasometers unsanft beendet wurde. Mich freute das, denn von Liebesliedern schmerzte mir auch nach acht Jahren ohne Liebe noch anfallartig die Milz.

Irgendetwas schimmerte in einer Ecke der letzten Plattform zwischen den Gitterstäben grünlich, als ich dem Weg weiter folgte. Ich ging unwillkürlich ein wenig schneller. Wahrhaftig, in der linken Ecke der dritten, großen Plattform lag oder stand ein grüner Gegenstand. Sehr grün, unangenehm grün. Ich kniff die Augen zusammen, um besser sehen zu können, aber der unbestimmte grüne Gegenstand ließ sich mit den begrenzten Möglichkeiten meiner Augen nicht näher heranzoomen. Wahrscheinlich hatte wieder jemand seinen Rucksack zum Fotografieren abgenommen und ihn dann einfach vergessen. Leute vergaßen alles Mögliche, Taschen, Schirme, Mäntel, manchmal sogar Kinder. Wir trugen alles zusammen und bewahrten es auf, die Kinder unterhielten wir altersgerecht mit Geschichten über den garstigen Gasometergeist, der unter dem Dach schwebte, was ihre Freude über die Rückkehr der Eltern verstärkte. »Hat jemand heute nach einer grünen Tasche gefragt? Oder irgendetwas Grünem?« Ich drückte die Taste der Funke, während ich langsam Richtung Plattform ging.

Helmut, der Hausmeister, knurrte als Erster eine Antwort. »Bei mir nicht.«

Auch die Kasse und die Garderobe verneinten und verabschiedeten sich in den Feierabend. Ich ging näher. Also hatten wir hier einen Gegenstand, den niemand vermisste. In der Dämmerung und auf diese Entfernung sah die Fundsache jetzt eher wie eine kleine Skulptur aus, vielleicht fünfzehn Zentimeter hoch, unten breiter oben schlanker. Konnte auch eine Vase sein. Wer vergaß denn eine Vase? »Helmut schaust du mal auf den Monitoren, ob noch jemand außer mir auf dem Dach ist?« Vielleicht ließ sich der Besitzer ja noch zeitnah mit seinem Eigentum wieder vereinigen.

»Wer soll denn da noch sein? Ich sehe nix!« Wahrscheinlich hatte er gar nicht geguckt.

Ich trat vom Weg, der in weitem Kreis um die erhöhte Dachmitte des Gasometers führte, auf die Plattform hinunter und blieb ungefähr zwanzig Meter vor dem grünen Gegenstand stehen. Ein ganz kleines, aber trotzdem spürbares Gefühl von Unbehagen ließ mich an dieser Stelle innehalten. Weit unten kreischten die Bremsen des Güterzugs klagend auf, als sollten sie den Soundtrack für einen Horrorfilm liefern. Ich spielte mit der Taste des Funkgeräts und überlegte kurz, ob ich Helmut bitten sollte, zu mir aufs Dach zu kommen. Um gemeinsam eine Vase im Zwielicht zu betrachten? Seine Meinung dazu würde ich mir dann wochenlang anhören können. Vielleicht war das ja sogar ein Scherz der Aufsichten. Wenn ich mir allerdings überlegte, wer heute Dienst hatte, war auch das mehr als unwahrscheinlich. Diese spezielle Gruppe städtischer Angestellter musste schon in Einzelgesprächen beruhigt werden, wenn sie ihre Kaffeetassen verwechselte.

Ich sah jetzt zum ersten Mal ganz genau hin.

Nein, eine Vase war das auch nicht. Eher ein Schuh, ein großer, halbhoher Stiefel, über den ein Witzbold einen schrecklich grünen Wollstrumpf gezogen hatte. Der obere Teil hatte einen Zipfel, als hätte man dort einen Knoten gemacht. Also doch ein Scherz? Sehr lustig. Vom Licht des Tages war jetzt nicht mehr viel übrig. Die blauen Scheinwerfer, die den oberen Teil des Gasometers bei Einbruch der Nacht in einen Lichtkranz hüllten, glimmten langsam auf und tauchten die Plattform in unwirkliches Zwielicht. Der Güterzug fuhr auf der anderen Seite mit einem lauten Zetern seiner eisernen Räder wieder an und ich fuhr mit einem kleinen Schrei zusammen. Was war denn heute Abend mit mir los? Ich ging entschlossen weiter. Ja, das war ein Schuh, ein ziemlich großer halbhoher Herrenschuh, und auch das mit dem grünen Strumpf stimmte. Ich stellte mein Funkgerät auf den metallenen Boden und hob den Schuh hoch. Er war eiskalt und ein wenig feucht. Ich drehte ihn in beiden Händen. Die Kälte war so intensiv, dass ich sie in meinen Fingern spüren konnte. Wie konnte ein Schuh, noch dazu ein Schuh in einem so dicken, dichten Wollstrumpf, an einem so warmen Julitag so kalt sein? Schwer war er auch noch. Vielleicht war er aus Metall. Ich stellte den Schuh wieder auf den Boden und nestelte an dem Knoten, mit dem der Strumpf oben zusammengebunden war. Die neonfarbene Wollsünde war eindeutig selbst gestrickt, an den Fasern einiger giftgrüner Wollfäden hingen winzige, glitzernde Wassertropfen. Der Regen wurde stärker und ich fluchte, während der Knoten nur widerwillig nachgab. Endlich hatte ich ihn gelöst, zog das längere Ende aus der Schlaufe und spähte vorsichtig in die Öffnung. Die Seiten des Strumpfes klebten aneinander. Da war etwas Dunkles, etwas Rotes? Es sah aus wie eine … Blume? Ich zögerte kurz und griff dann langsam in den kalten, grünen Strumpf, der meinen Unterarm einen unschönen Augenblick lang wie ein feuchter, kratziger Ärmel umschloss, und berührte etwas Weiches. Ein wenig angewidert zog ich meine Hand schnell aus dem klammen, engen Wolltunnel und brachte mit festem Griff das weiche Objekt mit ans Dämmerlicht. Es war die perfekte Blüte einer großen, roten Rose ohne Stil. Eine Rose ohne Dornen. Sie war wunderschön und ihre Blätter schienen genau für dieses Licht gemacht zu sein, denn sie changierten gekonnt zwischen tiefschwarz und blutrot. Ich nahm eines der dunklen Blütenblätter zwischen die Finger. Es war ebenfalls eiskalt. Ein kleiner Regenschauer huschte über die Plattform und hinterließ eine feine Gänsehaut auf meinem Arm. Der Tag hatte plötzlich viel von seiner Wärme verloren. Warum stellte jemand einen Schuh mit einer wunderschönen roten Rose und einer extrem hässlichen grünen Wollsocke auf das Dach des Gasometers? Ich krempelte den Strumpf langsam tiefer, um zu sehen, was für eine Art Schuh es war. Falls Helmut doch einen seiner durchgeschwitzten Arbeitsstiefel im kleinen Grünen als Spaß hier für mich auf die Plattform gestellt hatte, dann würde sein Abend unerfreulich enden. Aber Helmut würde keine vollkommene Rose für mich auf den Schuh legen, ich war mir nicht einmal sicher, ob Helmut wusste, dass es Schnittblumen gab. Der Strumpf war ziemlich lang und eigenartig steif, fast wie gefroren. Er ließ sich nur schwer krempeln. Schließlich erreichte der Strumpfbund den Rand des Schuhs und das Leder wurde sichtbar. Ich hatte irgendetwas Dunkles erwartet, das wurde mir plötzlich bewusst, als der Rand erschien.

Das Leder war aber nicht dunkel. Es war blass. Es war blass, es war bläulich und marmoriert.

Mein Blut schoss aus dem Kopf, weil es nicht mehr in der Nähe meiner Augen sein wollte, und sammelte sich brodelnd im Magen. Die Magensäure tanzte von dieser Invasion beleidigt schäumend nach oben. Ich würgte und fühlte mich leicht werden. Ich starrte auf das obere Ende des Schuhs und sah den glatt durchgesägten Knochen umgeben von gefrorenem Fleisch.

Das war kein Leder.

Das war kein Schuh.

Das war ein menschlicher Fuß.

Dann fiel ich um.

Der Himmel über mir

war dunkel und der Boden unter mir warm.

»Charlie! Charlotte!« Aus dem Funkgerät schallte hektisch mein Name. Ich schlug beide Augen gleichzeitig auf und sie starrten ins Grüne. Der feine Flaum aus winzigen Fasern, der die dicken, grünen Wollfäden umgab, kitzelte meine Nase. Ich fuhr entsetzt hoch und mein rechtes Knie tat dabei höllisch weh. Offensichtlich war ich zuerst auf ein Knie gesackt und dann seitlich umgekippt. Genau neben den gefrorenen Fuß, der immer noch dort stand und dem nichts mehr wehtat. Mir wurde schlecht. »Helmut …« krächzte ich würgend und schluckend in das Funkgerät, dessen Sprechtaste ich endlich gedrückt hatte. Ich blickte flehend zu der Überwachungskamera, die ihre Bilder an seinen Arbeitsplatz übertrug. Bewegen konnte ich mich nicht, mein ganzer Körper fühlte sich taub an und mir war, als würde auch ich am Boden festfrieren.

»Bin unterwegs« kam seine Antwort und ich konnte hören, wie sich die Tür des Außenaufzugs in der Ferne quietschend öffnete. Er war schon fast da. Wie lange hatte ich hier gelegen? Ein paar Minuten sicherlich, es war jetzt schon ziemlich dunkel und der blaue Lichtkranz strahlte hell. Ich schielte wieder hinunter auf den Boden. Gleich würde ich nicht mehr allein mit diesem … diesem Ding hier sein. Helmut kam für sein Alter ungewöhnlich schnell über den Rundkurs zu mir herab. Die sandfarbene Weste mit den vielen Taschen, die er täglich trug, wehte trotz der vielen praktischen Werkzeuge, die in ihr verborgen waren, leicht an beiden Seiten nach hinten. Auf der Plattform angekommen, stellte er sich stützend neben mich. Ich deutete ohne jede Einleitung auf das Stillleben am Boden. »Das ist ein Fuß, Helmut, ein menschlicher, gefrorener, toter Fuß. Und eine Rose, pflanzlich, aber auch gefroren. Hat hier irgendein Wahnsinniger abgestellt.«

Es auszusprechen machte es in einem neuen Maß schrecklich und mir wurde wieder schlecht.

Helmut betrachtete den toten Fuß und schüttelte in einer eigenartig ruckartigen Bewegung seinen Kopf. Er seufzte dabei einmal tief, dann wackelte der Kopf still weiter. Sprechen war nicht seine Art. Er hatte dreißig Jahre lang die Straßen Europas allein und schweigend aus dem Führerhaus eines Lkw vorbeiziehen sehen, bevor er als Frührentner diesen Hausmeisterjob angenommen hatte. Selbst Lobbyisten für die Tabakindustrie hätten in dieser Situation wohl nach den passenden Worten gesucht.

»Polizei …«, stellte er nach langem Schweigen fest, als hätte er die Lösung für eine komplizierte Rechenaufgabe gefunden.

Wir sahen uns kurz an. Er war ein kleines bisschen blasser als sonst und die Furchen auf seiner Stirn schienen tiefer zu sein. Ich war froh, dass ich mein eigenes Gesicht nicht sehen musste, und nickte.

Seine Schulter tippte ganz leicht an meine. »Bist du in Ordnung?«

»Auf keinen Fall!«, sagte ich und deutete auf mein Knie, auf dem sich ein dunkler Blutfleck auf der Jeans abzeichnete. Eigentlich hätte ich auch auf jede andere Stelle deuten können, denn die Körperteile, die nicht schmerzten, zitterten.

»Komm weg hier.« Er zog mich am Arm in Richtung des Aufzugs.

Ich deutete auf den Fuß. »Den lassen wir hier stehen?«

»Weglaufen kann er ja wohl nicht.«

Wo Helmut recht hatte, hatte Helmut recht.

Die Polizei verwandelte den leeren Parkplatz, die Aufzüge und den ganzen Gasometer in Minutenschnelle in

Orte hektischer Betriebsamkeit. Jede verfügbare Lichtquelle musste auf die hellste Stufe geschaltet werden, als wäre die Dunkelheit ein störendes Wesen, das es zu vertreiben galt. Aber ganz ließ sie sich nicht vertreiben, sie rückte nur etwas zur Seite und schaute aus sicherer Entfernung zu. Die verbliebenen Aufsichten wurden von Polizisten in Uniform verhört. Uniformierte Männer und Frauen mit Hunden und Taschenlampen durchkämmten das gesamte Gebäude, die umliegende Brache, die Gleise und das Kanalufer. Es wurden Spuren gesucht, Fotos gemacht und überall wurden laut Anweisungen erteilt. Helmut und ich standen inmitten dieser Betriebsamkeit, wie zwei Mensch-ärgere-dich-nicht-Figuren, die darauf warteten, von einem unsichtbaren Spieler auf das nächste Feld geschoben zu werden. Und wirklich schob man uns hin und her und nach einiger Zeit gemeinsam mit zwei Beamten in Zivil in geringem Abstand zum grünen Fuß auf das Dach. Hier beantworteten wir die Fragen der beiden, die sich leise murmelnd aufschrieben, was wir sagten. Der Größere, der sich mit einem hohen Dienstgrad und einem langen Namen vorgestellt hatte, sprach dabei immer nur mich an. Der Kleinere befragte Helmut. Er hatte nicht viel aufzuschreiben.

Der Große deutete auf die Plattform, auf der der Fuß von anderen Beamten untersucht wurde, und ich folgte seiner Hand mit den Augen.

»Sie waren also auf dem Dach und da stand der Fuß?«

»Ja.«

»Genau da?«

»Ja.«

»Sie waren allein auf dem Dach?«

Ich zögerte einen Moment, weil ich an mein Traumrendezvous denken musste. Aber das zählte nicht. Die Taube und das verwehte Lied vom Stern wohl auch nicht.

»Ja, ich war allein.«

»Aber komplett einsehen konnten Sie das gesamte Dach zu keiner Zeit?« Er sah sich um und es war einfach, sich diese Frage selber zu beantworten.

»Nein, das konnte ich nicht.«

»Es hätte also theoretisch noch jemand hier oben sein können?«

Wie beruhigend, sich das noch einmal klarzumachen. »Ja.«

»Ist Ihnen heute unter den Besuchern irgendjemand aufgefallen, der sich eigenartig benommen hat?«

An manchen Tagen waren wir froh, wenn sich ein paar Menschen nicht eigenartig benahmen.

»Mir ist heute niemand aufgefallen.« Auch Helmut schüttelte den Kopf.

»Ist irgendjemand in ihrem Team neu hinzugekommen in den letzten Monaten?«

»Und kommt regelmäßig mit einer Kühltasche zur Arbeit?« Der korrekte Ermittler neben mir hatte die verdienten Stadtmitarbeiter, die in den Gasometer »befördert« wurden, sicher noch nicht persönlich gesehen, sonst wäre ihm klar gewesen, dass ihnen zu all den vielen Aktionen, die für eine solche Tat nötig wären, die Energie fehlte.

»Hier ist niemand neu.«

Beide Beamten registrierten meine Verärgerung mit einem kurzen Blickwechsel.

»Sie gehen jeden Abend zur selben Zeit aufs Dach?«

»Wenn ich Dienst habe, also jeden zweiten Tag, ja.«

»Immer allein.«

»Ja.« Leider.

»Gestern um diese Zeit wäre dann ihre Kollegin hier oben gewesen?«

»Ja.« Das hatten wir alles schon im Kassenhäuschen besprochen, zusammen mit den Namen und Dienstplänen aller Mitarbeiter.

»Was haben Sie getan, als Sie den Fuß gesehen haben?«

»Ich habe ihn nicht für einen Fuß gehalten. Ich dachte es wäre ein Fundgegenstand. Eine Tasche, eine Vase oder so etwas. Und dann dachte ich, es wäre vielleicht ein Schuh mit einer Socke darüber. Ein Scherz. Deshalb habe ich die Socke aufgeknotet und hineingefasst. Oben auf dem Fuß, in der Socke lag die Rose.«

Die Rose lag immer noch dort neben dem Fuß, wo ich sie fallen gelassen hatte. Im immer wieder aufflammenden Blitzlicht sah sie unnahbar und schön aus.

»Und dann habe ich den Fuß gesehen und bin umgefallen.« Ich zeigte auf mein Knie, dem noch immer keinerlei medizinischer Beistand zuteilgeworden war, ich hatte allerdings auch nicht darum ersucht. Das Blut auf der Jeans war mittlerweile schon verkrustet.

Der Große machte ein Geräusch in der Kehle, das wohl Mitleid ausdrücken sollte, aber eher wie ein unterdrücktes Rülpsen klang.

»Haben Sie irgendjemanden gesehen, als Sie nach oben gefahren sind?«

»Nein, habe ich doch schon gesagt! Es waren schon seit einer halben Stunde keine Besucher mehr auf dem Gelände. Theoretisch natürlich. Das hier ist nicht das Museum Folkwang, das ist ein ehemaliger Gasspeicher auf einer Brache am Kanal, wer sich hier wirklich verstecken will, der schafft das auch. Aber wir kennen die meisten Ecken und schauen überall nach. Die Fahrt aufs Dach ist immer der letzte Punkt. Danach werden beide Aufzüge abgestellt und der Treppenturm verschlossen.«

»War denn von den Aufsichten jemand vorher noch hier oben?«

»Nein, die waren alle vier unten beschäftigt.«

»Die Kameras zeichnen nicht auf?« Er deutete auf die Linse, die sich auf unsere kleine Versammlung richtete.

»Nein.«

»Haben Sie ein Foto gemacht? Mit dem Handy?«

»Nein, ich habe mein Handy heute zu Hause liegen lassen.« Bis jetzt hatte ich über meine möglichen fünfzehn Minuten Youtube-Ruhm nicht einmal nachgedacht. Ich hatte noch nichts getwittert und kein Facebook-Update gemacht. Ich war alt.

»Gut.« Er klappte sein Notizbuch zu. »Sie können jetzt nach Hause gehen, wir werden uns aber sicher in den nächsten Tagen noch einmal unterhalten müssen.«

Ich nickte, das waren Sätze, die man aus Krimis kannte und die deshalb unwirklich klangen. Mir fiel nicht ein, was die Menschen in den Büchern und den Filmen an dieser Stelle erwiderten, also ging ich wortlos. Gemeinsam mit Helmut schwebte ich im Innenaufzug der Erde entgegen. In Höhe der fünften Etage drehte er plötzlich seinen Schlüssel im Schloss der Bedienungsleiste und brachte den Aufzug zwischen Himmel und Erde zum Stehen, ein Privileg, das sein Job mit sich brachte. Im vollen Licht aller Scheinwerfer sah der auf hundert Meter von keiner Zwischendecke unterbrochene Raum noch größer aus. Das schwarze Teer an den hohen Wänden, das früher das gespeicherte Gas am Entweichen gehindert hatte, glänzte giftig.

»Meinst du, da hat einer jemanden umgebracht und die anderen Teile liegen auch noch bei uns herum?« Er schaute dabei nicht mich, sondern seinen Schlüsselbund an. Sein Kopf begann wieder leicht zu wackeln und er sah mehr als jemals zuvor wie Lukas der Lokomotivführer aus.

»Ich weiß nicht. Warum sollte jemand so etwas tun?« Mir fielen auf Anhieb einige Gründe ein, ich sah viel fern.

Er zuckte mit den Schultern. »Vielleicht lebt der Typ ja auch noch und ihm fehlt nur der Fuß.«

Dieser Gedanke zog ein Heer schrecklicher Bilder von Verliesen und dunklen Kellerräumen hinter sich her, die auch Helmut nicht entgingen. Er drehte den Schlüssel ruckartig in die andere Richtung und wir fuhren weiter.

»Tot oder lebendig, irgendwo muss der Rest ja sein.«

Es gab viel zu nicken an diesem Tag, denn wieder hatte Helmut recht.

Am Boden waren jetzt nicht mehr nur Polizisten, sondern auch ungeheuer viel Presse. Gleich mehrere Wagen der lokalen Fernseh- und Radiosender hatten sich zu später Stunde auf den Weg gemacht und parkten jetzt so dicht am Zaun wie gerade noch möglich. Interessant, wie schnell sich so ein herrenloser Fuß auf einer Landmarke der Industriekultur herumsprach. Wenn man bedachte, wie schwer es manchmal war, dieselben Medien für eine Ausstellungseröffnung zu begeistern, brachte einen dieser Auftrieb zu mitternächtlicher Stunde auf komische Ideen. Ich schlich mich vorbei an den lauten Spekulationen, ob es nun ein oder mehrere Teile eines Menschen, eine ganze Frau oder ein halber Mann waren, in den Container, der immer zu Ausstellungszeiten hinter den Gasometer gehoben wurde und als mein Büro diente. Es gab einiges zu erledigen und das versah die Ereignisse der letzten Stunden mit einem Hauch von Normalität. Ich verband das Knie, das böse aufgeschürft war und bläulich schimmerte, hinterließ meiner Kollegin eine Nachricht auf der Mailbox, dass sie morgen frei habe und ich ihr alles in Ruhe erklären werde. Dann änderte ich die Arbeitspläne der Aufsichten, denn am Wochenende musste die Ausstellung geschlossen bleiben. Vermutlich nur am Wochenende, hatte die Aussage der Polizei gelautet, und damit die Geschäftsführung des Gebäudes, die natürlich auch erschienen war, in echte Verzweiflung getrieben. Tod war eine Sache, finanzieller Verlust eine ganz andere. Ich organisierte alles gründlich und befand mich in einem eigenartigen Zustand, in dem ich nicht gehen wollte und nicht bleiben konnte. Ein paar Mal spielte ich mit dem Telefon und überlegte, ob ich Baby, meine beste Freundin, anrufen sollte. Aber wie eröffnete man ein Gespräch über menschliche Teile, die man kurz vor Feierabend gefunden hatte? Du rätst nicht, was mir heute passiert ist?

Immer noch erhellte viel künstliches Licht den ansonsten so dunklen Bereich um den Gasometer. Auf dem Kanal lag ein Boot der Wasserschutzpolizei und erschreckte die Ratten am Ufer mit einem großen Scheinwerfer. An dunklen Winterabenden begegnete ich den klugen Nagern manchmal auf ihrem Weg zu unseren Papierkörben. Sie hatten es nie sonderlich eilig, sondern gingen vorsichtig und spähten wählerisch in jeden Korb, als arbeiteten sie einen winzigen Einkaufszettel ab, den sie in ihrem grauen Fell verborgen trugen. Ich grüßte sie freundlich, ohne ihnen zu nahe zu kommen, so wie ich entfernte Bekannte grüßte, wenn ich sie auf dem Markt traf. Wie diese Marktbekannten, grüßten sie eher verhalten zurück.

Jetzt sah ich den Fuß plötzlich wieder deutlich vor mir. Würden sie noch mehr menschliche Teile bei uns finden? Auf dem Dach lag ein Fuß. Lag im Erdgeschoss ein Kopf? Mit einer grünen Mütze? Der sanfte Hauch von Normalität, der sich schmeichlerisch über die Einsatzpläne gelegt hatte, erhob sich und wurde von einem Luftzug durch das gekippte Fenster hinausgeweht. Das Bild eines kalten, grünen, weit verstreuten Menschenpuzzles erschien vor mir im Raum und ich bekam plötzlich nicht mehr genug Luft. Eine unsichtbare Hand drückte mir auf den Brustkorb und ich atmete verzweifelt gegen den Druck. Zu viele Fragen.

Wer war der Mensch, der auf dem Fuß gestanden hatte? Wo war der Mensch, der dafür gesorgt hatte, dass er es nicht mehr tat? Hier in der Nähe? Draußen in der Dunkelheit hinter dem vielen Licht? Meine Luftröhre fühlte sich wie der grüne Wolltunnel an, in den ich gefasst hatte. Kratzig, eng und kalt. Ich stand auf und machte hektisch die Schreibtischlampe aus, ich musste dringend nach Hause, lange duschen und schlafen. Es klopfte an der Tür, die Klinke wurde hinabgedrückt und ich erschrak heftig. Da war er, der Wollstrumpfmörder, er kam, um mich zu holen. Ich tastete in der Dunkelheit hektisch nach dem Brieföffner.

»Entschuldigen Sie?« Ein junger Mann mit einer großen schwarzen Kamera vor dem Bauch schob die Tür auf und lächelte mich an. Mein Magen pochte bis zum Hals.

»Was?« Ich brüllte den Fremden an. Wo war der verdammte Brieföffner, ich verhedderte mich im Kabel der Computermaus.

»Keine Angst. Ich bin von der Presse« Er hielt lächelnd einen Presseausweis hoch und trat sicherheitshalber einen Schritt zurück.

Da wir schon seit Langem nur noch elektronische Post hatten und deshalb gar keinen Brieföffner besaßen, nahm ich meine Tasche, ging mutig auf ihn zu und schob ihn vor mir aus dem Büro.

»Sie haben den Fuß gefunden, nicht wahr?« Er schoss lächelnd ein Bild von mir.

Ich schloss ab, während er immer weiter redete und fotografierte. Warum mir nicht die Idee kam, ihm das zu verbieten, war mir später selber unerklärlich.

»Schlimme Sache! Sie waren geschockt? Sie waren allein da oben? Wahrscheinlich mit einem verrückten Mörder? Es war nur ein Fuß? Im Schuh? War da ein Brief? Haben Sie den Fuß angefasst? Wie hat er sich angefühlt?« Seine schnellen, lauten Worte wurden von kurzem, hellem Licht begleitet wie Donner von Blitz. Ich eilte mitten durch mein privates Gewitter schweigend den Weg zur Kasse entlang. Der Fremde folgte mir bis zur Kassentür wie ein feuchtes Stück Toilettenpapier, das einem am Absatz klebte, und blieb dort ob meines nachhaltigen Schweigens an einem neuen potentiellen Gesprächspartner mit weißem Kittel hängen. Ich sah nachdenklich zu, wie das Gewitter weiterzog. Helmut wartete schon auf mich und gemeinsam schlichen wir auf Umwegen zu unseren Wagen, die nebeneinander auf dem Parkplatz standen.

»Bin morgen trotzdem hier«, murmelte Helmut als Abschiedsgruß und das brachte mich zum Lächeln. Die Ordnung der Welt war nicht komplett zusammengebrochen.

Zu Hause in Duisburg angekommen schlich ich leise an der Wohnung meiner Mutter im Erdgeschoss und an meinem eigenen wild blinkenden Handy auf dem Küchentisch vorbei, zog mich aus und rollte mich zitternd im Bett zusammen. Ich zog die vertraute Umgebung meiner Wohnung um mich wie eine schützende Decke. Ich wollte nicht duschen, nicht sprechen, nicht erklären, nicht beschreiben, nicht beantworten, am liebsten hätte ich auch mit dem Denken aufgehört. Mir war, als wäre das Bild des abgesägten Fußes mir durch die nächtlichen Straßen bis in meine Wohnung gefolgt und spränge jetzt wild im Zimmer umher. Dort lag es auf dem Boden, da hing es an der Wand oder starrte mich aus dem dunklen Bildschirm des Fernsehers an. Ich wollte die Augen nicht offen lassen und traute mich nicht, sie zu schließen, weil mir der kalte Fuß dann sofort unter die Augenlider folgte. Also schaute ich blinzelnd in die Dunkelheit und strich immer wieder über meinen Arm, als könnte ich wenigstens das Gefühl des klammen, kratzigen Strumpfes wegwischen. Ich atmete laut ein und aus und meine Lunge verarbeitete die Luft zu Blei und schickte sie in schweren Klumpen durch meine Blutbahnen. Alles tat mir weh. Irgendwo da draußen gab es einen Menschen ohne Fuß und einen Menschen ohne Skrupel, der grüne Wollsocken strickte. Und hier drinnen gab es eine Frau, die nach ihrem verlorenen Herzen gesucht und eine gefrorene Rose gefunden hatte. Ich war mir in diesem Moment sicher, dass das für immer und alle Zeiten der seltsamste Tag meines Lebens bleiben würde.

Ich sollte mich gründlich irren.

In IHREN Armen

war ich sicher. SIE hielt mich fest und spielte summend mit meinen Haaren. Die warmen Sonnenstrahlen kitzelten unsere Gesichter. IHR langer Kuss war ein Versprechen, das SIE meinem Mund gab. SIE flüsterte mir etwas ins Ohr, ich lachte. Im Sommer schien

SIE mich immer mehr zu lieben, als gäbe das viele, helle Licht IHR mehr Mut für dieses Gefühl. Diesen ganzen Winter über hatte SIE sich kaum gemeldet und dass SIE dann zurückgekommen war, hatte mich hilflos vor Glück gemacht. Ich drückte SIE fest an mich und SIE blökte leise.

Ich erschrak und schaute auf Nana Mouskouri, mein altes Stoffschaf, das ich mir im Schlaf ans Gesicht gepresst hatte. Blök, machte es wieder, weil mein Ohr genau auf dem Knopf am Schafsbauch lag, der dieses Geräusch auslöste. Mein Bett war vollkommen zerwühlt und mein linker Eierstock zuckte vor Schmerz, als mir klar wurde, dass ich nur geträumt hatte. Ich wusste nie, welcher Teil meines Körpers schmerzen würde, wenn ich an SIE dachte, ich wusste nur, es würde nicht mein zerfetztes Herz sein. Nächtliche Träume von IHR waren sehr selten geworden und ich fragte mich, warum sie ausgerechnet jetzt zurückkehrten. Dann fiel mir der grüne Fuß ein und alle Härchen auf meinen Armen standen auf, als wollten sie wegrennen. Gestern Abend war etwas schwer Fassbares in meinem Leben passiert und es fühlte sich an, als hätte dieser junge Schrecken beschlossen, nicht allein zu bleiben. Also hatte er sich Gesellschaft auf meinem weitläufigen Gefühlsfriedhof gesucht, wo er natürlich als Erstes die riesige, reich verzierte Marmorgruft mit IHREM Namen entdeckt hatte. Prima.

Hier in meiner Wohnung, im Tageslicht mit einem zotteligen Stoffschaf im Arm, kam mir der gestrige Abend vollkommen unwirklich vor. Alle Dinge standen an ihrem Platz und die Sonne schien hell und freundlich. Es würde ein warmer Julisamstag werden. Die hellen Rechtecke auf der Raufasertapete, über denen einst Bilder von IHR und mir gehangen hatten, waren immer noch nicht komplett nachgedunkelt. Ich ließ sie unbedeckt, weil sie bewiesen, dass manche Dinge Zeit brauchten. Und manche Dinge gingen sehr schnell. Man sackte zum Beispiel viel schneller, als ich gedacht hatte, neben einem bestrickten Körperteil zu Boden. War mir das wirklich passiert? Bevor ich diese Frage klären konnte, stürzte die Antwort schon zusammen mit meiner Mutter durch meine Schlafzimmertür.

Leichenteile auf dem Gasometer – Sie fand den eisigen Fuß! stand in großen, schwarzen Lettern unter einem unvorteilhaften Bild von mir auf der Titelseite einer Zeitung, bei der es kein Zufall war, dass sie nicht »Wort« hieß. Meine Mutter mit einer Zeitung zu sehen, war an sich schon ungewöhnlich, sie deckte ihren gesamten Informationsbedarf eigentlich ausschließlich über das Internet.

»Was ist aus der guten alten Sitte des Anklopfens geworden?« Ich legte Nana Mouskouri zur Seite und nahm ihr die Zeitung aus der Hand.

»Unter diesen Umständen?« Sie beugte sich über mich und unterstrich die einzelnen Worte langsam mit dem Zeigefinger, während sie laut und dramatisch vorlas. »Wahnsinniger Mörder in Oberhausen? Wo versteckt er sein zerstückeltes Opfer?«

»Und du vermutest, das Versteck könnte in meinem Schlafzimmer sein?« Ich überflog den Rest des »Artikels«, der aus einer wirren Sammlung von Vermutungen, apokalyptischen Prophezeiungen und zwei oder drei Fakten bestand. Man merkte jeder entsetzten Zeile die Freude über das plötzliche Ende des Sommerlochs an. Irgendwie war es der Polizei aber wohl gelungen, die Rose dem Blick der Öffentlichkeit zu entziehen, denn sie wurde mit keinem Wort erwähnt.

»Von der Rose scheinen sie nichts zu wissen«, sagte meine Mutter, deren lange graue Haare ausnahmsweise zu einem einzigen ordentlichen Zopf geflochten waren. Ich betrachtete die Frau, die erst spät im Leben an Fortpflanzung gedacht hatte, und die ich deshalb als junge Frau nur von Bildern kannte. Und ich fand, sie sah an diesem Morgen deutlich jünger aus als ich. Was vielleicht an ihrem Umgang lag.

»Ich dachte Duislexic macht im Netz nur noch legale Sachen?«

»Ich habe ihn gebeten, ein bisschen nachzuschauen. Immerhin geht es um meine Tochter.« Sie schaute unschuldig. Ich ließ mich von diesem Ich-bin-eine-alte-Frau-in-einer-neuen-Welt-Blick nicht täuschen.

Man muss über meine Mutter ein paar Sachen wissen. Das Auffälligste an ihr war für Außenstehende wohl die Tatsache, dass sie das Haus nur ungern verließ. Seit mein Vater vor fünf Jahren, genau 912 Stunden, nachdem er seinen Ruhestand um zwei Jahre verspätet angetreten hatte, bei einem nicht selbst verschuldeten Autounfall ums Leben gekommen war, beschränkte sich ihr physischer Wirkungskreis dramatisch. Sie hatte bei dem Unfall neben ihm auf dem Beifahrersitz gesessen und war äußerlich vollkommen unverletzt aus dem Autowrack ausgestiegen. Was allerdings in ihrem Inneren vorging, blieb ihr Geheimnis. Als sie nach einigen Wochen aus der Kur zurückkehrte, ging sie zwar noch unsere Straße hinauf zum Einkaufen oder hinab zum Arzt und zum Gemeindehaus, aber nie mehr weiter als 912 Schritte. Sie vermaß im ersten Jahr nach dem Unfall die Welt mit gesenktem Kopf, Schritt für Schritt, und alles, was außerhalb ihrer selbst erschrittenen Grenze lag, wurde für sie unerreichbar. Wieso ausgerechnet die Zeiteinheit seines kurzen Ruhestandes ihren Radius bestimmte, behielt sie für sich und ich hütete mich davor, es anzusprechen. In ihrer Küche hing eine große Tabelle, die die Schrittentfernungen zu wichtigen und unwichtigen Punkten innerhalb unserer Stadt angab. Die erreichbaren Punkte waren grün, die unerreichbaren rot eingezeichnet. Ihr vorzuschlagen, einen roten Punkt zu besuchen, löste bei ihr die gleiche Reaktion aus, die ein Mensch der Frühgeschichte gezeigt hätte, hätte man ihm vorgeschlagen, seinen Einbaum über den Rand der flachen Erde hinauszupaddeln. Die beiden Psychologen, die mein Bruder anschleppte, bescheinigten ihr eine gesunde Psyche sowie den beginnenden Wahnsinn und meine Mutter freute sich über beide Gutachten. Den weitaus größten Teil ihrer Zeit verbrachte sie seit dem Unfall in unserem Haus, in dem sie das Erdgeschoss bewohnte, oder im Garten. Sie fuhr nie wieder Auto, Bus, Zug oder auch nur Fahrrad. Und sie ließ sich die Haare nicht mehr schneiden. Stattdessen flocht sie ihr stetig wachsendes Haar zu zwei ordentlichen Zöpfen, die ihr das Aussehen der späten Pippi Langstrumpf verliehen. Nur wenn mein Bruder sich ankündigte, löste sie die

Zöpfe, ließ das graue Haar wild um den Kopf wallen und blickte aus gekonnt verwirrten Augen in die Welt.

Was den meisten Menschen nicht auffiel, aber eigentlich viel erstaunlicher war, war die Tatsache, dass sie trotzdem Angst einflößend gut über die Welt hinter dem 912. Schritt Bescheid wusste. Der Grund dafür war ein streunender, junger Legastheniker, dessen Bekanntschaft sie kurz nach dem Unfall bei der freiwilligen Hausaufgabenbetreuung der Gemeinde (532 Schritte) gemacht hatte. Duislexic17, wie er sich im Netz nannte, konnte das Wort »programmieren« zwar weder flüssig lesen noch richtig schreiben, aber er konnte es mit digitalem Leben füllen. Meine Mutter brauchte jemanden, den sie retten konnte, Duislexic brauchte Halt. Wie zwei Einbeinige klammerten sich die beiden aneinander und begannen zu rennen. Er wurde mit den Jahren zum halbwegs legalen und sehr erfolgreichen Programmierer und den alten Rechner meines Vaters ersetzte nach und nach eine hochmoderne Schnittstelle zum Weltwissen. Wenn sich in ihrem neuesten Laptop die Freundeslisten bei den verschiedensten Social Networks aufklappten, dann gaben sie unzählige Kontakte überall auf der Welt frei. Ich war mir sicher, dass keiner dieser digitalen Freunde vermutete, dass der allwissende ErzEngel eine zweiundsiebzigjährige Witwe aus dem Ruhrgebiet war. Die Rentner im Gemeindehaus, denen sie Nachhilfe im Online-Shopping erteilte, bewunderten sie. Ich war nie sicher, ob ich es seltsamer fand, eine Mutter zu haben, die eine so enge Grenze um ihr reales Leben gezogen hatte, oder eine, die im virtuellen Netz keine Grenzen kannte. Ich war mir allerdings sicher, dass mich die normale Mutter meiner Kindheit weniger interessiert hatte.

»Du weißt also, was passiert ist?« Ich warf ihr einen Blick zu, der auch darum bat, es nicht erzählen zu müssen.

Sie setzte sich zu mir und Nana Mouskouri aufs Bett und strich mir die Haare aus der Stirn. »Ja. Ich habe den Polizeibericht und den Bericht des Gerichtsmediziners gelesen. Es ist schon interessant, wie oft sensible Dokumente einfach zu schlecht gesicherten E-Mail-Accounts weitergeleitet werden. Der Bericht des Gerichtsmediziners kam allerdings erst vor ein paar Minuten und ist vorläufig. Er fährt jetzt über das Wochenende auf eine Fortbildung. Im Laufe der nächsten Woche kommen da sicherlich noch Ergebnisse dazu, einige Tests dauern länger. Willst du es hören?«

So wie sie es formulierte, klang es, als ob die verschiedenen Berichte und Untersuchungsergebnisse auf ihren digitalen Wanderungen ganz automatisch in ihrem Computer vorbeischauen mussten. Und da Duislexic ein paar unsichtbare Umleitungsschilder aufgestellt hatte, blieb ihnen wohl auch nichts anderes übrig. »Wissen sie, wer es ist? Ich meine, zu wem der Fuß gehört?« Es fiel mir immer noch schwer, den Fuß als Teil eines Menschen zu sehen, und mein Magen schleuderte bei der Vorstellung eine kleine Säurefontaine hinauf in den Rachenraum.

»Nein. Es gibt keinen Hinweis auf die Identität des Fußbesitzers, aber tot ist er. Sie vermuten im Moment, dass er obdachlos war. Sehr gepflegt war der Fuß nicht und Vermisstenanzeigen für einen Mann jenseits der Siebzig liegen in der Region nicht vor. Bundesweit muss das noch genauer ermittelt werden. Es steht auch fest, dass er schon tot war, als ihm der rechte Fuß entfernt wurde, tot und auch schon eingefroren. Abgehackt übrigens, nicht abgesägt. Es gibt einen Fingerabdruck auf der Rose. Nach einem Vergleich mit deinem Funkgerät sind sie sicher, dass es deiner ist. Todesursache war vermutlich die große Menge Ameisensäure, die er im Körper hatte.«

Ich hatte noch nicht gefrühstückt und würde es nach diesem Morgen wahrscheinlich auch nie wieder tun, obwohl die übereifrige Magensäure etwaige Speisen schon auf der Höhe der Mandeln in Empfang nehmen wollte.

Das, was ich gestern gefunden hatte, war also ein Teil eines eingefrorenen, schmuddeligen, älteren Herrn, dem jemand den rechten Fuß abgehackt hatte und der voller Ameisensäure war. Mir kribbelten jetzt neben dem Rachen auch noch beide Waden und ich versteckte sie unter der Decke.

»Wie kommt man an Ameisensäure im Körper?« Wollte ich das wirklich wissen? Ich hielt Nana Mouskouri stellvertretend die zotteligen Ohren zu.

Man merkte, dass ErzEngel den Morgen nicht nur zum Haare flechten, sondern auch zur Online-Recherche genutzt hatte, denn sie sprudelte eifrig hervor: »Ameisensäure ist ein toxisches Folgeprodukt von Methanol. Dein Fuß hatte getrunken, wahnsinnig viel und wahrscheinlich selbst gebrannt, das geht immer mal wieder schief.«

»Oder jemand hat ihn mit Methanol vergiftet?« War mir das lieber?

»Nun ja, irgendjemand hat nach seinem Tod auf eine herkömmliche Bestattung verzichtet, ihn umgehend eingefroren und stellt ihn jetzt portionsweise aus. Da wäre es schon möglich, dass die gleiche Person auch für sein Ableben gesorgt hat, nicht wahr?«

Die viele Zeit in einer Welt der Ja-nein-Entscheidungen ließ meine Mutter oft etwas gleichgültig gegenüber menschlichen Verwicklungen wirken. Was sie auch war.

»Und warum hat dieser Mensch dann jetzt einen Fuß aufs Dach des Gasometers gestellt?«

»Das, meine Liebe, wird ohne jegliches Fachwissen in vielen Internetforen heftig diskutiert. Die meisten glauben, dass da jemand nach Aufmerksamkeit für seine Tat sucht. Viele fragen sich, ob das nur der Anfang war und ob das jetzt der Sommer eines Serienmörders wird. Ich frage mich, warum Heiner heute Morgen in aller Frühe mit dieser Zeitung in der Hand vor der Tür stand und mit dir sprechen wollte. Ich habe ihm gesagt, dass du eine Frau mitgebracht hast, gestern Abend, und dass ich die halbe Nacht nicht schlafen konnte, weil ihr beim Sex so laut wart. Das hat ihn verscheucht, aber er hat angedroht, wiederzukommen. Neugier ist eine interessante Emotion.«

»Wo sollte ich denn gestern Abend noch eine Frau kennengelernt haben?« Ich sah ErzEngel strafend und ein klein wenig amüsiert an.

»Das hat er mich nicht gefragt. Wenn er mich

gefragt hätte, hätte ich ihm von meiner Vermutung erzählt, dass es sich um die ermittelnde Kommissarin handelt. Gut aussehende Frau übrigens. Er fürchtet ja schon länger, dass ihr Lesben den Staat unterwandert.« Der unschuldige Blick auf ihrem Gesicht wurde von einem schelmischen Blinken in ihren Augen überstrahlt.

Schöne Kommissarin hin, unterwanderte Exekutive her, das war wirklich eine interessante Neuigkeit. Es gab also etwas, das meinen älteren Bruder auf die schwesterliche Türschwelle trieb. Normalerweise wich er allen Informationen über mich und mein lästerliches Treiben leicht angewidert aus. Seine lesbische Schwester fand einen einzigen gefrorenen Fuß und schon suchte er das geschwisterliche Gespräch. Wie rührend.

»Wahrscheinlich hat Stracciatella ihn geschickt, damit sie beim Tennis was zu erzählen hat. War die Zeitung noch kalt?«

Wir grinsten uns an. Stracciatella war die Frau meines Bruders und hieß eigentlich Lena-Stella. Wir hatten sie umgetauft, weil weder meine Mutter noch ich ganz sicher waren, dass sie nicht zum Teil Gletscher war und ihre Seele kalte Schollen kalbte.

Obwohl sie schon eine gefühlte Zahnwurzelbehandlung ohne Betäubung mit Heiner verheiratet war, kamen wir ihr auf Grund der unheimlichen Kälte, die von ihr ausging, nicht nah genug, um es genau zu überprüfen. Für meinen Bruder, dem unsere solide, proletarische Herkunft und seine etwas zu alten Eltern immer wie zwei hartnäckige Eiflecke auf seiner makellosen Finanzdienstleisteruniform erschienen waren, war sie die Erfüllung aller Träume gewesen. Ihr bürgerliches Elternhaus war freistehend, mediterran eingerichtet und abbezahlt, ihre Eltern waren ewig jugendliche, weit gereiste Pädagogen, die ihren Alkoholismus Önophilie nannten und bevorzugt neben einem Schälchen gefüllter Oliven auf toskanischen Terrassen auslebten. Nachdem Stracciatella ihn nach gründlicher Prüfung seines Einkommens erhört hatte, hatte Heiner sie eine Weile vor sich hergetragen wie der Priester die Monstranz bei der Fronleichnams-Prozession. Bedauerlicherweise hatte mein großer Bruder in seinem Glück über diesen Aufstieg in die nächsthöhere Konsumkaste damals übersehen, dass seine Auserwählte die sozialen Fähigkeiten einer Muräne hatte und auch deren Körpertemperatur. Nach der feierlichen Eheschließung hatten sie in schneller Folge zwei blasse, kühle Söhne bekommen, deren nüchterne Namen vermuten ließen, dass ihre Eltern sie nur benannt hatten, weil es ihnen nicht erlaubt gewesen war, sie zu nummerieren. Kurt und Frank waren das, was entstand, wenn man einen hohlen Eisblock mit einem geltungssüchtigen Langweiler kreuzte. Sie waren blutleere, arrogante, kleine Besserwisser, die schon jetzt an zwei Modelleisenbahnen bauten, die sie später in den Kellern ihrer jeweiligen Doppelhaushälften mit ihren eigenen Söhnen betreiben würden. Wenn man ihnen zusah, wie sie mit ihren blassen Fingern ordentlich die winzigen Weichen stellten, die kleinen Menschen vor den kleinen Häusern postierten und die Züge in ihren ewigen Kreisen fahren ließen, war das wie ein Blick in ihre Gehirne. Ich schloss nicht aus, dass einer von beiden das Zeug zum gestörtesten Serienmörder seiner

Generation hatte, aber man durfte da wohl auch nicht zu viel erwarten.

Heiner selber lief ständig leicht erkältet durch sein Leben und fragte sich hoffentlich heimlich, warum so viel gelebte Bürgerlichkeit nicht glücklicher machte.

»Möchtest du weiterschlafen, Otter?«

Meine Mutter nannte mich nur in ganz vertrauten Momenten bei diesem Kindheitsnamen und sie war auch die Einzige, die Charlotte auf diese Art zerlegen durfte. Sie stellte ein paar Gegenstände auf meiner Fensterbank schräg, legte ihren langen Zopf einmal nach vorne, dann wieder nach hinten und ihr Gesicht zeigte deutlich, dass sie sich Sorgen um mich machte.

»Ich weiß nicht. Ich glaube ich werde duschen, das Frühstück überspringen und Baby anrufen. Vielleicht hat sie Lust auf einen Spaziergang.« Ich beugte das geschwollene Knie und der schnelle Schmerz, der mir durch den Körper fuhr, ließ diese Idee nicht sinnvoll erscheinen.

»Oder ich bleibe den Rest des Tages hier liegen und bedauere mich ausgiebig.« Es klang lustig, als ich das sagte, aber eigentlich war es mir ernst. Luise Gabriel, meine Mutter, hob die rechte Hand an die Stirn. Das tat sie immer, wenn sie etwas Wichtiges sagen wollte.

»Rose-Lotte Stein hat gestern einen Marmorkuchen für dich gebacken. Er wartet unten in der Küche.«

Das fehlte noch. Zu den Dingen, die einem den Tag und den Magen gründlich verderben konnten, gehörten die Backwaren von Rose-Lotte Stein aus dem Senioren-Computerkurs meiner Mutter. Ich wusste gar nicht, womit ich ihre regelmäßigen Zuwendungen verdiente, aber seit meinem Besuch beim Kurs im letzten Winter gab sie ErzEngel immer neue gebackene Geschenke für mich mit. Sie sprach nie, auch im Kurs nicht, und legte den verschiedenen Plätzchen, Kuchen und Teilchen manchmal einen kleinen Zettel bei, auf dem mein Name in ungelenken Großbuchstaben stand. Da ich sie nicht verletzen wollte, schrieb ich immer eine kleine Dankesnotiz und warf die unfassbar schlechten Backkreationen in den Müll.

»Willst du mich umbringen? Wirf den Marmorkuchen bitte einfach weg. Mein Leben ist doch schon schwer genug.«

»Du solltest eine Beziehung haben.«

»Genau!« Ich dachte nicht daran, sie wissen zu lassen, wie oft ich über diese Möglichkeit nachdachte, und versuchte es mit Ironie. »Alle Menschen sollten eine Beziehung haben für den Fall, dass sie eines Tages tote Füße finden. Zu zweit ist das viel leichter zu bewältigen.«

»Es würde dir gut tun zu lieben.« Sie ließ ihre Hand am Kopf und sah aus, als wollte sie in dieser Position in Marmor gemeißelt werden.

»Es hat mich beim letzten Mal fast umgebracht.« Und ich versuchte es mit Ehrlichkeit.

»Genau deshalb solltest du es wieder tun«

»Willst du mich loswerden?« Ich fragte mich, wie aus einem Gespräch über mutmaßlichen Serienmord eine Diskussion über mein Liebesleben geworden war.

»Du musst doch nicht weg, sie könnte zu dir ziehen, Platz hast du genug.«

Wenn meine Mutter jede abstrakte Ebene so geschickt vermied wie jetzt, hatte es keinen Sinn, weiter zu diskutieren, also beschloss ich, sie zu beruhigen.

»Schauen wir mal, was ich diesen Sommer noch finde, Füße, Frauen, wer weiß das schon?«

»Es ist schwer, das Glück in uns zu finden, und es ist ganz unmöglich, es anderswo zu finden«, murmelte meine Mutter, bevor sie den Raum verließ. Schade, dass ErzEngel nicht pauschal reiste, denn auf einem Feld in Bethlehem suchten sie schon seit zweitausend Jahren jemanden mit ihren Fähigkeiten.

Die Reaktion meiner Freundin Baby, die am späten Nachmittag mit Pizza erschien, auf meine ausführliche Schilderung der Ereignisse war da schon eindeutiger. Sie lauschte mir kauend und nickend und sagte dann schließlich: »Ich habe das meiste schon in der Zeitung gelesen. Gruselig. Hat dich nach dem ganzen Stress wenigstens eine attraktive Polizistin in Uniform verhört?«

Ich drohte ihr mit dem Pizzamesser. »Das ist nicht dein Ernst, oder? Hast du dich mit meiner Mutter unterhalten?«

Baby grinste und ihre ebenmäßigen Zähne blitzten mich verführerisch an. Wenn sie so wie jetzt lachte, sah sie auch mit Mitte dreißig noch wie die vielen androgynen Jünglinge in den Werbespots für teure Düfte oder scharfe Rasierklingen aus. Wenn man sie entkleidete, sah sie wohltuend anders aus. Dass ich nie darüber nachgedacht hatte, sie auszuziehen, lag wohl hauptsächlich daran, dass wir uns schon gekannt hatten, als wir beide noch alle Milchzähne besaßen. Einen

Eckmilchzahn hatte sie mir auf meinen dringenden Wunsch gezogen, ich ihr einen Schneidemilchzahn bei einem wilden Singspiel ausgeschlagen. Man schlief grundsätzlich nicht mit Frauen, deren Milchzähne man aus dem Kiefer geholt hatte.

Beatrix Bischoff, die Baby genannt wurde, seit das Kürzel BeBi auf einer Liste in der Grundschule aufgetaucht war und eine leicht zu amüsierende Grundschulklasse es fortan benutzte, war eine Frau, der man ihre sexuelle Orientierung schon im Kindergarten angesehen hatte. Es gab nur ein Kinderfoto von ihr im Rock und auf diesem Bild weinte die ungefähr Sechsjährige so bitterlich, dass es einem auch heute noch das Herz umdrehte. Warum auch nicht, argumentierte sie, wenn mal wieder irgendwer sie auf ihre sichtbare sexuelle Orientierung ansprach, wäre ich schwarz, würde man das ja auch immer sehen. Sie war genau die Art sanfte Herzensbrecherin, mit kurzem Haar und festen Muskeln, die es Heterofrauen schwer machte, bei ihren festen Vorsätzen zu bleiben. Und Lesben in ihren festen Beziehungen. Wir teilten viele Interessen und Ansichten, nur was die Liebe anging, gehörten wir zwei grundsätzlich unterschiedlichen Glaubensgemeinschaften an. Für sie waren amouröse Gefühle so etwas wie die Jahreszeiten Frühling und Sommer. Aufregend, belebend und warm, solange sie dauerten. Wenn es in ihren Beziehungen auf den Herbst zuging oder plötzlich Winter einsetzte, nahm sie das mit kurzer Wehmut und der Gewissheit hin, dass sich die Erde ja weiterdrehte und der nächste Jahreszeitenwechsel quasi schon vor der Tür stand.

Ich dagegen hielt die Liebe für so etwas wie eine totale Sonnenfinsternis. Ein Naturphänomen, äußerst selten, mächtig, ein wenig unheimlich und gesundheitsgefährdend, wenn man es schutzlos erleben wollte. Da wir beide nicht zum Missionieren neigten, konnten wir unsere unterschiedlichen Glaubensrichtungen friedlich nebeneinander ausleben. Das heißt, Baby lebte ihre Richtung aus und ich philosophierte unter dem Einfluss alkoholischer Getränke über meine.

Baby nahm sich zusammen und fragte: »Und da stand dann einfach so dieser Fuß auf eurem Dach?«

»In einem grünen Strumpf, mit einer roten Rose. Das mit der Rose ist nicht für die Öffentlichkeit gedacht. Sie wollen möglichen Trittbrettfahrern keine Hinweise geben.« Ich sah die dunkle Blüte im kargen Licht der Dämmerung die Farbe wechseln. Wie konnte derselbe Mensch, der einem Toten kaltblütig den Fuß abhackte, eine so wundervolle Rose aussuchen?

»Im Fuß befinden sich ein Viertel aller Knochen des menschlichen Körpers.« Baby zog einen langen Käsefaden mit einem Stück Pizza Richtung Mund.

Ich schüttelte den Kopf, wieder einmal überrascht von den Wissensfetzen, die sie aufsammelte und großzügig weitergab, wollte aber das Thema menschliche Knochen nicht unbedingt vertiefen. »Und was gibt es über Rosen zu wissen?«

Baby legte ihren Zeigefinger um den Käsefaden, als wollte sie einen Bogen spannen, und zog ihn nach hinten. Der Käsefaden ließ sich willig dehnen, dachte aber gar nicht daran zu reißen. Schließlich gab Baby nach und riss ihn mit beiden Händen in der Mitte auseinander. Anschließend wickelte sie sich den Käse um den Finger und schob ihn sich genüsslich in den Mund. »Lesbian Fun Fact: Sappho war die Erste, die die Rose die Königin der Blumen genannt hat.« Sie überlegte. »Und für die Germanen war sie die Blume des Todes, die auf Opferstätten und Gräber gepflanzt wurde. Beides sehr interessant. Liebe und Tod. Liebe oder Tod? Da macht sich jemand Gedanken über die großen Fragen im Leben. Entweder das oder die Rose war ein Geschenk. Eine germanische Gabe für den Toten? Eine sapphische Aufmerksamkeit für dich? Der Hilfeschrei einer gestressten Botin von Fleurop? Ja, das könnte es sein. Ich sehe sie vor mir. Jahrelang bringt sie diese prachtvollen Sträuße zu diesen glücklichen Menschen und keiner sieht die einsame Frau hinter den arrangierten Astern oder den gebündelten Geranien. Und in ihrem Kopf wächst ein Plan heran, ein düsterer, schrecklicher Plan. Das gibt dem Begriff ›blühende Fantasie‹ eine ganz neue Bedeutung.« Sie verstummte nachdenklich und wickelte wieder mit großer Konzentration Käse um ihren Finger, als wollte sie eine ebenmäßige Spindel füllen, um sich danach die Wolle für einen Käsepullover zu spinnen. Mir gefiel keine der angebotenen Alternativen. Egal ob germanisch, griechisch, oder floristisch, das Ganze war zu krank für meinen Geschmack. Ich verstand allerdings auch den literarisch verbreiteten Wunsch, gestörten Mördern in die Tiefen ihres Wahnsinns zu folgen, im Gegensatz zu Baby selten.

Wir aßen eine lange Weile schweigend weiter. Mir erschien die Pizza, die ich sonst ohne Schwierigkeiten verspeiste, heute riesig groß. Ich schnitt sie ohne jeglichen Appetit in immer kleinere Stücke und schob diese auf dem Pizzakarton hin und her wie in Tomatensoße getauchte Bauern und Läufer auf einem Schachbrett ohne Felder. Ein rundes Pizzastück mit einem großen Champignon erklärte ich zur Dame und setzte mit ihr den mit einem Zwiebelring gekrönten König matt. Dann klappte ich den Deckel über diese mehr als sterbliche Partie. Baby steckte sich nach dem letzten Stück Pizza und der Käsespindel einen Kaugummi in den Mund. Seit sie nicht mehr rauchte, waren stark nach Minze duftende Kaugummis ihre ständigen Begleiter. Ich mochte diesen Minzgeruch sonst sehr, heute roch er so streng, als könnte man in ihm tote Spinnen konservieren. Es war, als müssten sich nach der Begegnung mit dem Fuß meine Wahrnehmungen neu sortieren und auch meine Konversationsmanieren ließen zu wünschen übrig, denn ich setzte unser Gespräch ohne Ankündigung fort.

»Das hat mit mir nichts zu tun. Jeder, der den Fuß gefunden hätte, hätte auch die Rose gefunden.«

Baby kannte mich lange genug, um den Faden kommentarlos aufzunehmen. »Natürlich, aber niemand außer dir hat ihn gefunden. Und das lässt die Möglichkeit offen, dass jemand genau dir eine Botschaft überbringen wollte. Jemand, der genau weiß, wo du hingehst und wann du allein bist. Jemand mit einem Sinn für Dramatik. Eine unerwiderte Liebe vielleicht? Der schüchterne Junge, den du in der Grundschule zurückgewiesen hast? Der immer noch bei seiner Mutter wohnt und der so freundlich zu den Nachbarn ist?«

Baby las wirklich zu viel. Sie las vor allem zu viele Kriminalromane, in denen wahnsinnige Serienmörder ihre Opfer alphabetisch geordnet meuchelten und schließlich von schlauen Forensikern anhand der Fortpflanzungsphasen von Maden oder Fruchtfliegen überführt wurden. Dass diese Wahnsinnigen am Ende zur Strecke gebracht wurden, war beruhigend. Allerdings waren die Serientäter meist schon in der hinteren Hälfte des Alphabets angekommen, wenn sie ihr gerechtes Schicksal endlich ereilte. Das war weniger beruhigend. Die scharfe Minze ließ meine Augen tränen.

»Bist du sicher, dass ich diese Bilder für mein geistiges Auge brauche?«

»Tut mir leid. Ich glaube, ich möchte nur, dass du wachsam bist. Sehr wachsam!« Baby drückte mich an sich und hielt mich lange fest. Der Minzduft vermischte sich mit ihrem herben Parfüm wieder zum vertrauten, wohligen Duftnebel, der mich einhüllte.

In dieser Nacht träumte ich von einem grünen Fuß, der mich durch ein Meer roter Rosen verfolgte. Ich rannte bis zur Erschöpfung, aber der Fuß kam schnell näher und die Rosen umfingen meine Füße wie ein Moor. Ich fühlte mich bei jedem Schritt tiefer und tiefer versinken. Alles wurde kalt und klamm. Das Rosenmoor reichte mir erst bis zum Bauch, dann bis zum Hals und drückte sich mir schließlich in den Mund. Ich rang nach Luft. Ein Geruch von Minze und Moder fuhr mir in die Nase. Der Fuß blieb vor mir stehen und ich griff nach ihm, weil er im roten Blumenmeer das Einzige war, das Halt bot. Er war eiskalt und so glitschig, dass ich immer wieder abrutschte. Weit entfernt auf einem Hügel, stand eine Floristin, deren grüne Schürze blutgetränkt war. »Liebe und Tod!« schrie sie immer wieder mit schriller Stimme, während ich in Rosenblüten ertrank. »Tod und Liebe!«

Die nächsten Tage

vergingen mit neuen Befragungen durch die Polizei und einigen seltsamen Anfragen an meine Profile bei Lesarion und Facebook. Ich lehnte alle analogen und digitalen Kontaktangebote ab, nachdem mich eine junge Lesbe mit einer quer über das linke Auge tätowierten Spinne in einer Kneipe angesprochen hatte und mit hungrigem Blick wissen wollte, ob ich nicht die Frau mit dem grünen Fuß wäre. Vielleicht war sie einfach eine begeisterte Arachnologin und möglicherweise schränkte ich meine Zielgruppe grundlos ein, aber es war mir einfach lieber, wenn ich mich auf der Suche nach der großen Liebe in Zukunft nicht erst noch durch ein Heer bizarrer Nachtgestalten kämpfen musste.

Am Gasometer versuchten wir nach der erzwungenen Pause den normalen Betrieb wieder aufzunehmen, aber das war gar nicht so einfach. Aus dem Juli, der eigentlich immer eine ruhige Zeit gewesen war, war innerhalb einer Woche ein Rekordmonat geworden. Die meisten Besucher, die sich plötzlich vor unserem Kassenhäuschen drängten, machten sich nicht einmal die Mühe, Interesse für das Industriedenkmal oder die Ausstellung zu heucheln, sondern fragten direkt an der Information nach dem Fundort des Fußes und ob es zu diesem Thema eine eigene Führung gab. Wir nannten diese Katastrophentouristen heimlich »die fotogenen Fußgänger« und schickten sie in Gruppen je nach Auslastung des Daches mal auf die eine, mal auf die andere Plattform. Dort fotografierten sie sich allein oder in Gruppen neben dem mutmaßlichen Fundort, als ständen sie neben dem Taj Mahal oder Heino. Wir waren auch kurz versucht, den Fund des Fußes allabendlich gegen einen kleinen Zusatzbetrag mit Laiendarstellern nachzuspielen, aber wenn man es genau überlegte, gab es in dem Stück nicht wirklich viele Sprechrollen und so blieb der dialogarme Einakter unaufgeführt.

Angeheizt wurde das morbide Ausflugsverhalten der Massen von den Medien, die nicht einfach kampflos zurück ins Sommerloch fallen wollten. Jeden Menschen, der in dieser ersten Woche länger als zwei Minuten vermisst wurde, wähnten die Zeitungen, Internetportale und TV-Sender zerhackt und bestrickt im Ruhrgebiet verstreut. Die wundersame Wiederkehr der Verlorenen, die meist nur an der Tankstelle gewesen waren, feierten dann alle in abendlichen Talkshows gemeinsam. Es wurde viel geweint.

Ein weiteres Problem waren unzählige Witzbolde mit alten Schuhen. Schon zwei Tage nach meinem Fund tauchte der erste Schuh mit übergestreiftem Socken auf einem der stillgelegten Hochöfen in der Nähe auf und sorgte dafür, dass eine ältere Dame aus dem Schwabenland ihren Rundgang dort in einer nahen Herzklinik beendete. Dann traf es die Zeche Zollverein in Essen (vier bestrickte Schuhe und der beschuhte Fuß einer Schaufensterpuppe an einem Tag), die Halde in Bottrop (zwei Schuhe in drei Tagen) und auch wir durften die Polizei am Donnerstag über einen neuen Fund informieren. Denn, auch wenn es meist schnell klar war, dass die neuen Funde mit hoher Wahrscheinlichkeit von humorgestörten Trittbrettfahrern stammten, gab es die Anweisung, die Behörden sofort zu verständigen. Wieder stand ich also mit Helmut neben einem bestrickten Objekt, dem man allerdings meiner Meinung nach deutlich ansehen konnte, dass es nur ein alter Schuh war. Wir hatten die verstörte Aufsicht, die den Fund bei einem Routinerundgang hinter dem Gasometer entdeckt hatte, beruhigt und den Fundort abgesperrt. Die beiden Beamten, die uns auf die Gasometerrückseite begleitet hatten, begutachteten den Herrenschuh aus Wildleder, der im Socken steckte, packten die Fundsache ordentlich ein und trugen sie davon. Als sie in ihr Auto stiegen, sah ich die Fotografen, die neben ihnen parkten. Morgen würde es einen neuen Artikel über mögliche Leichenteile geben und wir würden noch mehr Besucher bekommen.

ErzEngel hielt mich regelmäßig über den Stand der Ermittlungen auf dem Laufenden und man konnte deutlich sehen, dass es sehr wenig wirklich neue Erkenntnisse gab. Die Fasern des dicken Strumpfes gaben genauso wenig über ihren Besitzer preis, wie der rechte Fuß über seinen. Es gab keine seltenen Fliegen, die sich verpuppt hatten, oder Maden, die blind nach Norden gewandert waren. Der fußlose Tote blieb ein Phantom. Niemand meldete seinen Opa, Onkel, Nachbarn oder Skatpartner vermisst. Da sich die Dauer des Tiefkühlens relativ genau bestimmen ließ, spielte eine gedachte Skatrunde allerdings auch schon ein ganzes Jahr zu zweit und Opa oder Onkel hatten jedes Familienfest der letzten 365 Tage verpasst. Die Suche nach dem Toten ohne Fuß würde sich nicht einfach gestalten, das war der Polizei mittlerweile klar. Wer ein ganzes Jahr in einer Tiefkühltruhe verbringen konnte, ohne vermisst zu werden, hatte nicht übertrieben viele soziale Kontakte gepflegt.

Genau zwei Wochen nach meinem Fund klingelte mein Handy und ich sah eine fremde Nummer, also ließ ich es klingeln. In Ermangelung einer globalen Katastrophe, einer Prominentenscheidung oder eines Drachens im Badesee waren die Medien immer noch erstaunlich stark auf den toten Fuß und seine lebendige Finderin angewiesen. Immer wieder versuchten Redaktionen, mich zu Sendungen einzuladen, deren Namen klangen, als müsste ich dort eine kugelsichere Weste tragen. Und wenn ich nicht bei »Explosiv« oder »Brisant« den Fund nachstellen sollte, schlug man mir vor, in Talkshows mit »ausgesuchten« Experten darüber zu reden. Ich ließ mir einmal die Liste der anderen Teilnehmer mailen. Einer der Experten hatte einen Schuhfetisch, der andere konnte schlüssig beweisen, dass mein Fund die Tat eines Außerirdischen war. Es war zudem erstaunlich, wie viele alte Bekannte, ehemalige Nachbarn und Schulkameraden plötzlich das Bedürfnis hatten, den Kontakt zu mir wieder aufleben zu lassen. Anfänglich hatte ich die unterschiedlichen Anrufe arglos angenommen, aber seit eine ehemalige Nachbarin anrief, weil sie ihrem Kegelclub ein Gespräch mit der »Frau mit dem grünen Fuß« in Aussicht gestellt hatte, ließ ich alle Telefone klingeln.

Jetzt klingelte das Festnetz und ich ignorierte auch das. Es war mein freier Tag, es regnete und ich vertrieb gelangweilt den Staub von Möbelstücken und Holzböden. Der Staub und ich waren dabei ein perfekt eingespieltes Team, was mich nicht wunderte, denn er bestand nun einmal zu einem beträchtlichen Anteil aus meinen abgelegten Hautschuppen und desertierten Haaren. Ich wischte, der Staub wirbelte theatralisch auf und sank dann einfach lautlos hinter meinen Bemühungen wieder auf seinen Platz zurück. Eigentlich tat ich beim Putzen nie mehr, als diesem feinkörnigem Müsli der Vergänglichkeit mit Schuppen statt Haferflocken einen kurzen kostenlosen Flug durch den Raum zu verschaffen, aber das machte uns beiden Spaß.

Mit dem massiven Porzellanschwein, dass SIE mir von einer IHRER vielen Dienstreisen mitgebracht hatte, nahm ich mir immer etwas mehr Zeit, weil mir, wenn ich es in der Hand hielt, wieder einfiel, wie stark die Versuchung gewesen war, es IHR bei unserem letzten Treffen hinterherzuwerfen. Ich hatte es nicht getan, ich mochte das Schwein. Damals hatte es noch in IHRER Zweitwohnung gestanden, die immer auf eine fast beunruhigende Weise makellos gewesen war. So als müsste SIE nie putzen, weil der Staub es nicht wagte, sich auf IHRE Möbel zu legen. Vielleicht hatte SIE auch einfach keine Hautschuppen und Haare verloren. Und gewöhnlicher Hausstaub hatte sich natürlich nicht in IHRE Nähe gewagt. Möglicherweise hatte es auch an der Höhe gelegen, denn IHRE Wohnung hatte sich im obersten Stock eines riesigen Komplexes voller schicker Eigentumswohnungen befunden. Außer Staub hatte es im ganzen Gebäude augenscheinlich auch keine menschlichen Bewohner gegeben. Jedenfalls hatte ich nie jemanden in der gepflegten Eingangshalle oder an den glänzenden Türen der Aufzüge getroffen, vor denen ich ungeduldig auf die Knöpfe gedrückt hatte, wenn es IHR eingefallen war, nach mir zu rufen.

SIE hatte mich nie in meiner Wohnung getroffen, denn die Anwesenheit meiner Eltern hatte SIE nervös gemacht. Nicht, dass die beiden sich übermäßig für SIE oder mein Liebesleben interessiert hätten, aber sie konnten hören und sehen und das war entscheidend. Jeder, der SIE mit mir sah und der im Ernstfall bezeugen konnte, dass sie außer Höflichkeiten auch Körperflüssigkeiten mit mir austauschte, machte SIE nervös. In der ersten Zeit unseres Kennenlernens waren wir an langen Abenden durch unzählige dämmerige Naherholungsgebiete spaziert, SIE mit schnellem Schritt immer ein wenig vor mir, ich mit sehnsüchtigem Blick und zunehmend durchgelaufenen Sohlen knapp dahinter. Von Zeit zu Zeit war SIE an sehr einsamen Orten stehen geblieben und hatte mich mit einer Leidenschaft, die mir den Atem für die vor mir liegende Strecke nahm, geküsst. Dann war SIE weiter gelaufen, als wäre SIE auf der Flucht vor etwas gewesen, dem SIE nicht entkommen konnte. Ich hatte wenig über die Realität einer Frauenbeziehung gewusst und hatte es von daher für zumindest denkbar gehalten, dass diese Gewaltmärsche Teil jeder jungen lesbischen Liebe waren. Baby war zum Studium in einer anderen Stadt und ließ mich nur äußerst spärlich an ihren ersten Eroberungen teilnehmen. Sicherlich auch deshalb, weil ich nur zögerlich hatte zugeben wollen, dass Frauen für mich durch einen einzigen Kuss von einer möglichen Alternative zum Lebensmittelpunkt geworden waren. SIE hatte mein Denken bestimmt, mein Fühlen und meine Zeit. Meist hatte ich allerdings gewartet. Auf einen Anruf, eine Nachricht, ein Treffen, eine von Küssen unterbrochene Wanderung. Unsere gemeinsamen Nächte endeten damals stets mit dem ersten Licht der Sonne, das ich zu hassen lernte, weil es zeigte, dass meine Kutsche nichts als Kürbis und meine stolzen Rosse nur verzauberte Mäuse waren. Ich war mir sicher gewesen, dass sich das mit der Zeit ändern würde. Weil SIE mich liebte, mehr liebte als alles andere, und dieses Geheimnis, das SIE mir in intimen Stunden ins Ohr flüsterte, stöhnte und schrie, war mein Schild gegen jeden äußeren Feind. In meinem Eifer hatte ich nur vollkommen vergessen, mich vor IHR zu schützen, und als ich das endlich bemerkt hatte, war es schon zu spät gewesen.

Jetzt klingelte es zur Abwechslung an meiner Tür und ich ging mit dem Staubtuch in der Hand die Treppe hinab, um zu sehen, wer es war. Im Flur stand Markus, ein guter Freund aus Schulzeiten, und seine nassen Sachen tropften die Fußmatte voll. Er schüttelte sich kurz wie ein junger Hund und lächelte schüchtern zu mir herauf. »Die Tür war offen.«

»Ist sie leider oft.« Ich nahm mir noch einmal vor, meiner Mutter zu erklären, dass ihre elaborierte Firewall nach wie vor nicht in der Lage war, unsere Haustür zu sichern. Zumindest vermutete ich das. Markus schloss die Tür eine Spur zu eifrig hinter sich. Ich schaute ihn verwundert und ein wenig enttäuscht an. Dass ausgerechnet Markus die »Frau mit dem grünen Fuß« sehen wollte, hätte ich nicht vermutet. Wir hatten in den letzten Jahren immer wieder lockeren Kontakt gehabt und ich hatte ihn immer für einen außergewöhnlich netten Mann gehalten.

»Du wunderst dich bestimmt, dass ich vorbeikomme.« Er blieb gebremst von meinem mürrischen Gesichtsausdruck und dem unruhig wehenden Staubtuch in meiner Hand an der Tür stehen. Um seine Schuhe wurde die Matte dunkel.

»Unsere halbe Stufe hat mich entweder angerufen, mir getwittert oder mir gemailt. Schön, dass es mal jemand von Angesicht zu Angesicht versucht.« Ich lächelte böse.

Er schaute schuldbewusst zu Boden.

»Du bist wirklich deshalb hier? Hast du auch einem Kegelclub einen Termin mit mir versprochen?«

»Nein!« Er sah mich entsetzt an.

»Du bist also nicht »deshalb« hier?« Ich überbetonte das Wort und bemerkte, dass ich dabei den Staublappen würgte.

»Ja und Nein. Kann ich es dir erklären? Ich wollte das eigentlich am Telefon tun und dich nicht einfach so überfallen, aber du gehst nie ran.«

»Möchtest du raten, warum?«

Er nickte verständnisvoll und sah dabei kein bisschen sensationslüstern, sondern wieder wie der Junge aus, mit dem ich so manche Lateinstunde geschwänzt hatte. Da ich für einen Tag genug Staub aufgewirbelt hatte, bat ich ihn zu einem Kaffee in die Wohnung. Er folgte mir sichtlich erleichtert in meine Küche.

Ich gab ihm ein Handtuch und wir tauschten ein paar Allgemeinplätze und Erinnerungen aus, solange der Kaffee sich blubbernd und prustend seinen Weg durch die Maschine suchte. Schließlich saßen wir beide mit großen Kaffeebechern vor uns am Tisch und lauschten dem Regen, der auf das Vordach prasselte.

»Ich bin verlobt, wir heiraten im Oktober«, stieß er schließlich hervor.

»Meinen Glückwunsch!«

»Danke.« Er nahm einen zu großen Schluck Kaffee und man sah seinem Gesicht an, dass er sich dabei den Mund verbrannte. Er fing an, mir leid zu tun.

»Und jetzt bist du gekommen, um mich zu fragen, ob ich bei eurer Hochzeit auf der Mundharmonika spiele?«

Er grinste mühsam, was vermutlich nicht nur an seinem verbrannten Gaumensegel lag.

»Sie ist Journalistin.«

In Gedanken löschte ich seinen Namen aus meinen Kontakten und bot ihm den neuen Sandkuchen von Rose-Lotte Stein an, um ruhig zuzuschauen, wie er daran erstickte.

Er zog sein iPhone aus einer Jeanstasche, schob eine Weile mit dem Zeigefinger digitale Bilder auf dem Display hin und her und reichte mir schließlich mit leuchtenden Augen das Gerät. »Hier, das sind wir zusammen in New York.«

Ich nahm das Handy und warf einen kurzen Blick darauf. Und noch einen längeren. Und einen ganz kurzen.

»Und sie will also über mich schreiben?« Ich klang milder, als ich erwartet hatte.

»Sie will über den Fund schreiben. Sie schreibt wunderbar, aber sie bekommt selten einen Fuß in die Tür. Ein Interview mit der Frau, die keine Interviews gibt, würde vieles leichter machen.«

»Das hast du schön gesagt.« Ich gab ihm das iPhone zurück. »Da soll ich jetzt meinen toten Fuß für sie in die Tür stellen?«

Er wurde rot und schluckte. »Scheiße! Tut mir leid, ich vergeige das hier gerade total, oder? Als sie angefangen hat, einen Artikel über den Fuß zu recherchieren, habe ich ihr erzählt, dass ich dich kenne und was wir alles zusammen angestellt haben. Und da hat sie vorgeschlagen, dass wir uns mal treffen. Sie hat mich nicht einmal gebeten, dich zu fragen. Es war meine Idee.«

»Du und deine Ideen.« Wir grinsten uns über unsere Kaffeebecher hinweg an. Beide aus unterschiedlichen Gründen ein wenig vorsichtig.

Er ließ das iPhone mit seiner schwarz glänzenden Rückseite auf der Tischplatte kreisen, als spielte er die Apple-Version von Flaschendrehen, und sagte leise: »Das wäre eine große Chance für sie zu zeigen, dass sie mit jedem Thema gut umgehen kann. Und im Moment wollen halt alle diese Geschichte. Auch die seriösen Blätter. Sie ist wirklich nett, sie würde dich nicht belästigen oder diesen typischen Quatsch schreiben. Ich denke, ihr könntet auch beide ganz gut daran verdienen, falls das für dich eine Rolle spielt.« Wenn ich sein Angebot jetzt annahm, könnte ich es später auf die mögliche Zusatzeinnahme schieben.

»Dann gib mir ihre Nummer. Ich rufe sie an.« In meinem Inneren sahen der Schrecken und die Angst, die gerade dabei waren, IHRE Marmorgruft zu polieren, kurz auf und tuschelten.

»Das geht euch nichts an!«, sagte ich leider laut.

»Was?« Markus sah mich verwirrt an.

»Ich rufe sie an. Sonst kommt sie nicht durch, hast du ja bemerkt, nicht wahr?«

»Echt? Du bist immer noch wunderbar.« Er strahlte, als hätte ihm soeben jemand die Lottozahlen der nächsten Ziehung verraten, zog eine Visitenkarte aus seiner Jeans und reichte sie mir. Sie war fleckig feucht und die rechte untere Ecke war geknickt. Irene Thomas, deren Namen schön geschwungen über ihrer Telefonnummer zu lesen war, wäre wahrscheinlich nicht sehr glücklich über diese Präsentation ihrer Daten gewesen.

Wir tauschten noch eine Weile Geschichten über ehemalige Klassenkameraden aus und dann machte er sich wieder auf den Weg. Ich begleitete ihn hinab und lieh ihm einen Schirm meiner Mutter, denn der Regen war noch stärker geworden. Wer nicht darauf achtete, dass die Tür geschlossen war, konnte auch nicht darauf hoffen, seine Habseligkeiten immer vollzählig vorzufinden. Auf der letzten Stufe blieb er noch einen Moment stehen und sagte dann: »Und wenn ihr fertig mit eurem Termin seid, gehen wir alle zusammen zum Italiener. Ich lade euch ein.«

»Dann fang schon mal an zu sparen, ich habe da nämlich schon eine genaue Vorstellung, wo ich meine Pizza mit ganzen, weißen Trüffeln verspeisen möchte.«

»Du hasst Trüffel.« Er drückte mich fest an sein immer noch feuchtes T-Shirt.

»Das wird mich nicht aufhalten«, grinste ich.

Ein heller Vollmond

hatte sich dem Gasometer als aufwendig illuminierte Dekoration aufgedrängt und hing seit Einbruch der Dunkelheit wichtigtuerisch am Nachthimmel. Ein einzelner blinkender Stern hatte sich ihm vorschnell spitzbübisch zugesellt, aber er schien unschlüssig, ob er dort bleiben sollte, als der Rest des Firmaments begann, sich in bedeutungsvollen Sternbildern zu gruppieren. Ich suchte den Himmel mit den Augen ab. IHR Sternbild war eine der imposantesten Konstellationen, obwohl man es am Sommerhimmel nicht ganz so einfach finden konnte. Aber ich hatte ja viel Zeit gehabt damals und mir dafür extra ein kleines Teleskop gekauft. Als brächte mich die Suche nach den Lichtjahre entfernten Sternen IHR hier auf unserem kleinen Planeten näher. Ich wusste auch heute und ohne Fernglas immer noch genau, wo ich suchen musste. Da hing es, ganz knapp über dem Horizont. Seine helleren Sterne bilden die klar erkennbare Gestalt eines Skorpions mit Scheren und Stachel. Was mich vielleicht hätte warnen sollen.

Der starke Besucherstrom, der den ganzen Abend für jede Menge Arbeit gesorgt hatte, war in der letzten Stunde abgeebbt. Die Geschäftsleitung hatte geschäftstüchtig wie immer beschlossen, trotz meines Fundes vor drei Wochen an dieser langen Museumsnacht teilzunehmen. Wir hatten die Aufsichtskräfte und die Einlasskontrolle vorsichtshalber verdoppelt und ein Streifenwagen umkreiste uns wachsam wie ein feindlicher Spionage-Satellit, aber niemandem war den Abend über etwas Ungewöhnliches aufgefallen. Der volle Mond hatte in dieser warmen Sommernacht wider Erwarten nicht die Wahnsinnigen, sondern die Liebenden zu uns getrieben. Die schlaflose Nacht, die ich nach der Entscheidung, diese Schicht zu übernehmen, verbracht hatte, war grundlos gewesen. Und das Pfefferspray, das Baby mir aufgedrängt hatte, auch. Ich hatte mich in der Nacht ohne Schlaf mehrmals gefragt, wie ich es auf einen neuen gefrorenen Fuß anwenden sollte, war aber zu keinem Ergebnis gelangt.

Was die Liebenden anging, so machte sie ihre kürzlich erworbene Unsterblichkeit sicher immun gegen Pfefferspray. Nicht, dass ich es absichtlich in ihre liebesblinden Augen gesprüht hätte. Höchstens aus Versehen. Nachdem ich die Opfer von Amors Pfeilen nun einen ganzen Abend ungestört beobachtet hatte, war ich mir nämlich wieder sicher, dass die Grenze zwischen Wahn und Liebe durchaus fließend war. All dieses Küssen, Flüstern und Schwören, diese tiefen Blicke und feuchten Münder sahen, wenn man nicht gerade beteiligt war, eher befremdlich aus. Das und ihr Anblick machten mich traurig und neidisch. Ich hatte es seit IHREM Abgang auch nicht mehr nur ansatzweise in jenen Oxytocin gesättigten Hormonzustand geschafft, der aus zwei Menschen eine schwebende Wahngemeinschaft machte. Immerhin aber froren die frisch Verliebten keine Senioren ein.

Als ich aus dem Aufzug aufs Gasometerdach trat, kam mir die ewige Annabelle entgegen und grüßte mich mürrisch, bevor sie auf der Treppe nach unten stieg. Ihre bunten Schals und weiten Kleider umflatterten sie bei jedem Schritt wie zornige Gebetsfahnen. Wenn sie vorhatte, alle 616 Gasometerstufen in ihren roten Samtschuhen mit den aufgestickten gelben Sonnen hinabzulaufen, war ihre Wut auf mich eindeutig noch nicht verflogen. Unfreundlich war die ewige Annabelle zu mir nämlich erst, seit ich den Fuß gefunden hatte, denn sie war davon überzeugt, dass sie und nur sie, an diesem wichtigen Moment im Leben des Gasometers hätte teilhaben sollen. Um das zu verstehen, musste man die ewige Annabelle kennen. Sie war so etwas wie die moderne Version eines Schlossgeistes, denn man bekam sie einfach zum Gebäude dazu. Wenn sie nicht geschäftig durch die Ausstellungen oder über das Dach huschte, lebte sie bei ihrer streng religiösen Mutter und war seit ungezählten Jahren damit beschäftigt, eine Dissertation über die Geschichte des Gasometers fertigzustellen. Sie kannte jede Niete in der tonnenschweren Scheibe dieses Scheibengasbehälters persönlich und hatte kein Verständnis für Menschen, die fanden, dass das polygonale Gebäude einfach wie eine überdimensionale Coladose aussah. Die ewige Annabelle besaß eine Dauerkarte für jede neue Ausstellung und keine Woche verging ohne einen Besuch von ihr. Auf Eröffnungen und Sonderveranstaltungen erschien sie ohne Einladung in aufwendiger Abendkleidung und es hinderte sie schon lange niemand mehr daran. Manchmal sah ich sie im Gespräch mit Besuchern, die sich wahrscheinlich arglos zu laut eine Frage zum Gebäude gestellt hatten. Wenn Annabelle von der Erbauung des Gasometers im Jahre 1929 oder vom großen Brand nach dem Zweiten Weltkrieg erzählte, konnte man den Verdacht nicht loswerden, dass sie dabei gewesen war. Vielleicht war sie das ja auch wirklich, es traute sich auf jeden Fall keiner von uns, sie nach ihrem Alter zu fragen.

Ich hatte Baby zwei Freikarten besorgt und sie zeigte einer meiner Meinung nach etwas zu jungen und zu dünnen Frau auf Plattform eins gerade Düsseldorf. Die drängte sich dankbar an die selbsternannte Fernsichtige. Baby zog sie an sich und ich sah auf meinem Weg diese Bewegung einen vertrauten Rhythmus bekommen. Ich räusperte mich, damit die beiden nicht vergaßen, was das Wort »öffentlich« in »öffentliche Nacht der Ruhrgebiets-Landmarken« bedeutete, und schloss eine Hand fest um die kleine Spraydose in meiner Tasche.

»Wir schließen in zehn Minuten, wenn ihr also noch etwas von der Ausstellung sehen wollt, müsstet ihr jetzt nach unten fahren.« Ich schaute demonstrativ auf mein Handy.

»Ich denke, das lassen wir aus. Was meinst du, Süße?« Süße klammerte sich von mitternächtlicher Kultur bedroht schutzsuchend an Baby und die beiden gingen verschmolzen wie zwei Schokoriegel, die zu lange in der Sonne gelegen hatten, neben mir her bis zum Aufzug.

»Ich bleibe noch einen Moment oben. Viel Spaß noch euch beiden.« Ich versuchte, nicht anzüglich zu klingen, und merkte, dass es mir misslang. Baby streckte mir kurz bevor sich die Aufzugtür schloss die Zunge heraus. Mit den beiden fuhr noch eine Gruppe Hobbyfotografen nach unten, die riesige Stative und Objektive in den Aufzug schleppten. Morgen würde das Internet von einer mächtigen Welle »Mond-über-der-Metropole-Ruhr-Bilder« überschwemmt werden.

Noch acht Minuten bis Mitternacht, so langsam konnten die Aufsichten ausschwärmen und die wenigen noch im und um das Gebäude verstreuten Besucher auf das Ende dieser langen Museumsnacht aufmerksam machen. Ich drückte gerade die Sprechtaste des Funkgerätes, als mein rechtes Bein zu vibrieren begann. Früher wäre das wahrscheinlich eine schwere Störung im Blutkreislauf gewesen, heute war das meist ein Anruf aus dem Mobilfunknetz. Ich zog das Handy aus der Hosentasche und schaute auf das Display. Mittlerweile war mir diese spezielle Nummer vertraut. Ich hatte Irene Thomas zwei Tage nach Markus' Besuch angerufen und nur ihre Mailbox erreicht. Sie wiederum hatte einen Tag später eine Nachricht auf meiner hinterlassen und ich hatte gestern wieder ihre angerufen. Wenn ich jetzt den Anruf annahm, bevor sie wieder auflegte, würde es uns vielleicht gelingen, ohne elektronische Hilfen miteinander zu reden.

»Hallo?«

»Frau Gabriel?« Ihre Stimme klang auch unaufgezeichnet äußerst angenehm.

»Ja. Frau Thomas?«

»Auch ja. Ich hoffe, ich störe Sie nicht zu später Stunde, aber ich bin gerade hier vorbeigefahren und habe gesehen, dass der Gasometer noch offen ist und da dachte ich, ich versuche es einfach mal.«

»Da haben Sie richtig gesehen und nein, Sie stören nicht.«

»Heißt das, ich könnte auch noch reinkommen?« Sie lachte vorsichtig.

»Wo sind Sie denn?«

»Vor dem Kassenhäuschen. Aber das ist schon geschlossen.«

»Dann bleiben Sie mal da stehen. Ich komme Sie abholen.«

»Wunderbar.« Sie legte auf.

Per Funk dirigierte ich die Aufsichten zur letzten Kontrollrunde und fuhr mit einem im lockeren Palstek ineinander verknoteten Männerpaar nach unten. Ich betete darum, nicht mit den beiden stecken zu bleiben, denn der Einblick in schwule Zungenkussvariationen, den sie mir vermittelten, während wir an einem Seil kontrolliert der Erde entgegenfielen, deckte meinen Bedarf vollkommen. Unten ging ich den kurzen Schotterweg vom Aufzugturm zum Kassenhäuschen am Gitterzaun und lauschte dem regen Funkverkehr, der die verschiedenen Bereiche als geräumt oder zu räumen meldete. Seit der Sache mit dem Fuß waren alle intensiv bemüht, nichts zu übersehen. Mit mir schlenderten vereinzelte Besucher zum Ausgang. Die beiden zungenverschlungenen Männer wurden am Ausgang kurz vom Drehkreuz getrennt und man sah ihnen den Schmerz darüber deutlich an.

Irene Thomas stand in einem Flecken Lampenlicht, der sich vom hellen Mondlicht bedrängt unregelmäßig über den asphaltierten Vorplatz gegossen hatte. Der Vorplatz stand ihr genauso gut wie das Empire State Building, auf dem ein unbekannter Amerikaner das Bild von ihr und Markus geschossen hatte. Wahrscheinlich würde sie auch auf einer Müllhalde gut aussehen. Es gab solche Menschen, die ihre Umgebung erhellten und schöner machten. Ich ging auf sie zu und sie lächelte mich an, als ich näher kam. Helmut trat aus dem Kassenhäuschen und sah kurz zu ihr, bevor er knurrte: »Aufschließen?« Er hatte seinen Schlüssel schon in der

Hand, mit hoher Wahrscheinlichkeit hatte er vollkommen unsichtbar hinter der verspiegelten Kassenscheibe ihrem Teil des Telefongesprächs gelauscht.

»Das wäre nett, Helmut.«

»Hallo.« Sie reichte mir die Hand, nachdem sie durch das Tor gegangen war. »Ich bin Irene.«

Ich nahm ihre Hand und drückte sie. Sie erwiderte den Druck kurz und fest.

»Ich bin Charlotte.«

»Wir können du sagen, oder? Ich habe gehört du spielst auf unserer Hochzeit Mundharmonika, das verbindet doch.«

»Auf jeden Fall. Du sagen, meine ich. Was die Mundharmonika angeht, verhandele ich noch mit dem Bundesverfassungsgericht, das meine Konzerte als Nötigung einstufen will.«

Sie lachte. »Markus hat recht gehabt, ihr habt den gleichen Humor. Ich bin, nebenbei bemerkt, unendlich dankbar, dass du mir ein Interview ermöglichst.«

Die Freude lag ganz bei mir.

»Na ja, ich habe gehört, dass wir beide mit einer einzigen Geschichte von dir sehr reich werden. Wie könnte ich da ablehnen.«

»Reich? Ich weiß nicht. Du hast alle anderen Angebote abgelehnt.« Sie sah mich ernst an.

»Deren Verlobte haben nie mit mir zusammen die Tür zum Chemiesaal geklaut.«

»Warum habt ihr das denn gemacht?«

»Wenn ich das bloß noch wüsste.« Wir lachten gleichzeitig und in mir breitete sich das Gefühl aus, das nötig war, um mit hölzernen Segelschiffen zu unbekannten Kontinenten aufzubrechen. Helmut putzte schon seit einiger Zeit einen ungewöhnlich hartnäckigen Fleck auf der Kassenscheibe und ich konnte förmlich sehen, wie seine Ohren sich den zarten Schallwellen über unseren Köpfen entgegenstreckten.

»Lass uns in mein Büro gehen, da können wir einen Termin für ein Gespräch vereinbaren.« Ich ging vor in die Richtung, in der mein Büro-Container stand. Sie schaute im Gehen staunend am Gasometer hoch, der im Mondlicht majestätisch neben uns aufragte, und sagte: »Kann man da eigentlich jetzt noch hoch?«

»Man nicht. Wir schon.« Mir war ansatzweise bewusst, dass das der gleiche Tonfall war, in dem Baby der unbekannten Süßen gerade noch die Lage von Düsseldorf erklärt hatte. Ich klärte über Funk, dass ich die abschließende Kontrolle des Daches doch selbst übernehmen würde und wies ihr den Weg. Auf dem Weg zum Aufzug erzählte sie mir, wie sie bis jetzt an die Geschichte herangegangen war. Sie hatte einen der ermittelnden Beamten zu einem längeren Gespräch getroffen und sich in Archiven kundig gemacht, was ähnliche Fälle betraf. Da die Behörden bei ihren Ermittlungen auf der Stelle traten, hatten sie sie relativ großzügig informiert, die Rose hatten sie allerdings nicht erwähnt.

»Und? Gibt es ähnliche Fälle?« Wir blieben vor dem Aufzug stehen und ich drückte auf den Knopf. Die Zahl vier in der Anzeige wurde dunkel und der Aufzug setzte sich in Bewegung. Einen Moment überlegte ich, warum der Aufzug denn aus der vierten Etage kam, aber dann begann sie wieder zu sprechen.

»Niemand hat bis jetzt einen gefrorenen rechten Fuß einfach in die Gegend gestellt. Auch keinen linken. Wenn es überhaupt vergleichbare Funde gab, hat man auch den Rest der Leiche schnell in der Nähe gefunden. Wie beim Rhein-Ruhr-Ripper vor ungefähr zehn Jahren, der seinen Opfern die Hände oder den Kopf abgehackt hat. In den siebziger Jahren gab es dann noch einen berühmten Kindermörder hier ganz in der Nähe, der seine Opfer zerstückelt in der Kühltruhe aufbewahrte. Er hat die eingefrorenen Kinder allerdings nicht ausgestellt, sondern versucht, sie Stück für Stück im Klo hinunterzuspülen. Die Sache ist aufgefallen, als die Nachbarn sich über die verstopften Ausgüsse beschwert haben.« Sie zog die Schultern hoch, als wäre ihr plötzlich kalt. Ich hätte gerne eine Jacke gehabt, die ich ihr um die Schultern legen könnte, aber ich hatte keine und ihre Schilderung ließ zudem auch mich frösteln. Sie rieb sich beide Arme und ich konnte sehen, dass sie schöne Hände hatte. Natürlich hatte sie auch noch schöne Hände.

Der Aufzug hielt wie immer mit einem lauten Krachen und sie erschreckte sich sichtbar.

»Keine Angst. Dieses Geräusch macht er schon seit Jahren und keiner hat bis jetzt herausgefunden, warum er das tut. Aber es hat auch keine weiteren Folgen. Glaub mir, selbst wenn wir hier drinnen stecken bleiben sollten, holt der Hausmeister uns nach ein paar Minuten wieder ans Licht.«

»Wie beruhigend. Ich habe leider kein gutes Verhältnis zu engen, geschlossenen Räumen.« Sie ging mühsam lächelnd an mir vorbei in den grell beleuchteten Metallwürfel, der seine Türen hinter uns schloss und sich quietschend auf den Weg nach oben machte. Sie musterte angespannt die Bedienungsleiste und fragte nicht wirklich interessiert: »Man kann also an allen zwölf Etagen halten?«

»Ja, hier außen kann man überall halten, aber nur auf der zehnten Etage kann man dann in den Innenraum gehen und von dort hinunterfahren. Außen kann man von allen anderen Etagen dann nur den Rest auf dem Treppenturm nach oben oder unten laufen. Innen hat der Gasometer keine Treppe, nur ein Erdgeschoss und drei offene Etagen, darüber ist nur leerer Raum und eine kleine Plattform auf der zehnten Etage. Warst du noch nie hier?«

»Nein. Das ist eine von den Sachen, die ich mir vorgenommen habe, als ich ins Ruhrgebiet gezogen bin, aber es ist bis jetzt noch nicht dazu gekommen.«

»Du bist noch neu hier?«

»Im Oktober sind es zehn Jahre.« Sie sah schuldbewusst aus.

Wir mussten beide lachen. »Hast du die Kisten schon ausgepackt?«

Sie schüttelte den Kopf und die Angst vor dem engen Raum, der uns umgab, schien sie zu kurz zu verlassen. Der Aufzug ruckte und blieb auf der zwölften Etage stehen. »Da sind wir schon.« Ich klang bemüht fröhlich, wie ein Zahnarzt, der einem Angstpatienten einen Backenzahn gezogen hatte.

»Das ist gut. Ich glaube, nach unten möchte ich aber lieber laufen.« Sie fröstelte jetzt richtig, obwohl es eine warme Nacht war. Eine kleine Gänsehaut raute ihren Nacken unter den kurzen dunklen Haaren vorteilhaft auf, was mir nur auffiel, weil sie dicht vor mir aufs Dach ging.

»Das ist ja ein unglaublicher Ausblick, ich kriege eine richtige Gänsehaut.« Sie blieb auf der ersten Plattform stehen und schaute begeistert auf den hellen Erdtrabanten und das dunkle Ballungsgebiet.

Eine Gänsehaut hattest du gerade schon, sagte ich zum Glück nicht, sondern: »Da hinten ist Düsseldorf.« Und entschuldigte mich in Gedanken bei Baby.

Sie schaute kurz in die Ferne und antwortete grinsend: »Und wen interessiert Düsseldorf?«

Ich zuckte mit den Schultern und strich den Hinweis auf die Landeshauptstadt aus meinem aktiven Wortschatz.

»Hast du den Fuß hier gefunden?« Sie sah mich kurz an. »Ist es in Ordnung, wenn wir hier oben über das Thema reden? Ich habe dich gar nicht gefragt, wie es dir damit geht.«

»Es geht mir einigermaßen gut und nein, der Fuß stand dort drüben, da ist auch noch eine Plattform.« Ich deutete auf die andere Seite, die man von hier aus nicht einsehen konnte, und ging vor ihr her auf den Rundkurs. Helmut scheuchte über Funk die Aufsichten Richtung Ausgang. Das war seine Art mir mitzuteilen, dass er gerne Feierabend machen würde. Ich drückte die Taste und sagte pflichtbewusst: »Ich bin hier gleich fertig.«

»Sieht man nicht«, knurrte er kurz zurück und ich winkte in die nächste Überwachungskamera, an der wir vorbeiliefen. Ob Helmut Irene für eine romantische Verabredung hielt? Wenigstens konnte er dann endlich mal sehen, dass ich einen guten Geschmack hatte. Ich sah ihr zu, wie sie dicht ans Gitter gedrängt auf das dunkle Riesenrad am Einkaufszentrum blickte und korrigierte mich. Markus hatte einen guten Geschmack.

»Damals warst du allein hier oben?« Sie drehte sich zu mir um und bemerkte, dass ich sie beobachtet hatte.

Erwischt.

»Ja.«

»Ein wunderbarer Platz, um allein zu sein. Ich meine, normalerweise.« Sie drehte sich wieder dem Panorama zu. Schade, dass die Taube nicht da war. Ich hätte auch ihr gerne gezeigt, dass ich zur Abwechslung mal nicht solo, sondern mit einer schönen Frau auf dem Dach stand. Wenn ich es mir recht überlegte, hatte ich die Taube seit jenem Freitag nicht mehr gesehen. Hoffentlich hatte sie sich nichts angetan.

»Charlotte?« Irene berührte mich kurz am Arm und sah mich fragend an.

»Entschuldige, ich habe nachgedacht.« Und ich hatte vollkommen verpasst, dass sie sich wieder umgedreht hatte.

»Das würde mir sicher auch so gehen.« Sie ließ ihre Hand auf meinem Arm und drückte ihn kurz. »Wir können auch später darüber reden, ich kann das gut verstehen.«

Nein, das kannst du leider nicht.

»Vielleicht ist das wirklich besser. Komm ich zeige dir noch die besagte Plattform und dann machen wir uns auf den langen Weg nach unten.«

Das Gasometerdach war für diese Nacht zusätzlich beleuchtet und so sah ich den grünen Schimmer sehr früh. Ich blieb stehen und seufzte. Also hatte doch ein Witzbold diese Gelegenheit nicht verpassen wollen und natürlich so spät gehandelt, dass ich jetzt den Feierabend verschieben konnte. Hatte der Aufzug deshalb auf der vierten Etage gestanden? Weil jemand noch nach mir auf dem Dach war und ein großes Stück gefahren und dann den Rest zu Fuß gegangen war? Nicht ungeschickt, der dunkle Treppenturm verbarg seine Benutzer zur Nacht perfekt. Der Gedanke war sehr unangenehm. Ich schaute vorsichtig über meine Schulter hinweg auf den Weg hinter uns. Keiner da.

Irene war neben mir stehen geblieben und sah mich fragend an. Ich zeigte auf das grüne Objekt auf der letzten Plattform. »Wir haben hier seit dem Fund ein kleines Problem mit Nachahmern und ich fürchte, heute Abend konnte mal wieder jemand der Versuchung nicht widerstehen.«

»Helmut?« Ich sprach ins Funkgerät. »Hat gerade noch jemand das Gelände verlassen?«

»Quatsch. Schon lange keiner mehr da. Bin in der Werkstatt.« Er hätte es also überhaupt nicht sehen können, wenn jemand vor Kurzem durch das große Drehkreuz im Zaun nach draußen gelangt wäre. Außerdem konnte jeder einigermaßen sportliche Mensch auch an der dunklen Kanalseite über den Zaun klettern und auf den unbeleuchteten Pfaden verschwinden.

»Wo sind die Aufsichten?«

»Alle schon raus.«

Ich unterrichtete Helmut, der höchstwahrscheinlich gerade seine Tasche packte, dass er den Streifenwagen aus seiner Umlaufbahn holen durfte, und drehte die Lautstärke des Funkgeräts schnell etwas leiser, damit Irene seine Reaktion nicht mit anhören musste.

»Gehen wir nicht näher?« Sie zögerte.

»Doch«, sagte ich und bewegte mich nicht, denn mein Gehirn hatte die ihm zur Verfügung stehenden Bilder und Informationen fertig sortiert und eine kleine Welle Adrenalin durch meinen Körper geschickt. Das grüne Objekt dort hatte nicht nur die korrekte Farbe, es stand auch genau am selben Ort. Es stand haargenau am selben Ort. Mir war, als ob Irenes Worte über Ripper und Kindermörder in meinem Kopf von einer unsichtbaren Pumpe aufgeblasen würden und immer größer wurden. Sie drückten schon von innen gegen meine Stirn, die zu schmerzen begann. Ich griff nach dem Pfefferspray und sah mich wieder um.

»Komm.« Ich wollte Irene nicht beunruhigen und ging vorsichtig weiter. Sie folgte mir und sah mich dabei immer wieder fragend an. Fünf Meter vor dem grünen Ding blieben wir stehen. Da war dieses grelle Grün, das ich nie mehr vergessen würde. Da war die gleiche, dicke Wolle und der Knoten mit dem langen Zipfel. Ich brauchte nicht danach zu greifen, um zu wissen, dass die Wolle kalt und feucht sein würde. Die Konturen des Fußes waren in der Mischung aus Mond- und Lampenlicht klar zu erkennen. Meine Hand löste sich von meiner Nebelwaffe und griff nach ihrer Hand, weil es in meinem Kopf dumpf summte. Die aufgeblasenen Worte über die Mörder und ihre Methoden füllten mittlerweile meinen ganzen Kopf aus.

»Das sieht aber genau aus wie auf dem Polizeifoto. Charlotte?« Sie drückte meine Hand und starrte abwechselnd mich und das grüne Ding vor uns an. In der Ferne konnte ich eine Polizeisirene hören. Gut.

»Ich fürchte, das ist kein Nachahmer«, hörte ich mich sagen, obwohl ich ihr eigentlich hatte versichern wollen, dass alles in Ordnung war. Dass niemand außer uns hier war. Dass wir nichts zu fürchten hatten. Sie nickte stumm.

»Meinst du, er ist noch hier?« Ihre Hand bewegte sich unruhig in meiner.

»Nein. Wer immer das tut, will nicht gesehen werden. Ganz sicher.« Hier oben, allein mit dem Mond und der Nacht mussten wir jetzt beide hoffen, dass das stimmte. Ich hielt ihre Hand sanft wie einen ängstlichen Vogel und strich vorsichtig mit dem Daumen über ihre Finger. Das Gefühl, jemanden beschützen zu wollen, drängte die Angst aus dem Verstand in Richtung Rückenmark und meine Augen nahmen die Welt wieder klarer wahr.

Unter dem grünen Fuß flatterte etwas Helles immer wieder leicht mit dem Wind auf. Ich ließ ihre Hand los und ging darauf zu. Der grüne gefrorene Fuß stand auf der Ecke eines Blattes aus Papier. Ich traute mich nicht, es hervorzuziehen, aber das war auch nicht nötig, denn die wenigen Zeilen waren nicht vom Fuß bedeckt. »Das sieht aus wie eine Seite aus einem Buch«, sagte Irene plötzlich ganz dicht neben mir. Wir beugten uns beide vor und lasen gemeinsam den kurzen Text.

Wer, wenn ich schriee, hörte mich denn aus der Engel Ordnungen?

Und gesetzt selbst, es nähme einer mich plötzlich ans Herz: ich verginge von seinem
stärkeren Dasein.

Denn das Schöne ist nichts als des Schrecklichen Anfang, den wir noch grade ertragen, und wir bewundern es so, weil es gelassen verschmäht,
uns zu zerstören.

Ein jeder Engel ist schrecklich.

Ich sah sie ratlos an. Irene konnte ihren Blick nicht von dem kalten Fuß lösen und begann plötzlich leise zu weinen. Ich begriff erst gar nicht, was sie zwischen den Schluchzern sagte. Aber dann verstand ich sie.

»Das ist ein rechter Fuß, Charlotte.«

Ich sah hinunter und ich sah, dass sie recht hatte. Der andere Fuß war auch ein rechter Fuß gewesen. Ich legte meinem Arm um sie und sie lehnte sich weinend an meine Schulter. So standen wir auch noch dort, als die Polizei eintraf.

Schlechtes Licht und schlechter Kaffee

und Irenes Arm so dicht neben meinem auf dem Tisch, als würden wir uns schon ewig kennen. Sie trug ein schwarzes Lederarmband, mit dem sie immer wieder spielte, und wenn das Band sich unter ihren Fingern drehte, berührte der schmale, silberne Anhänger auch meinen nackten Arm. Nachdem wir uns gesetzt hatten, war ich, als er meinen Arm erstmalig gestreift hatte, sichtbar aufgeschreckt und hatte ihr schnell zur Beruhigung erklärt, wie schön ich ihr Armband fand. Jetzt genoss ich diese flüchtige Berührung still und umkreiste mit dem Zeigefinger der anderen Hand die dunklen Ringe, die ungezählte feuchte Gläser im Holz hinterlassen hatten. Obwohl die Luft sich draußen stark abgekühlt hatte, war es hier drinnen stickig und warm. Der Aufkleber »Raucherclub« hatte uns schon an der Tür wissen lassen, dass hier der Zusammenhang zwischen Mensch, Kultur und Kneipe mit dem Einatmen eines giftigen Alkaloids, welches ursprünglich die Tabakpflanze vor Schädlingen schützen sollte, bewahrt wurde. Damit auch kein Kulturloser sich diesem Erlebnis entziehen konnte, dienten die kleinen, schmalen Fenster nur als trübe Fototapeten und waren sicherlich nicht zum Lüften gedacht. Am Tisch gegenüber döste ein Betrunkener über einem leeren Bierglas und einem vollen Bierdeckel. Zwei Taxifahrer spülten am Ende der rustikalen Theke auf rot gepolsterten Hockern ihre Zigaretten mit Kaffee hinunter. Jedenfalls sah es so aus, als täten sie das, denn auf jeden langen Zug an ihren leicht zerknitterten Zigaretten folgte ein tiefer Schluck aus den grässlich geblümten, dampfenden Bechern, die auch vor Irene und mir standen. Die Wirtin hinter der Theke wischte gelangweilt Gläser und ihre hoch aufgetürmten, tiefschwarzen Haare sahen aus wie das Nest einer Krähe. Aus einem kleinen Lautsprecher über der Eingangstür plärrten deutsche Schlager, die in etwa genauso alt waren wie die gräulichen Frikadellen, die unter einer beschlagenen Plastikglocke auf Hungrige warteten, die nichts mehr zu verlieren hatten. Es gab nur diese eine Nachtgaststätte in der Nähe und nur ein Duett aus totem Fuß und schöner Frau hatten mich dazu bringen können, sie aufzusuchen. Es war mittlerweile halb vier morgens und die letzten drei Stunden waren eine schwer verdauliche Mischung aus Verwirrung, Angst und vollkommener Ratlosigkeit gewesen.

Waren es diesmal mehr Polizeibeamte und noch mehr Presse gewesen oder war mir das nur so vorgekommen? Irene und ich waren erst getrennt und dann zusammen befragt worden. Helmut hatte die meiste Zeit schweigend mit seiner Tasche auf dem Schoß im Kassenhäuschen gesessen und ununterbrochen den Kopf geschüttelt. Als ein junger Beamter ihn gefragt hatte, wo er denn genau gegen Ende der Museumsnacht gewesen sei, war sein Kopfschütteln noch ruckartiger geworden und die Erschütterung darüber, dass man ihn verdächtigte, hatte ihn deutlich älter aussehen lassen.

Und sie verdächtigten nicht nur Helmut.

»Was hat das denn mit mir zu tun?«, hatte ich gefragt, als der Beamte mit dem langen Namen nach vielen Fragen noch einmal genau wissen wollte, was ich den ganzen Abend über gemacht hatte. Er hatte betont gleichgültig auf seinen Notizblock gestarrt. Und das hatte mich extrem unruhig werden lassen.

»Sie glauben doch nicht, dass ich diese Sachen hingestellt habe, oder? Hier sind heute über tausendfünfhundert Menschen gewesen. Es waren hunderte auf dem Dach. Man kann sich bei uns stundenlang aufhalten und auf den idealen Moment warten. Ich habe im Übrigen auch keine Kühltruhe!« Meine Stimme hatte sich überschlagen und mir waren die Tränen gekommen, etwas, das mir äußerst selten passierte. Seit IHR war mir das eigentlich kaum mehr passiert.

»Wir müssen alles überprüfen, das wissen Sie doch, Frau Gabriel.« Es hatte mich beunruhigt, dass er meinen Namen nicht mehr nachschauen musste. Also hatte ich ganz genau erklärt, wo ich mich aufgehalten hatte und mit wem und warum. Hatte von Baby, der ewigen Annabelle, Irene und dem Aufzug auf der vierten Etage erzählt. Dass »diese Frau Thomas«, wie sie Irene nannten, ausgerechnet die Journalistin war, die an einer Story über das Ganze arbeitete, hatte weder ihm noch seinen Kollegen gefallen, aber sie konnten es auch nicht ändern.

»Das heißt, Sie vermuten, wer immer kurz vor Ihnen auf dem Dach war, könnte von dort bis zur vierten Etage gefahren und dann den Rest bis unten gelaufen sein?«

»So kann man auf jeden Fall verhindern, dass man überraschend vor jemandem steht, wenn die Aufzugtür im Erdgeschoss aufgeht. Auf dem Treppenturm kann man in der Dunkelheit leichter ausweichen.«

»Gut. Dieses Mal haben Sie nichts berührt?« Er hatte mich durchdringend angesehen, als könnte meine Antwort ihm einen tiefen Einblick in meine Persönlichkeit gewähren. Vielleicht hatte er aber auch ganz normal geschaut und meine überreizten Nerven hatten ihr Heil in der Paranoia gesucht.

»Wir haben beide nichts angefasst. Auch diesen Zettel nicht.«

»Aber Sie haben gelesen, was darauf stand?« Man hatte seinem Tonfall angehört, dass er die Antwort kannte.

»Ja. Es war eine Art Gedicht. Über einen Engel.« Ich hätte die Zeilen in diesem Moment nicht vollständig zitieren können, aber das Schriftbild und einzelne Worte waren mir klar vor den Augen erschienen.

»Und das hat Sie nicht auf die Idee gebracht, dass die Funde etwas mit Ihnen zu tun haben könnten, Frau Gabriel.« Als er meinen Nachnamen ausgesprochen hatte, war das vertraute Wort in meinem Kopf hinüber zu den Schnappschüssen der gedruckten Zeilen gesprungen und hatte sich dem ersten Satz zugesellt.

Wer, wenn ich schriee, hörte mich denn aus der Engel Ordnungen? Gabriel.

Gabriel war nicht nur mein Nachname, Gabriel war auch der Name eines Engels.

Irene stieß mich an und wies auf meinen Kaffee. »Das wird kalt.« Die Art wie sie das Substantiv in ihrem Satz undefiniert ließ, bestätigte mir, dass auch sie sich über die genaue Zusammensetzung der dunklen Flüssigkeit nicht sicher war.

Ich nahm einen Schluck und schüttelte mich. »Das ist schon kalt. Und bitter.«

»Warum tust du keinen Zucker rein?« Sie beugte sich vor und wollte nach dem unschön verkrusteten Zuckerstreuer greifen, der auf der anderen Tischseite stand.

»Um Gottes Willen.« Ich stoppte ihre Bewegung. »Ich möchte keine unkontrollierbare chemische Reaktion auslösen. Oder bist du ganz sicher, dass das Zucker ist? Und das Kaffee?«

Sie schüttelte müde den Kopf. »Was ist das für eine seltsame Nacht? Hast du so etwas schon mal erlebt?« Sie sah mich an und ihr fiel offensichtlich ein, dass ich genau so etwas erst vor Kurzem erlebt hatte, denn sie wurde rot. »Entschuldige. Ich bin eine Idiotin.«

»Bist du nicht.« Ich versuchte in den Ringen auf dem Tisch ein Muster zu erkennen. Ich hatte irgendwo gelesen, dass es Menschen besser ging, wenn sie den Dingen eine Ordnung geben konnten. Und dass Menschen auch dort Muster erkannten, wo keine waren. Genau! Mein Name musste nichts mit dem Engel im Text zu tun haben.

»War dein erster toter Fuß, oder?« Ich versuchte ein Lächeln.

Sie lächelte zurück. »Was hat mich verraten?«

»Ich kann die Neuen immer erkennen.« Mit ihr zusammen zu lächeln war schön und beruhigend. Und wenn man es zu lange tat, war es beunruhigend. Ich senkte die Augen tief in die braune Brühe in meiner Tasse und sagte: »Wer immer das hier tut, hält also mehr als einen Toten versteckt.«

Ihre Finger klopften einen schnellen Rhythmus auf dem Tisch mit, den niemand außer ihr hören konnte. »Das müssen wir seit heute leider annehmen. Und er will sich offensichtlich mitteilen.«

»Sie glauben, dass es mit mir zu tun hat.« Das sagte ich jetzt endlich laut, obwohl ich den Gedanken nur schwer ertrug, und das hatte ich vor einer dreiviertel Stunde schon einmal leise geflüstert, als ich ErzEngel angerufen hatte. Meine Mutter, der Schlaf nicht viel bedeutete, hatte sich alles notiert, was ich über den Text und den Fuß wusste, und schon während ich mit Irene in das einzige Lokal fuhr, das um diese Zeit noch offen war, rasten Einsen und Nullen durchs Netz und suchten dort nach einem Sinn. Oder einem Muster.

Irene rieb sich die Augen und dehnte den Rücken. »Gabriel ist ein sehr schöner Name. Sie glauben an einen Zusammenhang wegen dieses Engelsgedichts, über das ich nicht schreiben darf? Weil dein Name der Name eines Engels ist?«

Die Polizei hatte Irene ausdrücklich klargemacht, dass jede Erwähnung des Zettels in ihrem Artikel die Ermittlungen ernsthaft gefährden konnte und ihre Chancen auf weitere Informationen von offizieller Seite nachhaltig beenden würde.

Ich hob meinen Blick aus dem Becher und bemerkte, wie müde sie aussah. Die dunklen Schatten unter ihren Wimpern hoben ihre hellen Augen deutlich hervor. Müdigkeit stand schönen Frauen erstaunlich gut, denn sie ließ sie verwegen und lasziv aussehen. Mich ließ Müdigkeit müde aussehen. Wie hatte ich es früher geliebt, wenn SIE mich mitten in der Nacht mit solchen Augen angesehen hatte. Der nahende Schlaf hatte IHREM Gesicht die harten Konturen verwischt und es weicher und sanfter gemacht.

Irene erwiderte meinen langen Blick mittlerweile sehr fragend.

»Du siehst müde aus.« Ich hoffte, sie hörte nicht

heraus, dass ich ihr ein Kompliment gemacht hatte.

»Ich bin müde. Und hellwach. Und vollkommen durcheinander.« Sie drehte das Armband schneller. »Ich werde gleich zu Markus fahren und ihn wecken, ich kann jetzt nicht allein schlafen. Hast du jemanden, der sich kümmert?«

Natürlich, sie würde zu Markus fahren. Ihre Antwort riss mich zurück in die Realität dessen, was wir waren. Sie brauchte eine Story und ich war diejenige, die sie ihr liefern konnte.

»Ich bin gut versorgt.« Das beantwortete zwar ihre Frage, klang aber, als hätte ich für solche Fälle keinen Menschen, sondern eine Vollkaskoversicherung.

Wir standen auf und legten der Krähenwirtin das Geld für den Kaffee auf die Theke. Sie quittierte das mit einem kaum sichtbaren Zucken des Kinns und wandte sich wieder ihren Gläsern zu. Es hätte zu dieser Nacht gepasst, wenn sie dabei heiser gekrächzt hätte und weggeflogen wäre.

Draußen standen wir unschlüssig vor unseren Autos. Hinter dem Edeka-Markt auf der anderen Straßenseite wurde es langsam hell. Aus einem großen Lastwagen vor dem Wareneingang entluden zwei Männer mit dicken Handschuhen Tiefkühlkost. Über den gefrorenen Paketen lag ein feiner Nebelschleier. Ich musste mich abwenden. Irene öffnete ihren Wagen und stieg ein.

»Kann ich dich morgen anrufen? Ich muss das in den nächsten Tagen schreiben und möchte dich noch viele Sachen fragen.«

»Natürlich.« Ich hätte sie gerne umarmt.

Wir winkten uns zu und fuhren in unterschiedliche Richtungen davon. Ich ließ die Fenster im Wagen herunter und drehte das Radio laut. Wieder deutsche Schlager. Zum zweiten Mal an diesem Tag lief mir eine Träne über das Gesicht. Verdammter Fahrtwind.

Rendezvous

dachte ich, als ich die Augen aufschlug und meinte wohl Déjà-vu, aber französisch war nie meine Stärke gewesen. Auf jeden Fall stand meine Mutter an diesem späten Samstagmorgen wieder mit der Zeitung in der Hand an meinem Bett. Die Buchstaben auf der Titelseite schienen seit dem letzten Fund noch einmal ordentlich zugenommen zu haben, aber ich hatte gestern Nacht wenigstens erfolgreich verhindert, dass die hechelnden Jäger der Sensationen ein neues Foto von mir gemacht hatten. Das hatte sie natürlich nicht daran gehindert, das Alte erneut abzudrucken.

Der Strickstrumpfmörder schlägt wieder zu – Es ist Serienmord! Sie findet den zweiten toten Fuß!, schrien die adipösen Schlagzeilen. Darunter das übliche Chaos. Alle möglichen und unmöglichen Adjektive tyrannisierten kurze Sätze und einige arrogante Superlative schlugen wild um sich.

»Sie wissen es zum Glück nicht.« ErzEngel war nervös, und das war sie selten. Ich schaute kurz auf mein Handy, auf dem es außer der Uhrzeit und dem Datum nichts zu sehen gab. Schade.

»Es steht aber doch hier.« Ich deutete in das sprachliche Schlachtfeld. »Die Ermittler der Polizei gehen jetzt von einem zweiten Toten aus, da der gefundene Fuß wieder ein rechter Fuß war. Das war schon gestern Nacht am Gasometer schnell durchgesickert.«

»Sie wissen nichts von Rilke.« Meine Mutter sah mich an, als hätte sie etwas Sinnvolles gesagt.

»Ich weiß auch nichts von Rilke.« Neben französisch war ich auch im Deutschunterricht nicht sehr aufmerksam gewesen.

»Rainer Maria Rilke, der Dichter. Der Text unter dem Fuß ist der Anfang eines Rilke-Gedichts. Diese spezielle Seite entstammt der bekanntesten Gesamtausgabe mit unzähligen Auflagen. Sauber herausgeschnitten, keine Fingerabdrücke, weder auf dem Papier noch auf dem Fuß.« ErzEngel setzte sich an meinen Laptop und rief eine Wikipedia-Seite auf. »Hier ist der ganze Text. Insgesamt eine eher düstere Sache. Wer, wenn ich schriee, hörte mich denn aus der Engel Ordnungen? Rilke hat diese erste Zeile bei einem Spaziergang am Meer im Wind vernommen. Wir hätten wahrscheinlich Möwen gehört, aber er war eben ein Dichter. Wer immer das Gedicht ausgesucht hat, macht sich viele Gedanken über die Leere, die Leere, die der Tod hinterlässt und die Leere, die entsteht, weil man den geliebten Menschen nicht begreifen kann.«

Ich nahm mir den Laptop und überflog die Seite. »Wer immer das tut, hat zwei Menschen in diese Leere befördert.«

»Davon sollten wir ausgehen.« Meine Mutter zog einen Zettel hervor und überflog ihn kurz. »Die Todesursache ist identisch mit dem anderen Fuß, der Zeitpunkt auch. War übrigens auch ein älterer Mensch und mit dem ersten Fuß nicht verwandt. Er wird ebenfalls nicht vermisst.« Die Skatrunde spielte jetzt endgültig Solitaire.

»Fuß eins hat das letzte Jahr also mit einem Altersgenossen in der Truhe verbracht, wie schön.« Mir war eigentlich gar nicht nach Scherzen zumute, das war eher ein Reflex, der mich schützte, und ErzEngel durchschaute das sofort. »Gib dir keine Mühe, an dieser Situation ist nicht sehr viel Lustiges.« Sie zog meine Vorhänge einen kleinen Spalt auseinander und spähte auf die Straße. »Und falls du dich in den nächsten Tagen verfolgt fühlst, die Polizei hat dich netterweise mit etwas Gesellschaft versorgt. Sie gehen davon aus, dass der wahnsinnige Truhenbesitzer dir mit seinen Taten etwas sagen will. Und sie überprüfen seit heute Morgen vorsichtig, ob es in deinem Leben enttäuschte Exliebhaber gibt. Du solltest das beim nächsten Gespräch klären. Und du solltest vorsichtig sein und nicht so oft allein. Die Senioren in meiner Computergruppe sind sehr beunruhigt und fürchten, dass jemand versuchen wird, sie gegen ihren Willen tiefzukühlen. Rose-Lotte Stein hat gestern ununterbrochen Benutzername und Passwort verwechselt, dabei haben wir das in den letzten Wochen ausführlich besprochen. Und dann hat sie es endlich hinbekommen und bei Ebay vier Radkappen ersteigert, dabei hat sie nicht einmal ein Auto. Ich hatte fast den Eindruck, dass sie etwas sagen wollte, dabei spricht sie nie. Sie lässt dich herzlich grüßen und hat schriftlich nachgefragt, ob du auch Obstkuchen magst.«

Ich schob meine Mutter mit besten Grüßen an die vier Radkappen und alle Senioren aus dem Zimmer.

Ich sollte vorsichtig sein und nicht so oft allein. Ein guter Rat. Ich ließ mich mit dem Gesicht voran ins Bett fallen und drückte mir mein Kissen von beiden Seiten gegen den Kopf. Meine Ohren rauschten. Zwei tote Füße, eine schöne Frau und ein drohender Obstkuchen. Ob es darüber schon ein Gedicht gab?

Zwei Gänse mit langen, schwarzen Hälsen

starrten uns aus dem hohen Gras misstrauisch an und schnatterten warnend, als wir unseren Weg durch die Rheinauen ungerührt in ihre Richtung fortsetzten. Obwohl es hier einen ausgewiesenen Wanderpfad gab, hatten die großen Vögel diese Wiese zwischen den kleinen Teichen mitten in der Woche meist für sich allein und waren deshalb auch nicht gewillt, sie zu teilen. Baby hatte meinen Vorschlag, wie früher die Abkürzung durch den Nachbargarten zu nehmen, abgelehnt und darauf bestanden, dass wir gut sichtbar die ganze Straße entlang bis zum Rhein gingen. Überraschenderweise sprach uns auf unserem ganzen Weg niemand an, nur das leise Rascheln der Vorhänge begleitete uns, als zögen wir den Wind hinter uns her.

Wir lächelten den Gänsen freundlich zu, als wir unsere Decke in gebührendem Abstand mit großem Schwung ausbreiteten, was die beiden nicht daran hinderte, empört aufzufliegen und dabei laut über uns zu schimpfen. Baby schirmte ihre Augen mit den Händen ab und folgte ihrem Flug über den Rhein, der in der Ferne träge in der Sonne glänzte. »Wusstest du, dass bis zu zwölf Prozent der Kanadagänse in homosexuellen Beziehungen leben?«

»Waren das Kanadagänse?«

»Woher soll ich das denn wissen?« Sie zog grinsend die Schultern hoch. Wir legten uns ins hohe Gras und starrten in den wolkenlosen Himmel. Baby hatte darauf bestanden, dass ich an meinem freien Tag das Haus verließ, obwohl ich ihr versicherte, mich zwischen meinen Wänden am besten zu fühlen. Wenn ich außerhalb meiner Arbeitszeit vor die Tür gegangen war, hatte ich mich dabei erwischt, dass ich wildfremden Kunden in der Schlange an der Kasse oder an der Tankstelle lange in die Gesichter schaute und überlegte, ob sie heimlich anderen Menschen den Fuß abhackten. Wenn ich Auto fuhr, überprüfte ich im Spiegel, ob die Wagen hinter mir wechselten. Am Gasometer blieb ich am liebsten in meinem Büro, draußen schlenderten jetzt ständig die dunkel gekleideten Herren einer privaten Sicherheitsfirma übers Gelände, kontrollierten Taschen und ließen sich gerne von den immer noch zahlreichen Besuchern fotografieren. Zum Feierabend ging ich nur noch mit Helmut zusammen aufs Dach. Der junge Fotograf, den Irene geschickt hatte, um professionelle Bilder von mir zu machen, hatte sich begeistert über den melancholischen Ausdruck auf meinem Gesicht geäußert und damit bestätigt, was ich schon längst geahnt hatte, Unglück stand mir gut.

Einen Nachmittag lang hatte ich zudem einem interessierten Polizisten alles Relevante über mein Leben erzählen müssen, und auch das hatte mich nicht entscheidend beruhigt. Der Beamte hatte die Nachricht, dass es weder wütende noch glückliche Männer in meiner Vergangenheit gab, äußerlich ungerührt aufgenommen und sich dann vorsichtig nach den Frauen erkundigt.

»Hast du ihm von der Katastrophe erzählt?« Baby nannte SIE nur die Katastrophe.

»Ich habe erwähnt, dass es eine längere Beziehung gab und dass die Betreffende weit weg wohnt und keinerlei negative Gefühle für mich hegt.«

»Und keine positiven. Du bist und warst ihr nämlich total egal.« Baby wickelte einen frischen Kaugummi aus dem Papier und das Geräusch machte mich aggressiv.

»Du kanntest sie doch gar nicht.« Wir diskutierten dieses Thema nicht zum ersten Mal und ich wusste genau, was sie jetzt sagen würde.

»Genau. Was für meine Theorie spricht. Du warst acht Jahre mit ihr »zusammen« und niemand von deinen Freundinnen kannte sie. Und warum war das so? Dein Leben hat sie einfach nicht interessiert.«

»Baby, bitte, das ist lange vorbei und ich habe im Augenblick andere Sorgen!«

Sie unterbrach ihre heftigen Kaubewegungen und legte den Arm um mich. »Sie hat dir wehgetan und ich konnte nichts tun, und das macht mich immer noch wütend.«

Ich lehnte mich an sie und sagte. »Da draußen ist jemand, der ältere Menschen tötet und einfriert. Und dem das jetzt langweilig geworden ist und der mich möglicherweise beobachtet.« Immer, wenn ich mir das klarmachte, wurde mir kalt und ich fühlte mich klein und schutzlos. Der unendliche blaue Himmel über mir machte das nicht besser. Die beiden Gänse kamen zurück und umkreisten uns in großer Höhe. Ich vermochte ihnen nicht anzusehen, ob sie aus Kanada kamen und zu den zwölf oder den achtundachtzig Prozent gehörten.

Baby strich mir beruhigend über den Rücken. »Möglich und nicht möglich. Es kann doch auch sein, dass es am Gasometer liegt und nicht an dir. Vielleicht liebt er den Ausblick. Das mit dem Engel und deinem Namen ist doch sehr weit hergeholt. Vielleicht heißt der Kühltruhenbesitzer Michael oder die beiden Toten hießen Uriel und Ezekiel. Ich verstehe das Gedicht sowieso nicht. Wieso sind Engel schrecklich?«

Darüber hatte ich auch schon nachgedacht. »Vielleicht meinte Rilke, dass es Dinge gibt, die so schön und mächtig sind, dass sie uns, wenn wir ihnen zu nahe kommen, im Endeffekt zerstören.«

»Und wie passt das zu den beiden alten Herren in der Kühltruhe? Wem sind die zu nahe gekommen?« Baby verscheuchte eine weibliche Mücke, die ihren wahrlich appetitlichen nackten Arm für eine Einladung gehalten hatte.

Auch darüber hatte ich nachgedacht und war zu keinem Ergebnis gekommen. »Irene Thomas kommt morgen und wir machen das Interview fertig. Sie hat mir den ersten Entwurf mit ihren Eindrücken schon geschickt. Das wird zur Abwechslung mal eine gute

Geschichte, nicht so ein Großbuchstabenschund. Schade, dass sie über die Rose und das Gedicht nicht schreiben darf, sie schreibt sehr schön. Sehr einfühlsam.«

»Womit wir wieder beim Thema Liebe wären.«

»Wie kommst du denn darauf?« Ich sah Baby böse an.

»Ist sie nicht frisch verliebt, verlobt und demnächst verheiratet?« Baby sah eine Spur zu unschuldig aus. Meine Begeisterung für die attraktive Frau, mit der ich eine in weiten Teilen schlimme Nacht verbracht hatte, musste unbemerkt in meine Worte gesickert sein. Das war mit Begeisterung so. Sie war flüssig, so lange sie noch so frisch war, und breitete sich schnell unkontrolliert in andere Bereiche aus. Ich musste darauf achten.

»Wird zwar Zeit, dass du den Altar der Katastrophe endlich abräumst, aber diesen Weg kann ich dir nicht empfehlen, weil er in die gleiche Richtung führt. Habe ich Richtung gesagt? Ich meinte Sackgasse! Oder interessiert dich nur das Unerreichbare, das ständige Sehnen? Willst du den Niederungen des Alltags durch die ewig unerfüllte Liebe ausweichen?«

»Mich interessiert, wer dir ein Abonnement der Zeitschrift ›Psychologie heute‹ geschenkt hat?«

»War sie denn nicht perfekt, deine ›Beziehung‹ zur Katastrophe? Sie hat nie die Zahnpasta falsch zugedreht, die Milch vergessen oder den Müll nicht hinuntergebracht. Ihr seid nie gemeinsam mit schlechtem Atem und schlechter Laune erwacht. Ihr habt euch nie die falsche Couch ausgesucht und dann darüber gestritten. Und warum? Weil sie nie da war. Perfekt!« Baby schlug mit einem Handstreich eine ganze Gruppe junger, wilder Mückenmädchen bewusstlos. Offensichtlich hatte die erste Mücke Verstärkung angefordert.

»Wer im Glashaus sitzt …, meine Liebe. Ich kann mich nicht erinnern, dass in deinem Leben eine Frau jemals lange genug anwesend war, um überhaupt herauszufinden, wo dein Mülleimer steht.« Da sich keine der Mücken für mich interessierte, riss ich ein vollkommen unschuldiges Grasbüschel aus dem Boden und warf es wütend zur Seite.

Mir war zwar klar, dass es einen Unterschied zwischen ihren und meinen Entsorgungsgewohnheiten gab, aber ich war nicht bereit, das zuzugeben.

»Ich will nur nicht wieder zusehen, wie du der Welt entsagst, um dein Telefon zu bewachen.«

Mein Handy ruhte in meiner Tasche und war auf die lauteste Stufe plus Vibration gestellt, aber das musste Baby nicht wissen.

»Mach dir keine Gedanken und creme mir lieber den Rücken ein.« Ich zog mir das T-Shirt über den Kopf und drehte mich auf den Bauch. Es reichte vollkommen, wenn ich mir Gedanken machte.

Laute Stimmen aus dem Wohnzimmer

ließen mich im Hausflur innehalten und lauschen. Baby hatte mich mit einigen Warnungen, guten Ratschlägen und schwesterlichen Küssen vollkommen sonnenverbrannt den kurzen Weg bis zu unserem Haus begleitet, wo ihr Wagen stand. Ich setzte gerade den Fuß auf die unterste Stufe der Treppe, als die Tür zur Wohnung meiner Mutter aufgerissen wurde und sie selber mich mit wehendem Haar und flehendem Blick ins Wohnzimmer winkte.

»Hast du wieder die Haustür offen stehen lassen oder wie ist die Kaltfront ins Haus gelangt?«

»Eine halbe Stunde, bitte Otter! Ich werde sonst verrückt.« Das war meine Mutter nach Meinung meines Bruders, der im Wohnzimmer auf einem Sessel mit der Fernbedienung des Fernsehers spielte, zwar schon, aber ich ging trotzdem mit. Er trug mal wieder diese Mischung aus Leinenhose und Pastellhemd mit weißem, um die Schulter geknoteten Pullover, von der er hoffte, dass sie ihn wie einen Harvard-Absolventen aussehen ließ. In Wirklichkeit sah er eher wie Ken, Barbies Freund, aus, nachdem ein paar Vierjährige ihn im Sandkasten für ihre Teeparty angezogen hatten. Ihm gegenüber saß Stracciatella in einem schicken Sommerkleid und nippte vornehm an einem Wasser. Vor beiden auf dem Tisch stand ein Dessertteller mit einem kaum angerührten Stück Kuchen. An dem matschigen, gelblichen Belag, der den verbrannten Boden dick bedeckte, erkannte ich, dass Rose-Lotte Stein sich endlich auch an Obstkuchen gewagt hatte. Heiner nickte mir zu und schaltete dann wieder auf ein neues Programm. Immer wenn er sein Elternhaus betrat, versuchte er es so schnell wie möglich durch den Fernseher wieder zu verlassen. Er schaltete missmutig ein paar Programme durch, bis eine Karawane von Börsenkursen, die unermüdlich über den unteren Bildschirmrand zog, ihn beruhigte. Ich sah seine Augen gierig über die Zahlen flackern und hoffte wieder einmal, dass er adoptiert war.

»Charlotte, wie schön.« Stracciatella machte eine Muskelbewegung im Gesicht, die entfernt einem Lächeln ähnelte, zusammen mit der ansonsten starren Mimik aber eher wie ein Zeichen von Parkinson wirkte. Ich schenkte mir ein Glas Cola ein, das bedauerlicherweise Zimmertemperatur hatte und hielt es ihr schnell hin.

»Lena-Stella, wie nett dich zu sehen. Kannst du das mal kurz halten? Nicht abstellen, bitte, das gibt Flecken.« Sie nahm das Glas misstrauisch, während ich mich in der Schrankschublade meiner Mutter umständlich nach Keksen umschaute. Aus dem Augenwinkel behielt ich mein Getränk in ihren kalten Händen im Blick. Als sich eine dünne Eisschicht auf der Cola in ihrer Hand bildete, holte ich es mir zurück und trank einen großen, erfrischenden Schluck. Im Sommer hatte meine Schwägerin durchaus auch praktische Seiten.

Dann allerdings begann sie zu sprechen: »Es ist schrecklich, was unserer Familie da passiert. Ich weiß gar nicht, wie wir damit fertig werden sollen. Das ist doch eine Bedrohung! Vor allem für mich und meine Kinder. Da hat es einer dieser perversen Triebtäter auf unschuldige Bürger abgesehen.« Sie machte eine große, herrische Geste, die die Stadt und mehr einschloss. Urbi et Orbi waren in Gefahr und mussten verteidigt werden. Ich sah dunkle Menschenmengen vor mir, die angeführt von meiner Schwägerin mit lodernden Fackeln, Mistgabeln und Sensen zur Hütte des Monsters drängten.

Es gab eine Zeit zu reden und es gab eine Zeit zu schweigen, es gab auch eine Zeit zu schreien. Welche war nur jetzt? Ich sah zu meiner Mutter hinüber. Erz-Engel blätterte summend in einer Frauenzeitschrift, die sie genau für solche Zwecke auf dem Couchtisch liegen ließ. In Wirklichkeit konnte sie König Juan Carlos nicht von König Pils unterscheiden, aber sie wusste, was mein Bruder von ihr erwartete. Und was nicht. Ihr Laptop ruhte gut verschlossen im Arbeitszimmer. Ich beschloss, der Konfrontation auszuweichen, ich hatte genug Probleme. »Ja, es ist nicht schön.«

»Nicht schön? Das ist typisch für dich!« Heiner hob den Blick von seiner Zahlenpolonaise, schob sich ein großes Stück Kuchen in den Mund und zermalmte es stellvertretend für alles Böse in der Welt zwischen seinen Zähnen. »Dass mir das jetzt auch noch passieren muss.«

Natürlich, wie hatte ich vergessen können, dass die jüngere Geschichte der Menschheit aus Ereignissen bestand, die meinem Bruder passiert waren. Als mein Vater Ende der siebziger Jahre kurzfristig seine Arbeit verlor, konnte mein Bruder es nicht fassen, dass das ausgerecht ihm nach seinem Wechsel aufs Gymnasium passieren musste. Er hatte in der Folge auch mein Coming-out und den Unfall meiner Eltern als persönliches Schicksal durchlitten. Die deutsche Wiedervereinigung hatte seine Aussicht auf einen Job im nahe gelegenen Bonn zerstört und Terroristen hatten ihm am 11.09.2001 den lange geplanten USA-Aufenthalt ruiniert.

Sein Kiefer nahm gleichzeitig Rache am Kuchen und an der Welt.

»Das sind die Konsequenzen dieser liberalen Tendenzen, ohne Werte, ohne Regeln. Hier kann doch bald jeder machen was er will! Kein Wunder, dass Mutter das Haus nicht mehr verlässt.« Er warf mir einen schrägen Blick zu. Eigentlich sagte er »Konschzequenschen« und »Tendenzschen« und die gelbliche Obstmasse quoll dabei aus seinen Mundwinkeln, aber ich versuchte, mich nicht darauf zu konzentrieren. Wenn ich mir allerdings die steile Zornesfalte auf seiner Stirn ansah, war unsere gemeinsame Mutter auch in ihrem Haus nicht wirklich sicher.

»Ich weiß nicht, ob es für unsere Mutter nicht besser wäre, an einem sicheren Ort zu wohnen. Ich muss ja schließlich mit dieser ständigen Sorge klarkommen.« Heiner quetschte noch mehr Obstmatsche in den Mund. Der Umzug seiner Mutter in ein Altenheim war ihm nicht nur aus reiner Sorge wichtig, sondern der dann anstehende Verkauf unseres Elternhauses sollte auch die Abzahlung seiner Doppelhaushälfte entscheidend beschleunigen. ErzEngel summte jetzt lauter. Ich sah sie kurz an, sie nickte unauffällig und begann langsam vor und zurück zu wippen.

»Heiner, bitte. Du weißt doch wie schnell Mutti sich aufregt.« Mein Bruder sah ungehalten zu unserer Mutter, die jetzt schneller wippend mit einem Bleistift große, dunkle Kreise auf das Bild einer europäischen Königin, die sich zu staunenden, aber frisch gewaschenen Waisenkindern hinunterbeugte, malte. Ich ging zu ihr hinüber, nahm ihr den Stift weg und sagte: »Es wird spät. Heiner und Lena-Stella müssen jetzt leider gehen, Mutti. Sollen wir sie zur Tür bringen?«

»Schon? Ich wollte doch noch Schnittchen machen« Sie schaute mich mit traurigen Augen an und sah dabei wie der Harlekin aus, dem auf zu bunten Ölbildern eine gläserne Träne die Wange hinabrann.

»Die Schnittchen machst du das nächste Mal, Mutti.« Heiner und Stracciatella ließen sich von ErzEngel und mir hinausbegleiten und ich achtete darauf, dass die Tür hinter ihnen sauber ins Schloss fiel.

ErzEngel sah mich fragend an, verschwand dann kurz im Bad und begann mit einer Bürste ihre Haare zu teilen. «Meinst du, das mit dem Hospitalismus war zu viel?«

»Das fand ich persönlich sehr gelungen. Die traurigen Augen waren zu viel. Hast du eigentlich keine Angst, dass er eines Tages mitbekommt, dass du mit erstaunlich klarem Verstand Computerkurse im Gemeindezentrum gibst?«

Sie schüttelte den Kopf. »Überhaupt keine. Kein Schwein bemerkt, was alte Menschen tun, und das interessiert auch niemandem.«

Diesen Tag

würde mein Freund, der Staub, so schnell nicht vergessen. Zuerst hatte ich ihn in aller Frühe mit lautem

Staubsaugergetöse geweckt und dann hatte ich ihn gnadenlos über Tische und Regale bis aus dem Fenster gejagt. Dort hatte er, betrunken von so viel Freiheit, minutenlang im hellen Sonnenlicht zu der lauten Musik aus meinen Boxen getanzt, bis ihm klar geworden war, dass ich das Fenster hinter ihm geschlossen hatte. Jetzt lag er niedergeschlagen im Gras und hoffte, sich unter der nächsten Schuhsohle zurückschleichen zu können.

Genau 63 Sekunden nach 15.00 Uhr klingelte es und ich rannte die Treppe hinab, um Irene Thomas zu öffnen.

»Du bist aber pünktlich.« Nicht, dass ich darauf geachtet hätte.

»Natürlich.« Sie hielt mir ein kleines Paket entgegen. »Für dich.«

Ich nahm es ihr verlegen aus der Hand und ging vor ihr her, in meine Wohnung.

»Klasse!« Sie lehnte ihre Aktentasche an die Wand und blieb begeistert vor der riesigen, schwarz-weißen Comic-Zeichnung einer maskierten Superheldin stehen, die den größten Teil meiner Wohnzimmerwand einnahm. »Das Bild sieht toll aus. Und passt toll hier rein.« Sie bedachte auch den hellen Raum und die wenigen Möbel mit wohlwollenden Blicken.

»Danke.« Ich nestelte an der Verpackung der kleinen Schachtel und sah ihr zwischendurch dabei zu, wie sie sich in meinen Räumen umsah. Ihr Gesicht ließ vermuten, dass ihr alles, was sie sah, einigermaßen zusagte. Und dass ihr die Stellen an der Wand, an der IHRE Bilder gehangen hatten, auffielen. Und das Gedicht, das in großen schwarzen Buchstaben die weiße Wand im Flur bedeckte. Sie las es sich leise vor:

Du gehst neben mir und die Stadt wird bloße Kulisse.
Wird nur für uns
hinabgelassen,
hochgezogen,
aufgestellt
und weggeschoben,
mit jedem Schritt, den wir gehen.

Die Zeit hat das Zählen von Sekunden aufgegeben und rennt und springt wie ein junger Hund um uns herum.

Das ist Glück, denke ich und hebe mein Gesicht.

Über uns warten Millionen von ewigkeitsmüden Engeln ungeduldig darauf, sich federleicht durch diesen einen Augenblick tragen zu lassen.

Mag sein, dass die anderen sie für Schneeflocken halten werden.

»Sag mir bitte, dass das da schon länger klebt und dass es nicht von Rilke ist.« Sie schaute mich prüfend an. So seltsam das auch klang, aber mir fiel erst in diesem Augenblick auf, dass das Wort Engel in diesen Zeilen vorkam. »Das klebt da schon sehr lange und es ist nicht von Rilke. Und es ist ein weiterer Beweis dafür, dass Engel nicht unbedingt etwas mit meinem Namen zu tun haben müssen.« Oder nur wenig. SIE hatte mir diese Klebebuchstaben geschenkt, angebracht hatte ich sie selber.

»Dann also eine unglückliche Liebe?« Sie zeigte abwechselnd auf das Gedicht und den Fleck, über dem früher ein Bild von IHR und mir gehangen hatte, das ich in jenem ersten Winter mit Selbstauslöser gemacht hatte. Es waren nicht mehr sehr viele Bilder von uns beiden dazu gekommen, denn auch gemeinsame Fotos beunruhigten SIE.

»Du bist verrückt!« Ich nahm vollkommen überrascht ein schwarzes Armband, wie das, das sie auch heute wieder trug, aus der kleinen Schachtel.

»Wegen des Geschenks oder wegen meiner Vermutung, was die Liebe angeht?« Sie lächelte mich entwaffnend an.

»Wegen des Geschenks! Das wäre doch nicht nötig gewesen.« Ich klang wie eine ältliche Tante, der man eine Flasche Kirschlikör geschenkt hatte.

»Es hat dir doch so gut gefallen. Eine Freundin von mir macht die selber und ich dachte, du könntest eine kleine Freude gebrauchen.«

Ich brauchte eigentlich jemanden, der Wasser in Wein verwandeln konnte, würde mich aber in diesem Fall mit einem Armband zufriedengeben. »Vielen, vielen Dank!« Ich versuchte, mir das Band um den Arm zu legen, bekam aber den Verschluss mit nur einer Hand nicht zu.

»Lass mich das machen.« Sie drückte die beiden Elemente des Verschlusses ineinander und drehte das Armband so, dass der silberne Anhänger oben lag. Dann hielt sie ihr Armband wie zum Vergleich neben meines und lachte mich an. »Partnerlook.«

Die Unschuld, mit der sie unsere frisch verpartnerten Arme betrachtete, zeigte mir deutlich, dass ihre

Sympathie für mich von keiner heimlichen Leidenschaft getrübt war. Sie bemerkte meinen melancholischen Blick und fragte ernsthaft. »Wie geht es dir?«

Ich riss mich aus meinen Gedanken. »Wenn ich das wüsste. Es gibt Tage, an denen ich das alles unwirklich finde, dann wieder macht es mir Angst oder es macht mich wütend. Ich bin nicht gern allein und ich bin noch viel weniger gern unter Menschen.« Bei ihr versuchte ich gar nicht erst, unehrlich zu sein.

Sie hatte meine Worte mit leichtem Kopfnicken begleitet. »Ich kann das so gut verstehen. Bin selber überrascht, wie sehr mich der Anblick dieses Fußes aus der Bahn gehauen hat. Irgendwie war das vorher alles nur Theorie, weißt du? Obwohl ich ja die Bilder gesehen und mit den Polizisten darüber gesprochen hatte. Aber es war nur eine Geschichte, die ich möglichst gut erfassen wollte. Jetzt ist es anders, jetzt ist es mir passiert. Hast du gelesen, was ich dir an Text geschickt habe?«

»Ja, habe ich. Mir gefällt dein Ansatz. Diese Frage nach dem Leben der beiden Opfer, die völlig unbemerkt verschwinden konnten und die niemand vermisst, kommt sonst in der Berichterstattung auffallend zu kurz. Und auch der Hunger der Medien nach dem Schrecklichen ist ein guter Punkt.« Mir hatte ihr Text eine ganz neue Perspektive auf die Ereignisse eröffnet und ich musste feststellen, dass auch ich meist wie hypnotisiert auf den Täter gestarrt hatte, ohne wirklich über die Opfer nachzudenken.

»Da verschwinden zwei alte Männer und kein Mensch bemerkt es. Es gibt keine Familien, die nach ihnen suchen, keine Nachbarn, die etwas bemerken, es gibt nichts. Und der Täter? Wissen wir überhaupt, ob es da eine Tat gab? Vielleicht ist das Ganze eine Art Hilfeschrei. Diese Rose, dieser Rilke-Text, das hat doch nichts wirklich Bedrohliches, das wirkt doch viel eher verzweifelt.« Sie setzte sich an meinen großen Tisch, den ich bis 14.55 Uhr drei Mal neu gedeckt hatte.

»Wo ist da die Grenze?« Ich nahm den viel zu großen Obstsalat aus dem Kühlschrank und holte das Eis aus dem Tiefkühlfach. Sie sah mir nachdenklich zu. »Das ist eine gute Frage.«

»Die ich, vor allem nachts, auf keinen Fall zu beantworten versuche.«

»Schläfst du auch so schlecht?« Sie drehte wieder an dem Armband, das ich jetzt auch am Arm trug.

»Ich weiß gar nicht, ob ich das schlafen nennen will. Ich überbrücke die Nacht, trifft es besser. Ich will nicht glauben, dass diese Sache etwas mit mir zu tun hat, aber der Gedanke lässt mir auch keine Ruhe.« Warum sagte ich ihr lauter Sachen, die ich Baby und meiner Mutter verschwieg?

»Geht mir genauso. Ich meine, das mit der Ruhelosigkeit und den Gedanken. Ich bin sehr froh, dass ich bei Markus bleiben kann und ihn mit meinen nächtlichen Spaziergängen nicht nerve. Ich war schon seit Tagen nicht mehr allein in meiner Wohnung.«

»Meinst du, es würde ihn stören, wenn ich auch noch bei ihm übernachte?« Der Schmerz hatte mich ungedeckt an der Flanke erwischt und ich zuckte zusammen. Also zog ich meinen Schutzwall aus soliden Scherzen hoch und trug die Schälchen mit dem Obstsalat und dem Eis zum Tisch.

»Ich kann ihn fragen. Mich würde es nicht stören. Du könntest mich auf meinen Wanderungen durchs Wohnzimmer begleiten. Alles was du brauchst, ist festes Schuhwerk, es gibt da ein paar bemerkenswert tiefe Unebenheiten in seinem Parkett.« Sie lächelte wieder mit diesem offenen Blick, der mir schon am Gasometer zu gut gefallen hatte. Dann nahm sie einen Löffel Eis und Obst und deutete damit auf die Flecken an der Wand und das Gedicht im Flur. »Anderes Thema! Darf ich fragen, was passiert ist?«

»Liebe.«

Sie nickte. »Jemand hat dir das Herz gebrochen?«

»Wie kommst du darauf?« Sie war die Erste, die meine Mischung aus demonstrativer Poesie und unregelmäßig belichteter Wand in Verbindung brachte. Allerdings bat ich auch nicht übertrieben viele Leute in unser Haus.

»Nun ja, deine Wohnung ist geschmackvoll und mit viel Sinn für Schönheit eingerichtet. Alles hat seinen Platz, ist einfallsreich und fröhlich. Und dann kommt das Gedicht und springt einen an. Ich vermute weiterhin, dass du eine Erinnerung an die Bilder, die dort gehangen haben, bewahren möchtest, sie aber nicht mehr sehen willst. Würdest du dich nicht erinnern wollen, hättest du dafür gesorgt, dass die Stellen nicht mehr zu sehen sind.«

Ihre Analyse war klar und schnörkellos. Ich war beeindruckt und fühlte mich ertappt. »Richtig kombiniert, Herr Holmes. Jemand hat mir das Herz gesprengt.«

»Wie lange ist das her?«

»Acht Jahre.«

»Und du möchtest immer noch täglich daran erinnert werden?« Touche!

Sie sprach aus, was Babys Blicke bei jedem Besuch sagten.

»Ich will daran erinnert werden, vorsichtig zu sein.« Nie war dieser Vorsatz so wertvoll wie heute.

Irene sah mich an, als könnte sie den Rest der Geschichte in meinen Augen lesen, und ich stellte ihn ihr willenlos zur Verfügung.

»Große Liebe?«

Ich nickte. »Für mich schon.«

»Und du hattest das Ende nicht kommen sehen?«

»Sagen wir mal so: Die Nebenwirkungen dieser speziellen Liebe waren so fett gedruckt, dass ich sie wohl als Einzige nicht lesen konnte.«

»Lass mich raten. Er hatte eine andere Frau?« Sie nahm noch einen großen Löffel und ich folgte einer mit Schokoladeneis bedeckten Erdbeere mit meinem Blick in ihren Mund. »Das hier ist übrigens unglaublich lecker.«

Allerdings.

Was hatte sie gefragt? Ob er eine andere Frau hatte? Hatte Markus vergessen zu erwähnen, von welchem Geschlecht ich mir das Herz zerfetzen ließ? Dann war jetzt die richtige Zeit, um die frisch geschlossene Armpartnerschaft auf ihre erste große Probe zu stellen.

»Es gab einen anderen Mann.« So, es war raus und gesagt. Meine Speiseröhre klopfte in einem gut gemeinten Versuch, das fehlende Herz zu vertreten. Ich zählte die Erdbeerstücke in meinem Schälchen und fragte mich, welches Thema ich eigentlich schwieriger fand, Liebe oder Tod.

»Echt? Ich glaube, das hätte mich auch umgehauen, wenn mich ein Kerl für einen anderen Mann verlassen hätte.«

Wunderbare Welt der Missverständnisse. »Es war eine Frau, die mich verlassen hat.« Wunderbare Welt der Offenbarungen.

Irene zog den Löffel etwas zu hektisch durch die Eisschicht, und das verriet ihre Überraschung. Ihre Stimme tat es nicht. »Du bist lesbisch?«

Ich zeigte auf die Flecken an der Wand. »Theoretisch schon.«

Das brachte sie mitten in ihrer leichten Verwirrung zum Lachen und der Moment der Unsicherheit zwischen uns war vorbei. »Also gibt es auch auf der anderen Seite nicht das ewige Glück?«

»Tut mir leid. Wir schreiben das zwar nie in die Broschüren, die lesbisches Leben empfehlen, aber Liebe ist immer reine Lotterie, wenn zwei Menschen beteiligt sind.« Irenes Lachen war wirklich eine Attraktion und ich nahm mir vor, ihr so oft wie möglich einen Grund dafür zu geben.

Sie schloss das schöne Lachen mit einem Seufzen ab. »Ich bin, was Beziehungen angeht, leider keine Expertin und kann dir jetzt nicht die entscheidenden Ratschläge geben. Bis ich Markus getroffen habe, fand ich alles, was über eine Affäre hinausging, irgendwie zu nah. Und Affären fand ich zu belanglos. Da bleibt dann nicht mehr viel. Und dann war ich eines Tages vierzig Jahre alt und dachte zunehmend darüber nach, warum das so war, und eine innere Stimme unkte, dass ich den Rest dieses Lebens alleine verbringen würde und dieser nette, eigentlich zu junge Mann aus der Grafik brachte mir bei jedem Besuch in der Redaktion so viel Kaffee, dass mein Magen in Gefahr war, also ging ich mit ihm aus und stellte fest, dass seine Anwesenheit diese innere Stimme zum Schweigen brachte. Und jetzt heiraten wir.« Sie holte demonstrativ Luft und rührte verlegen etwas Eis unter ihr Obst.

Mir war nicht aufgefallen, dass sie älter war als ich, sie wirkte irgendwie zeitlos. »Das freut mich für dich. Und für Markus.« Es freute mich nicht ganz so sehr, wie es klang und deshalb wechselte ich das Thema wieder zum Tod. »Was willst du denn noch von mir über die Sache mit dem Fuß wissen?«

Sie zog ihre Unterlagen aus der Tasche und stellte mir Fragen, bat um meine Meinung zu Abschnitten im Text und wir diskutierten unseren gemeinsamen Fund und das Gedicht bis zum Abend. Schließlich unterbrach ein lang gezogenes Knurren unser angeregtes Gespräch und ich legte mir schuldbewusst die Hand auf den Magen. »Sieht ganz so aus, als ob dieses Thema nicht mehr in der Lage ist, mir den Appetit zu verderben. Hättest du Lust auf einen Salat in einem Biergarten?«

»Sehr gerne! Kennst du was Gutes? Sonst würde ich das Haus am See vorschlagen.«

»Gute Idee.« Sie hätte auch das Haus am Polarkreis vorschlagen können. »Lass uns mein Auto nehmen, ich fahre.«

Im Auto drehte ich das Radio lauter, weil mir das Lied gefiel. Sie summte mit und beim Refrain fielen wir beide ein. »California dreaming, on such a winters day.« Wir grinsten uns ob dieses spontanen Duetts zufrieden an. »Du kannst auch nicht singen?«

»Keinen Ton.« Ich ließ die Fenster hinunter und der Fahrwind wirbelte übermütig durch den Wagen.

»Wie lange hat deine Beziehung damals gedauert?« Sie sah mich von der Seite an. Ich versuchte nicht zu überinterpretieren, dass Irene das Thema spannend fand. Was sollte ich antworten? Das war eine schwere Frage. SIE hatte unsere gemeinsame Zeit nie für eine Beziehung gehalten. Das war allein meine Interpretation der Ereignisse gewesen. SIE hatte jede verbindliche Bezeichnung abgelehnt, und es hatte SIE gelangweilt, darüber zu sprechen. SIE traf mich oder SIE traf mich nicht, SIE liebte mich einen Monat lang intensiv und ließ sich dann drei Monate nicht sehen. SIE zog in eine andere Stadt. So waren die Jahre vergangen, für SIE und für mich.

»Ich habe sie kennengelernt, als ich zwanzig war, und mit siebenundzwanzig wollte ich ihr ein Porzellanschwein hinterherwerfen. Seitdem habe ich sie nie wieder gesehen. Das Porzellanschwein steht in meinem Schlafzimmer.«

»Natürlich!« Sie lachte. »Du hast eine Schwäche für Reliquien. Habt ihr zusammengewohnt?«

»Um Gottes Willen.« Meine Reaktion gab unfreiwillig Auskunft über IHRE Meinung zu diesem Thema. »SIE wollte eigentlich keine Beziehung zu einer Frau und ein gemeinsames Leben kam für SIE nicht in Frage.«

»Aber sie hat dich geliebt?«

»Auf IHRE Weise vielleicht schon. Auf meine nicht.«

»Was ist deine Weise zu lieben?« Irene betrachtete einen fernen Punkt am Ende der Straße.

»Das ist eine gute Frage.« Auf die ich keine Antwort hatte. Hättest du Lust, das mit mir zusammen herauszufinden, dachte ich, erschrak und zuckte mit den Schultern. Sie interpretierte mein schuldiges Schaudern als Ratlosigkeit.

»Also hat sie sich einen Mann gesucht?« Obwohl die Fahrt mit Irene im Auto schön war und ich nichts gegen ihre Fragen hatte, wurde mir bei dieser Erinnerung der leere Brustkorb eng und ich musste tief Luft holen. »SIE hat sich das Leben gesucht, das besser zu IHR passte. Als ich es herausgefunden habe, war SIE schon ein ganzes Jahr verheiratet. Ein Jahr, in dem SIE auch mich wiederholt getroffen hatte. Und SIE war schwanger. Ich denke, deshalb hat SIE es mir überhaupt erzählt. Weil sich das ja nun nicht ewig verbergen ließ.« Und jeder der tausend Nägel, der sich mir bei IHREN vielen langen Abwesenheiten ins Herz gebohrt hatte, war als tödlicher Inhalt dieser explodierenden Splitterbombe durch meinen Körper geschossen und hatte sich in weit entfernte Organe gegraben.

»Das ist nicht dein Ernst?« Irene legte mir die Hand auf den Arm und ich hörte ihrer Stimme an, dass sie wirklich entsetzt war. »Warum tut jemand so etwas?«

»Das müsstest du SIE fragen.«

»Und warum hast du das all die Jahre mitgemacht?«

Das hatte ich mich auch schon gefragt, wurde allerdings nicht sehr gerne darauf angesprochen.

»Weil ich das für Liebe gehalten habe? Und weil ich immer gehofft habe, dass SIE sich eines Tages ändert und dass die Worte, die SIE in den Nächten gesagt hatte, auch am Tag galten?«

Die Musik im Radio wurde von einem Jingle unterbrochen, der aktuelle Nachrichten ankündigte. Ich hörte den ersten Satz und drehte das Radio noch lauter.

»... gefunden. Das stillgelegte Zechengelände im Essener Stadtteil Burgaltendorf wird vor allem von Spaziergängern genutzt. Ein Hund hatte den ebenfalls in einem grünen Wollstrumpf abgestellten Fuß am späten Nachmittag gewittert und sein Halter hatte daraufhin die Polizei benachrichtigt. Es gibt noch keine Informationen von den Behörden, ob es sich bei dem neuen Fund um einen weiteren Toten handelt. Weitere Meldungen zu diesem Thema in den nachfolgenden Nachrichten.«

Wir sahen uns wortlos an. Irene fand als Erste die Stimmbänder wieder. »Es hat nichts mit dir zu tun. Hast du gehört? Irgendeine Brache im Essener Süden.« Sie hatte recht, das war die gute Nachricht. Die schlechte war, dass es weiterging. Mit mir oder ohne mich. Wieder neue Schlagzeilen und Sondersendungen. Wieder Übertragungswagen, die wie unförmige Geier niedrig um die Fundorte kreisten.

Wir warteten im Wagen vor dem Biergarten die nächsten Nachrichten ab, aber es gab keine weiteren Erkenntnisse. Es stand offensichtlich noch nicht fest, ob der Fuß zu einem der beiden anderen Toten gehörte oder ein weiteres Opfer enthüllte. Ob wieder eine Blume oder ein Gedicht bei dem Fuß gefunden worden war, würden wir im Radio sowieso nicht erfahren, aber dafür gab es ja ErzEngel und Duislexic.

Wir suchten uns einen Tisch am Wasser und saßen uns in einem nur von wenigen Worten unterbrochenen, aber nicht unangenehmen Schweigen gegenüber, so als hätten uns die schwierigen Themen der letzten Stunde noch enger verbunden. Ein bunter Erpel paddelte in großen Kreisen eifrig über den dunklen See, als wäre es seine Aufgabe, etwas Bewegung in die spiegelglatte Fläche zu bringen. Kurz bevor wir bestellten, betrachtete er seine Arbeit als getan und flog mit lautem Geschnatter davon.

»Und du hast dich nicht mehr verliebt, seitdem sie dich verlassen hat?« Irene sah dem Erpel hinterher.

»Nein.« Ich wollte gar nicht einsilbig sein und ich verstand, dass sie lieber über die Liebe als über den Tod reden wollte, aber ihr Interesse machte mich glücklich und das wollte ich nicht. Und was sollte ich ihr auch über die letzten Jahre erzählen? Ich hatte mich genau zwei Mal mit Frauen verabredet und bei beiden Verabredungen das gleiche Gefühl gehabt. So als wären wir gar nicht wirklich zwei Personen, die sich miteinander trafen, sondern Teil einer großen Menge Menschen, die sich versammelt hatten, um auf ein lang ersehntes Konzert zu warten. Wir hatten erwartungsfroh und fremd nebeneinander gesessen, aber die Erwartung hatte uns nicht gegenseitig gegolten. Und wie die erwartungsfrohe Menge in großen Stadien, hatten wir nichts Wirkliches miteinander anzufangen gewusst. Da das Warten auf das ferne schöne Ereignis in beiden Fällen lang geworden war, hatten wir mit dem Gesprächsäquivalent einer Welle begonnen, einer Suche nach dem kleinsten gemeinsamen Nenner, und waren kurzfristig begeistert darüber gewesen, dass wir etwas miteinander tun konnten. Dann war die Welle einige Male durchs Stadion und unser Gespräch gelaufen und wir hatten erkannt, dass das leider auch das Einzige war, das wir gemeinsam hatten. Also waren wir wieder still geworden und hatten weiter nebeneinander auf den Hauptakt gewartet.

Die Kellnerin stellte zwei hoch aufgetürmte Salatkreationen auf den Tisch und erkannte mich, als ich sie nach dem Salzstreuer fragte.

Ihre Stimme überschlug sich. »Sie sind die Frau mit dem Fuß, oder? Haben Sie schon gehört, dass die heute wieder einen gefunden haben? Das ist ein Serienmörder! Bestimmt! In der Zeitung steht, es ist vielleicht jemand, den Sie kennen.« Sie schaute sich suchend um und sagte laut: »Ich habe gelesen, dass Sie unter Polizeischutz stehen.«

Irene griff quer über den Tisch nach der Hand der aufgeregten jungen Frau und zog sie mit festem Griff näher. Ihre Stimme klang wie das gespielte Flüstern in Filmen. »Kein Aufsehen, ich bin vom Geheimdienst und bewaffnet. Agentin Mulder.« Sie deutete auf ihren Hosenbund, an dem sich meines Wissens nichts anderes als ein Gürtel befand. »Ich sorge für ihren Schutz.

Wenn ihnen etwas auffällt, melden Sie sich bitte sofort bei mir, ich fordere dann Luftunterstützung an.«

Die Kellnerin wich erschrocken und tief beeindruckt zurück und eilte nach einer kurzen Versicherung ihrer absoluten Aufmerksamkeit zur Theke.

Wir schafften es, erst in lautes Gelächter auszubrechen, als sie mit einer neuen Bestellung in einem anderen Teil des Gartens verschwand. Ich konnte mich nicht erinnern, wann ich das letzte Mal so gelacht hatte. Immer wieder schnappte ich nach Luft und wollte aufhören, aber dann sah ich in Irenes Augen, aus denen Lachtränen liefen, und eine neue Welle überkam mich. »Luftunterstützung, Agentin Mulder? Wolltest du den Biergarten bombardieren lassen?« Ich trocknete mir die Augen mit der Serviette.

»Nur im äußersten Notfall. Ich hatte eher an eine Evakuierung per Helikopter gedacht.«

»Viel wahrscheinlicher!« Ich warf eine kleine Kirschtomate aus meinem Salat nach ihr. Sie fing sie auf und steckte sie sich in den Mund. Ich aß den Rest der kleinen Tomaten sehr schnell, weil ich ihnen ein ähnliches Schicksal missgönnte.

Als wir wieder vor meiner Haustür standen, lehnte sie sich ohne Zögern zu mir herüber und drückte mich zum Abschied fest an sich. Ich fühlte ihren warmen Körper in ganzer Länge an meinem und ein vergessenes Gefühl, das ganz ohne Worte auskam, floss durch meine Blutbahnen. Ich löste mich vorsichtig von ihr und sagte: »Kann sein, dass ich morgen mehr über den neuen Fund weiß. Ich rufe dich dann an.«

»Mach das. Und schlaf gut. Und wenn du nicht gut schläfst, ruf mich an. Ich habe beschlossen, heute mal eine Nacht in meiner Wohnung zu verbringen.«

Wunderbare Idee. Wenn es nach mir ginge, würde in der nächsten Apotheken-Umschau ein Bericht auf die heilende Wirkung der eigenen Wohnung in Krisenzeiten hinweisen. Und wie wichtig es war, dass man in solchen Fällen allein schlief.

»Schlaf du auch gut.« Ich winkte ihrem Auto absichtlich nicht hinterher.

ErzEngel empfing mich

an der offenen Haustür und zog mich wortlos in ihre Wohnung. Dort lief sie im Wohnzimmer auf und ab, während ich wie eine dorische Säule neben der Tür stand und ihr nur mit den Augen folgte. Ich wusste, dass sie manchmal schwere Nächte hatte, in denen sie nicht schlief, und nahm an, dass das heute eine war.

»Alles in Ordnung mit dir?« Meine Stimme unterbrach ihre sorgsamen Schleifen um den Wohnzimmertisch und einen Sessel und sie blieb so überrascht stehen, als wäre ich wirklich eine sprechende Säule.

»Mit mir ist alles in Ordnung.« Sie kam zu mir herüber, legte mir kurz die Hand auf die Schulter und schielte mit einem Auge zu ihrem Laptop, auf dem ein Bildschirmschoner jeden Blick auf die aufgerufene Seite verhinderte. »Hattest du einen schönen Abend?«

»Ja, sehr schön. Irene ist sehr nett und es hat mich

irgendwie auch erleichtert, dass der neue Fund eindeutig nichts mit mir zu tun hatte. Auch wenn ich ja wusste, dass es zwischen mir und diesem Wahnsinn keinen Zusammenhang gibt. Du hast doch schon von dem neuen Fuß gehört?«

ErzEngel verschwand in der Küche und kam mit einem Glas Milch in der Hand zurück. »Ja, ich habe davon gehört.« Sie schlürfte die eiskalte Milch in kleinen Schlucken aus dem beschlagenen Glas.

»Und? Bist du nicht auch beruhigt?«

»Sie ist also nett, diese Irene?«

»Sehr nett und verlobt, falls du mehr wissen möchtest. Sie heiratet in ein paar Wochen.« Meine Stimme machte beim letzten Satz einen kleinen unschönen Ton, den ein winziges Stechen in meinem Magen veranlasst hatte.

»Wie schade.« Meine Mutter trank die Milch in einem Zug aus.

»Willst du mir nicht sagen, was los ist?«

»Ich will, dass du glücklich bist!« Sie umklammerte das kalte Glas so fest, dass die Adern auf ihrem Handrücken hervortraten.

»Ich bin nicht unglücklich.« Da war das Stechen wieder, dieses Mal länger.

»Das ist ein Unterschied!«

Sie hatte recht, natürlich hatte sie recht. »Aber deshalb hast du mich doch jetzt nicht gerufen, oder?«

»Nein«, sagte sie traurig und zog mich zum Laptop und vor den Bildschirm. Dort stellte sie das Glas vorsichtig ab und ihre Hand schwebte einen Moment über der Tastatur, bevor sie eine Taste drückte.

»Da!« Sie deutete in einen Text, der mit der Bleistiftzeichnung eines alten Zechengebäudes unterlegt war.

»Was da?«

Sie sah mich mit der Ungeduld der digitalen Eingeborenen an und hob einen Satz mit ein paar schnellen Klicks hervor. »Da!«

Ich las. »Die Zeche Charlotte existierte als Stollenbetrieb in Burgaltendorf bereits seit dem achtzehnten Jahrhundert. 1785 entstand sie am Berghang von Burgaltendorf nach der Ruhr herunter (heutiger Charlottenberg).« Und setzte mich neben meine Mutter auf den alten Stuhl am Fenster. Sie sah mich traurig an. Mir wurde ein wenig übel.

»Der Fundort von heute. Die Polizei hat es schon recherchiert und ist nun ganz sicher, dass die Morde mit dir zu tun haben. Es ist übrigens kein neuer Toter, sondern der linke Fuß zu deinem ersten Fund. Und wieder eine Rose, eine weiße allerdings.«

»Im Radio haben sie das nicht erwähnt.« Ich setzte mich vom Stuhl auf den Teppich vor den Schreibtisch, am liebsten hätte ich mich unter den Schreibtisch gelegt.

»Die Rosen erwähnen sie doch nie. Und was das Gelände angeht, weiß doch heute auch kein Mensch mehr, was da früher gestanden hat. Bevor da alles stillgelegt wurde, war es die Zeche Theodor, und selbst die ist schon sehr lange geschlossen.«

»Irgendjemand weiß es aber noch.«

»Oder schaut es nach, aber das ist ja nicht der Punkt.« ErzEngels Blick flackerte zwischen mir und der gezeichneten Zeche hin und her. »Wie kommt dieser Mensch nur auf dich?«

Ich bemerkte, dass mir Tränen die Wange hinunterliefen, und ließ es geschehen. »Ich habe keine Ahnung.«

»Die Polizei wird morgen kommen, um noch einmal mit dir zu sprechen. Da sie deinen Ausflug zum See heute Abend diskret begleitet haben, sind sie wenigstens sicher, dass du nichts mit dem neuen Fuß zu tun hast. Wie war der Salat?«

Falls mich diese Frage aufheitern sollte, verfehlte sie ihr Ziel gewaltig, die Tränen flossen jetzt, als gälte es über diesen Weg ein Blumenbeet auf meinem Dekolletee zu bewässern. Ich erhob mich, drückte meine Mutter kurz an mich und ging zur Treppe. »Ich lege mich hin.«

Aber ich legte mich nicht hin, sondern wanderte kreuz und quer in meiner Wohnung umher, als würde ich die vielfältigen Linien auf einem riesigen Schnittmuster abschreiten. Im Vorbeigehen fasste ich Gegenstände an und trommelte auf Möbel, als würde mir die Berührung versichern, dass sie fest und solide waren. Warum ich? Ich tippte das Handy an, drehte es, schob es über den Tisch und wählte dann Irenes Nummer so schnell, dass mein Daumen die einzelnen Tasten kaum berührten.

»Du kannst also nicht schlafen?« Irene klang wach und fröhlich und sie hatte meine Nummer erkannt. Ich schniefte ins Telefon.

»Charlotte, was ist passiert?«

Ich ließ die Informationen über den neuen Fundort zusammen mit den Tränen in das Telefon fließen, als hätten sie den gleichen Aggregatzustand, und hielt erst inne, als ein Rascheln, ein Klacken und ein dumpfes Brummen aus dem Hörer ertönten. »Was machst du da?«

»Auto fahren.«

»Wohin?« Ich suchte nach einem Taschentuch.

»Zu dir.«

Sie zog mich in ihre Arme

und drückte mich ganz fest an sich. Ich zögerte nur einen Wimpernschlag, lehnte mich dann an sie und weinte ein paar Minuten unkontrolliert. Sie tat nichts anderes als mich zu halten und mir mit einer Hand über den Rücken zu streichen. Das allein rückte mein Gefühlsbarometer langsam von »Weltunter-« zu »Sonnenaufgang«.

»Wer immer das tut, ich hasse ihn.« Ich schluchzte in ihren Hals, der, auch aus der Nähe betrachtet, ein sehr schöner Hals war. »Ich hasse die toten Füße und ich hasse die grünen Socken und wenn ich herausfinde, wer das tut, dann bringe ich ihn um.«

»Und frierst ihn ein?« Ich konnte spüren, dass Irene lächelte, und ich musste ebenfalls lächeln. Über meine absurden Worte, über die Situation und über meine Hände, die dabei waren, sich die Konturen dieses Körpers einzuprägen. Und wo wir gerade beim Thema

Tiefkühlen waren, ich konnte auch das dünne Eis, auf dem ich in diesem Augenblick stand, knirschen hören. Und nicht nur das, ich konnte die feinen Linien sehen, die sich knisternd über die Fläche unter meinen Füßen zogen, als entstünde dort ein kalter, flacher Blutkreislauf mit lauter winzigen Adern, die ins Nichts führten. Unter dem Eis war es so still und klar, dass ich mir wünschte, endlich einzubrechen und in dieser Stille zu ertrinken. Tod oder Liebe, hatte ich wirklich nur noch diese beiden Themen zur Auswahl? Irene schob mich ein wenig von sich, um mir ins Gesicht sehen zu können. Ich nutzte diese Bewegung, um mich ganz aus ihrer Umarmung zu lösen und zurück auf festen Boden zu gelangen. »Einfrieren ist nicht mein Stil.«

»Morden wahrscheinlich auch nicht. Lass uns nach einer anderen Möglichkeit schauen.« Sie suchte nach einem Taschentuch und reichte es mir.

»Okay.« Ich putzte mir ausgiebig und laut die Nase und traf eine adrenalingetränkte Entscheidung. »Ich muss hier raus. Was hältst du von einem nächtlichen Ausflug? Ich würde dir gerne etwas zeigen.«

Sie zögerte nicht. »Ich bin dabei!«

Wir schlichen wie zwei Diebe durch das Haus in den Keller und von dort aus in den Garten. Ich gestikulierte in Richtung des dunklen Wagens mit den zwei Beamten, der gegenüber der Haustür parkte, und wir hielten uns geschickt im Schatten. Ich ging voran bis zum niedrigen Gartenzaun und kletterte vorsichtig darüber, sie verharrte auf der anderen Seite. »Was machst du da?«

»Ich klettere in den Garten der Ziemanns.« Ich

zeigte auf das Haus, das Herr Ziemann erst letztes Frühjahr frisch hellgrau angestrichen hatte. Vorher war es zehn Jahre dunkelgrau gewesen und in meiner Kindheit grau geklinkert.

»Ich kenne die Ziemanns nicht und bin nicht sicher, dass sie das gut finden würden.« Irene drückte ihre Hände störrisch gegen den Zaun.

»Herr Ziemann war früher bei der Post und Frau Ziemann arbeitet im Winter manchmal stundenweise in der Bäckerei am Markt. Sie haben einen Campingwagen in Italien stehen und verbringen dort immer den Sommer. Frau Ziemann hätte das Haus lieber lila gestrichen, aber für diesen Fall hatte Herr Ziemann mit Scheidung gedroht und dann hätte sie den Campingplatz verloren. Jetzt kennst du sie, komm!«

Irene schüttelte missbilligend ihren Kopf, aber sie folgte mir über den Zaun und durch den Garten. Ziemanns Haus war das letzte in der Reihe bevor die Rheinauen begannen, und so endete ihr Gartenzaun zur linken Seite in einem kleinen Tor, das ich vorsichtig aufschob. Dahinter lag ein in der Dunkelheit kaum sichtbarer Fußweg. Ich ging voran, Brennnesseln streiften meine Beine und die wild wuchernden Brombeerhecken griffen ungestüm nach meinen Armen. Der Pfad war im Sommer immer viel schmaler als im Winter und er war zu jeder Jahreszeit vollkommen unbeleuchtet.

»Wo bist du?« Sie flüsterte in die Dunkelheit und ich tastete aus dem Schatten nach ihrer Hand. »Hier!«

»Bist du sicher, dass das hier eine gute Idee ist?« Sie klang ängstlich und auch ich war überrascht, wie sehr mich die Dunkelheit auf diesem eigentlich vertrauten Weg verunsicherte. Die ungezogene Flora, die gar nicht daran dachte, den Weg für nächtliche Spaziergängerinnen freizuhalten, sondern ganz im Gegenteil eifrig damit beschäftigt war, die Spuren menschlicher Füße zu überdecken, tat ihr Übriges. Wann war ich das letzte Mal in der Nacht hier entlanggegangen? Das war schon sehr lange her.

Ich bemühte mich, sicher zu klingen. »Das ist sogar eine sehr gute Idee! Hier ist doch kein Mensch und ich kann doch jetzt nicht damit anfangen, Angst zu haben, in der Nacht vor die Tür zu gehen.«

»Du könntest aber mit etwas belebteren Gegenden anfangen.«

»Ich habe doch Agentin Mulder dabei.«

Das schien sie zwar nicht völlig zu überzeugen, aber sie folgte mir. Auf dem ganzen, dunklen Pfad zum Rhein hielt ich ihre Hand und so schlichen wir vorsichtig dem großen Fluss entgegen. Immer wieder hakten Dornenranken sich in unsere nackten Arme und es raschelte in den Gebüschen, wenn wir vorbeigingen. Meine Angst schluckte die Geräusche begierlich und nahm sofort zu. Ich hielt der Angst innerlich den Mund zu, damit sie keine Nahrung fand. Bestimmt waren das nur kleine Nachttiere, die von uns gestört in den Wiesen verschwanden. Es knackte laut, etwas weiter vorne auf dem Weg, lauter und bedeutungsvoller, so als zerbräche ein morscher Ast unter einem schweren Schuh. Irenes Hand zuckte. Ich versuchte mit meinen Augen die Dunkelheit zu durchdringen, sah aber nur noch mehr Schatten. Wo war eigentlich dieser eingebildete Mond, wenn man ihn mal für praktische Zwecke brauchte. Ich spähte nach oben, aber der Kosmos hatte einen Wolkenvorhang zugezogen und keinen einzigen Lichtstrahl für uns übrig. Na, prima. Über uns ein expandierendes Universum mit Milliarden von Sternen und Sonnen und lauter hellen Dingen und wir konnten hier unten sehen, wie wir durch die Brombeeren kamen. Es knackte wieder, diesmal näher. Wir blieben stehen. Und wenn es keine Nachttiere waren? Wenn er, der mich mit toten Füßen verfolgte, hier im Schutze der Dunkelheit auf mich gewartet hatte? All die Nächte hindurch gewartet, auf den Moment, in dem ich allein zum Rhein ging. Hier würde uns niemand hören, Ziemanns waren ja in Italien. Ich griff nach einem hellen Stock, der am Boden lag, und wollte ihn hochheben, aber er war eigentlich kein Stock, sondern ein riesiger Ast und viel länger und schwerer, als ich hatte sehen können. Das belaubte dunkle Ende blieb laut raschelnd in einer Hecke hängen und ich kippte bedrohlich nach vorne. Ein kleiner Raubvogel erhob sich dicht neben uns von einem Baumstumpf am Wegesrand und schrie einmal warnend auf, bevor er in der Nacht verschwand. Ich riss mich zurück auf den Weg, ließ den Ast los und schrie auch. Dann schrie Irene und dann wieder der Vogel, allerdings aus großer Höhe. Es wurde still, so still wie es nur auf einem stockdunklen Trampelpfad in einer unbesternten Sommernacht werden kann. Meine Galle schlug bis zum Hals und Irene zerquetschte mir fast die Hand. Die Hecken freuten sich, dass wir uns ihrer Art zu leben so plötzlich anschlossen und streckten zärtlich ihre Dornen aus.

»Ganz schön gruselig, oder?« Ich drängte die Panik zurück und lächelte sie an. Bei dieser Beleuchtung konnte ich nur hoffen, dass sie es sehen konnte.

»Ja«. Sie klang nicht besonders gut. Ich musste etwas unternehmen, schließlich war dieser Ausflug meine Idee gewesen. Ich stupste sie verschwörerisch an. »Hier habe ich als Kind meine erste Mutprobe bestanden. Mehrere der Jungen in der Straße hatten gewettet, dass ich mich nicht traue, nachts allein zum Rhein zu gehen und vom Ufer einen Stein zu holen. Der Stein liegt heute noch in meinem Badezimmer auf einem Regal.« Ich klang stolzer, als ich beabsichtigt hatte.

»Natürlich liegt er da.« Sie lachte erleichtert und wir gingen weiter.

Vor uns tauchte endlich die schmale Mündung der Emscher in den Rhein auf, in der über Tag Schwäne im weiß schäumenden Wasser nach Futter suchten. Jetzt schliefen sie und die Enten friedlich unter einer Fußgängerbrücke. Hier am Wasser war es heller. Einige Gänse lagen weiter vom Ufer entfernt in der Wiese und ihre langen Hälse streckten sich immer wieder wachsam aus dem Gras. Die Luft war schwer vom Geruch des kleinen Flusses, der sich erst langsam von den vielen Jahrzehnten als oberirdischer Abwasserkanal erholte.

»Komm.« Ich zog Irene weg von der Mündung zu einer Bank, die unter einer schwach gelblich schimmernden Laterne ein wenig weiter auf dem Rheindeich stand. Wir setzten uns und schauten auf ein Panorama, das es so wohl nirgendwo auf der Welt noch einmal gab. Vor uns floss der große Fluss träge in einem riesigen Bogen der Nordsee entgegen. Auf seiner anderen Uferseite standen Kühe wie Scherenschnitte regungslos auf idyllischen Wiesen und von der Seite warfen die Scheinwerfer eines riesigen Kraftwerks tanzende Lichter in den Fluss. Der große, immer leicht dampfende Kühlturm stand wie ein dunkler Wächter in der Nacht.

»Wilde Mischung!« Sie drückte begeistert meine Hand und ich war glücklich, dass sie diesen Ort begriff. SIE hatte ich nie mit hierhin genommen, und ich hatte IHR auch nie von jenem Stein erzählt.

Die Nacht um uns herum war erfüllt von kleinen Geräuschen, aber hier wirkten sie weniger bedrohlich. Es plätscherte, raschelte und brummte abwechselnd, einzeln und gemeinsam. Ein nächtliches Orchester aus Natur und Industrie, das nie übers Stimmen hinauskam.

»Es ist wunderbar hier. Kommst du nur wegen der Sache mit dem Stein her?«

»Nein.« War das jetzt Intuition oder hatte sie auf gut Glück gefragt? »Ist kein sehr fröhlicher Grund. Magst du ihn trotzdem hören?«

»Natürlich.« Ich konnte auch in dem wenigen Licht sehen, dass sie das ernst meinte.

»Mein Vater ist vor fünf Jahren tödlich mit dem Auto verunglückt. Meine Mutter war mit im Wagen und ist seitdem nicht mehr die Frau, die sie vorher war. Was nicht das Schlimmste ist, aber das ist eine andere Geschichte. Alles andere war schlimm. Er wollte immer anonym beerdigt werden und das haben wir auch gemacht. Und dann haben wir uns gemeinsam einen Platz zum Trauern gesucht, den meine Mutter zu Fuß erreichen konnte und der uns allen etwas bedeutet. Mein Vater hat hier gerne geangelt. Meine Mutter hat seinen Fang immer brav eingefroren und später heimlich weggeworfen und durch Fische aus dem Fischgeschäft ersetzt. Ich bin sicher, er hat das gewusst, aber er hat nie etwas gesagt.«

Irene schaute auf das schwarze Wasser, das unermüdlich die Steine am Ufer polierte, und nickte. »Gefällt mir besser als die meisten Friedhöfe.« Sie lehnte sich zurück und wir schwiegen eine Weile.

»Ich mag mir gar nicht vorstellen, wie das ist, so plötzlich ein Elternteil zu verlieren …« Irene suchte meinen Blick, der gerade bei den kauenden Kühen weilte.

Ich sah sie kurz an und dann wieder die Kühe. »Das Schlimmste war der Moment, als die Polizei mitten in der Nacht geklingelt hat und mich bat, mit ins Krankenhaus zu kommen. Kannst du dir das vorstellen? Dieses winzige vertraute Geräusch der Türklingel, das zwischen der Normalität und der Katastrophe lag. Man bekommt keine Zeit, sich vorzubereiten, sich zu schützen. In einem Moment lag ich noch im Bett und las und im nächsten stand ich im grellen Licht eines Warteraumes neben meiner Mutter, die kein Wort sprach, und meinem Bruder, der leichenblass war, und wir warteten darauf zu hören, ob mein Vater überleben würde. Nach dieser Nacht war alles anders. Aber da ich mich um meine Mutter kümmern musste, war für mich selber kaum Zeit zu trauern. Zwei Jahre später habe ich einen Zeitungsartikel gelesen und hatte plötzlich das Bedürfnis, meinen Vater zu fragen, was er darüber denkt. Ich glaube da habe ich zum ersten Mal wirklich um ihn geweint.«

»Siehst du ihm ähnlich?« Irene musterte mich intensiv.

»Wie kommst du denn darauf?« Es war nicht nur ihre Frage, sondern auch dieser tiefe Blick, der mich verwirrte.

»Naja, auf deine Mutter kommst du nicht. Jedenfalls nicht, was das Aussehen angeht.«

Zum ersten Mal seid längerer Zeit stellte ich mir bewusst meinen Vater vor.

»Ja, ich denke, ich sehe ihm ähnlich. Jetzt, wo ich älter bin sicher mehr als früher.«

»Ich hätte ihn gerne kennengelernt, er muss ein gut aussehender Mann gewesen sein.«

Irene sagte das, ohne jeden Anflug von Flirt in der Stimme, was es noch anziehender machte.

»Das sage ich meiner Mutter, dass du ihrem verstorbenen Gatten nachstellen wolltest.«

Sie lachte und die Gänse im Gras hoben misstrauisch die Köpfe. Die grünen Füße und der neue Fund verschwanden langsam aus meinem Kopf, die Nacht war nur noch Tag ohne Licht und nicht mehr. Dann begann Irene plötzlich von ihrer Beziehung zu Markus zu erzählen und davon, wie sehr sie sich auf das gemeinsame Leben freute. »Nach der Hochzeit suchen wir erst einmal eine größere Wohnung.«

»Hmhm.« Die Nacht war doch kühl, ich begann zu frieren.

Irene war eine Weile still und rutschte dann plötzlich unruhig auf der Bank herum. »Darf ich dich etwas fragen?«

»Hm.«

»Und du versprichst mir, ehrlich zu antworten?«

»Hm.«

Sie wich meinem prüfenden Blick aus. Mein Magen begann heftig zu schlagen. Was bedeutete diese Unruhe beim Thema Hochzeit? Geschah jetzt das Wunder? Wollte sie vor ihrem Jawort mehr über die Liebe zwischen Frauen erfahren? Vielleicht im Speziellen über den physischen Teil? Mir wurde schwindelig und meine Gedanken überschlugen sich. Konnte ich das denn tun? Konnte ich mit Irene schlafen, um ihre Neugier und einiges andere zu befriedigen?

Jetzt?

Heute Nacht?

Sie schob mit einem Fuß die kleinen Kieselsteinchen vor unserer Bank hin und her.

»Ok, ich … es ist ein etwas seltsames Angebot. Irgendwie ist mir das peinlich.« Sie hielt inne und schob die Kieselsteinchen zur Abwechslung mit beiden Füßen aufeinander zu.

Nein, dachte ich, das ist kein seltsames Angebot. Es ist vollkommen natürlich, eine lesbische Frau um eine gemeinsame Nacht zu bitten. Das kam überall auf der Welt ständig vor. Jetzt gerade im Moment saßen auf allen Kontinenten verlobte Heterofrauen neben alleinstehenden Lesben und baten sie um die Chance, ihre sexuelle Orientierung zu überprüfen.

Irene holte tief Luft und sagte nichts.

»Raus damit!« Ich tat locker und entspannt und überlegte innerlich welche Unterwäsche ich eigentlich trug.

»Du findest es bestimmt albern.«

»Frag mich endlich.«

»Ich weiß, dass das eine seltsame Frage ist, da wir uns ja erst so kurz kennen, aber … würdest du meine Trauzeugin sein wollen?«

An diesem Moment war alles richtig. Die Personen, der Platz, die Nacht, alles stimmte, nur die Frage hätte anders lauten sollen. Komplett anders. Ich drückte auf meinen schmerzenden Magen und sah ihr in die Augen. Sie sah verunsichert und abwartend aus. Ich blickte wieder auf den Rhein, der sich nicht in Wein verwandelt hatte, und befahl mir, den Schmerz zu ignorieren. »Und wer spielt dann Mundharmonika?«

»Heißt das ja?« Sie grinste mich an.

»Das heißt auf jeden Fall ja.« Durch meinen Kopf zogen die vielen Fragen, die ich lieber mit diesem Wort beantwortet hätte, aber die hatte sie alle nicht gestellt.

»Das freut mich sehr. Und ich erkläre dich hiermit auch feierlich zu meiner Einkaufsbegleitung für das Brautkleid.« Sie versah das letzte Wort mit zwei spöttischen Luftanführungszeichen. »Wenn dich das nicht auf andere Gedanken bringt, weiß ich es auch nicht mehr.«

Ihre Hochzeit brachte mich auf andere Gedanken, auf dunkle, schreckliche, hoffnungslose Gedanken, aber das durfte sie nicht wissen. Ich roch den kühlen Nachtwind, der vom Kraftwerk einen metallischen Duft mitbrachte. Ich hörte das Gluckern der Wellen am Ufer. Wer, wenn ich schriee, hörte mich denn aus der Engel Ordnungen? Und gesetzt selbst, es nähme einer mich plötzlich ans Herz: ich verginge von seinem stärkeren Dasein. Denn das Schöne ist nichts als des Schrecklichen Anfang, den wir noch grade ertragen, und wir bewundern es so, weil es gelassen verschmäht, uns zu zerstören. Ein jeder Engel ist schrecklich.

Wenn Rilke noch gelebt hätte, hätte ich ihn angerufen.

Bis zum Sonnenaufgang

hatten wir auf der Bank am Rhein gesessen und erst ein Jogger, der im ersten Licht des Morgens misstrauisch an uns vorbeikeuchte, hatte uns endgültig klargemacht, dass die Menschheit wieder die Herrschaft über diesen Teil der Welt übernommen hatte. Wir hatten viel geredet und ich hatte ausgiebig an meinem bunten Gefühlscocktail aus zwei Teilen Schmerz und einem Teil Glück, mit einem körnigen Rand aus Angst und einer überraschend süß-erotischen Cocktailkirsche genippt. Irene hatte einfach glücklich gewirkt, in mir eine Freundin gefunden zu haben, mit der sie mehr als die Vorliebe für ein paar Filme teilen konnte. Und sie hatte besorgt gewirkt, besorgt um mich. Da ihr Artikel in der nächsten Woche exklusiv in einem größeren Magazin erscheinen würde, war sie sicher, dass danach eine neue Serie von Interviewanfragen auf mich zukommen würde und sie fürchtete, mich damit noch mehr ins Licht der Öffentlichkeit gestoßen zu haben.

»Licht hat doch auch Vorteile«, hatte ich gesagt und sie zurück auf den Pfad gezogen, den man im Morgenlicht ohne Probleme hatte erkennen können.

Ich hatte mich nach unserer Rückkehr in meinem Wohnzimmer auf dem Sofa zusammengerollt, weil die Zeit für mehr als ein kurzes Nickerchen nicht mehr gereicht hatte. Aber der Schlaf schien ausreichend damit beschäftigt zu sein, die REM-Phasen der restlichen Menschen in meiner Zeitzone zu überwachen und dachte gar nicht daran, auf ein kurzes Tête-à-Tête bei mir vorbeizuschauen. Also folgte ich meinen Gedanken, die zwischen den beiden neuen, hoch magnetischen Polen meiner Welt hin und her gezogen wurden, als wären sie nicht flüchtig, sondern ein Geflecht aus Eisen. Gegen meinen Willen zog es sie immer wieder zum Pol mit Tod und grünen Strümpfen und sie froren dort vollkommen ratlos in einer grauen, kalten Welt fest, die undurchdringlich war. Und dann ließen sie sich plötzlich zum anderen Pol ziehen, dessen magnetische Kraft so stark und schön war. Und auf eine wunderbare Art genauso tödlich.

Nach gefühlten zwanzig Minuten Schlaf zog und dehnte sich mein Arbeitstag auf eine unfassbare Länge. Ich nickte mehrmals am Schreibtisch über den Dienstplänen ein und machte viele vollkommen unnötige Rundgänge über das Gelände. Immer, wenn ich dabei an den Brombeersträuchern am Rande der Zäune vorbeigekommen war, hatte ich lächeln müssen und war versucht gewesen, Irene eine SMS zu schicken.

»Besuch für dich.« Helmuts Stimme aus dem Funkgerät holte mich aus einem erneuten Sekundenschlaf über den Lohnabrechnungen. Wenigstens war damit sichergestellt, dass die singenden Brombeeren, die sich gerade aus dem Bildschirm geschlängelt hatten, kein Teil der Wirklichkeit waren.

»Wer?« Ich war mit einem Schlag wach und glücklich.

»Polizei.«

Ich war nur noch wach.

»Schick sie ins Büro.« Ich rieb mir die Augen und hoffte, dass man mir meinen mangelnden Schlaf nicht zu sehr ansah.

»Ist nur einer und er ist schon auf dem Weg.«

»Großartig.«

Es war dieses Mal ein Beamter, den ich noch nie gesehen hatte, aber auch seinen Namen verstand ich nur schlecht. Ich überlegte, ob das so war, weil alle Polizisten ihre Namen nuschelten oder ob ich mich einfach innerlich weigerte, ihre Namen zu verstehen. Dieser Staatsdiener war klein und schwitzte. Die etwas zu langen, dünnen Haare, die seine Halbglatze umkränzten, verliehen ihm das Aussehen eines mittelalterlichen Vertreters der Inquisition. Er bemerkte meinen Blick und wischte sich mit einem nicht mehr ganz frischen Taschentuch über den Kopf. Jetzt hatte der unbehaarte Teil Streifen. Ich musste grinsen. Er starrte mich missmutig an und erklärte mir dann umständlich, dass der neue Fundort die Vermutung, dass es zwischen den grünen Füßen und mir eine Verbindung gab, erhärtet hätte. Ich tat so, als ob ich das zum ersten Mal hörte, und war froh, dass es nicht wirklich so war. Dann hätte ich jetzt an seiner Schulter weinen müssen und möglicherweise hätte auch er mich später gebeten, seine Eheschließung zu bezeugen. Auf keinen Fall wäre ich jedoch vorher in Versuchung gekommen, über eine gemeinsame Nacht mit ihm nachzudenken. Das wäre uns beiden hoffentlich nicht eingefallen. Mir wurde schon jetzt bei dem Gedanken an den Gedanken ausgiebig übel.

»Wir müssen einfach davon ausgehen, dass Sie die Aufmerksamkeit des Täters erregt haben.« Er sah mich kurz missbilligend an. So wie er das Wort »erregt« aussprach, klang es, als ob ich das durch einen Tanz an einer Metallstange getan hatte. Ich bemühte mich, nicht übersensibel zu reagieren, und überhörte den anzüglichen Tonfall.

»Ich wüsste nicht wodurch. Ich habe Ihnen und Ihren Kollegen doch schon alles erzählt.« Sein Gesichtsausdruck, der irgendwo auf halber Strecke zwischen leer und neugierig lag, und seine feuchte Glatze machten mich langsam wütend. Und ich bekam noch mehr Grund zur Wut.

»Bei ihrem Lebensstil könnte es doch sein, dass sich ein Mann …« Er suchte in den wenigen dunklen Gehirnzellen unter der kahlen Kopfhaut nach einem Wort. »… zurückgewiesen gefühlt hat? Oder eifersüchtig geworden ist?«

Bei meinem Lebensstil? Wann war diese bizarre Situation plötzlich mein Fehler geworden. Ich fühlte eine Mischung aus Sprachlosigkeit und Wut, die meine rechte Hand veranlasste, sich zu ballen, um die Angelegenheit nonverbal zu klären.

»Das ist nicht Ihr Ernst, oder?«

»Sie haben doch ausgesagt, dass eine ihrer Bekanntschaften verheiratet war?«

Eine meiner Bekanntschaften? Konnte mal jemand den DeLorean anwerfen und mich aus dem Mittelalter zurückholen?

Der wiedergeborene Scherge Torquemadas wühlte in einer Aktenmappe, die so eng unter seinem Arm geklemmt gewesen war, dass ich sie erst jetzt bemerkte.

Nun, ich würde diesem haarlosen Zwerg, der Lesben wahrscheinlich nur grell beleuchtet und spärlich bekleidet kannte, nicht noch mehr Anlass für sein kleines Hirnkino geben. Ich zwang die Finger der rechten Hand sich zu entspannen und versuchte mich zu beruhigen. Von der Wand lächelte mir Lara Croft aus einem Poster entgegen und ich wusste, dass sie mit dem Rechtgläubigen nicht so viel Geduld gehabt hätte.

»Eine meine früheren Freundinnen hat nach unserer Beziehung geheiratet, ja.«

»Und dieser Mann hat vom Vorleben seiner Frau gewusst?«

Das war eine Frage, die ich mir auch schon oft gestellt hatte, wenn auch nicht mit den gleichen Worten, aber ich dachte nicht daran, diesen speziellen Teil meines Lebens zu diskutieren.

»Ich habe keine Ahnung, was dieser Mann weiß oder nicht weiß, aber ich bin sicher, dass er irgendwo weit weg ein glückliches Leben ohne eisgekühlte

Senioren führt.« Führte er das? Führte SIE das? Nun brachten mich diese unverschämten Andeutungen und willkürlichen Schlussfolgerungen auch noch dazu, wieder über IHR Leben nachzudenken. Jetzt reichte es.

»Hören Sie zu: Ich weiß nicht, was sich in Ihrem Kopf beim Thema Lesben für Dinge abspielen, und ich will es auch gar nicht wissen, aber wenn Sie es nicht schaffen, meine sexuelle Orientierung von Ihren Ermittlungen zu trennen, dann werden Sie nicht weit kommen.«

Er wechselte leicht die Gesichtsfarbe, aber da sein ganzer Kopf schon rot leuchtete, huschte das neue Rot fast ungesehen über seine Mimik. Nur die Nase wurde deutlich dunkler und hob sich hervor. Er wurde dadurch nicht wesentlich attraktiver.

»Ich wollte Ihnen natürlich nicht zu nahe treten«, sagte er schnell und sein Tonfall verriet, dass er das sehr wohl wollte. »Das ist ein ganz normaler Teil unserer Ermittlungen. Sie wollen doch auch, das diese Sache möglichst schnell aufgeklärt wird, nicht wahr? Und da könnten ja theoretisch noch mehr Männer sein, mit deren Frauen sie befreundet waren. Oder sind. Hat nicht Frau Thomas die Nacht gestern in ihrem Haus verbracht?« Seine unruhigen Augen glitzerten glücklich bei dieser Vorstellung. Draußen vor dem halb geöffneten Fenster entfernte Helmut unsichtbares Unkraut vom Rand des Weges. Seine Miene zeigte an, dass er jedes Wort gehört hatte. Als er meinen Blick bemerkte, fiel ihm auf, dass das unsichtbare Unkraut ausreichend bekämpft war, und er verschwand eiligen Schrittes in Richtung Parkplatz. Ich wandte mich wieder dem Beamten zu. »Ich finde es interessant, dass Sie die Überwachung, die meinem Schutz dienen soll, dazu nutzen, sich Informationen über mein Privatleben zu beschaffen, und ich werde mich auf jeden Fall über diese Tatsache beschweren. Und ja, mir liegt sehr viel daran, dass diese Sache aufgeklärt wird. Deshalb bitte ich Sie ja auch, sich von ihren wirren Fantasien über mein Liebesleben zu lösen und wieder den Tatsachen zuzuwenden. Wo und mit wem Frau Thomas ihre Nächte verbringt ist, doch wohl ganz allein ihre Sache!« Meine Stimme klang laut und schrill. Wir wussten beide, dass ich jetzt als Erste die Grenze zwischen Höflichkeit und Ehrlichkeit überschritten hatte, und er war sichtlich froh, mir diese Emotion entlockt zu haben.

»Ich nehme Ihre Antwort und Ihr Verhalten zu Protokoll.« Er verließ meinen Bürocontainer grußlos und machte sich vor der Tür demonstrativ eine Weile Notizen. Ich beobachtete ihn durchs Fenster und warf ihm erst einen leeren Kaffeebecher hinterher, als ich sicher war, dass er den Aufprall nicht mehr hören konnte. Dann stieg ich zu Fuß alle zwölf Etagen zum Gasometerdach hinauf und setzte mich zitternd vor Wut auf eine leere Plattform.

»Ich habe immer gesagt, dass das kein sicherer Platz zum Parken ist.« Helmuts Stimme knirschte aus dem Funkgerät. Er war berühmt für seine kryptischen Funksprüche und so lag es jetzt an mir, herauszufinden welche Besucherbeschwerde diesem Satz vorausgegangen war. Wenigstens würde mich das ablenken.

»Was ist kein sicherer Platz zum Parken?«

»Der kleine Parkplatz direkt vor der Kasse.«

»Wer hat sich beschwert?« Ich hoffte, dass man meiner Stimme die Emotionen, mit denen ich kämpfte, nicht anhörte.

»Niemand.«

Ich wartete, aber es folgte keine Erklärung. Natürlich nicht, nur weil mein Leben zur Wasserprobe freigegeben worden war, hieß das ja noch lange nicht, dass sich die grundsätzlichen Dinge änderten. Ich ballte und entspannte beide Hände rhythmisch und erhob mich dann.

»Bleib ruhig oben, du kannst sowieso nicht helfen.«

Ich schaute in die Kamera und mir wurde klar, dass er mich die ganze Zeit hatte sehen können.

»Ich kann leider auch nicht helfen, weil ich ja das Gelände nicht verlassen darf.«

Jetzt wurde die Sache seltsamer. Helmut kam und ging wie er wollte und niemanden interessierte das. Wenn man ihn brauchte war er immer da.

»Helmut, was ist passiert?« Ich verlieh meiner Stimme Nachdruck und wurde mit der längsten Rede unserer gemeinsamen Arbeitszeit belohnt.

»Der ganze Industrieschrott, der hier noch rumliegt. Gefährliches Zeug. Unverantwortlich, eigentlich. Da ist doch dieser Typ von der Polizei gerade rückwärts über dieses Eisenstück gefahren. Mit all den vielen scharfen Kanten. Sieht man ja auch beim Zurückfahren nicht, wenn das genau hinter dem Reifen liegt und in der Erde feststeckt. Ich hatte noch zu ihm gesagt, dass er vorsichtig sein soll, aber er hat das ignoriert. Da will man mal der Polizei helfen … Der Reifen ist auf jeden Fall total zerfetzt. Machse nix.«

Ich spähte über die Plattform und sah den kahlen Zwerg weit unter mir auf dem Parkplatz vor einem Privatwagen knien und vermutlich an einem Wagenheber drehen. Helmut besaß mehr Werkzeug als ein Baumarkt und Reifen wechselte er in einem Tempo, das jedes Formel-1-Team neidisch machen würde. Aber Helmut durfte ja das Gelände nicht verlassen. Ich winkte lachend in die Kamera und sah dann eine ganze Weile zu, wie der Zwerg den Kampf gegen den Wagenheber verlor. Als der ADAC auf den Parkplatz fuhr, ging ich zurück in mein Büro.

Baby hatte viele gute Ideen,

aber ich bezweifelte, dass das eine war.

»Tanzen gehen?«

»Ja.« Sie öffnete meinen Kleiderschrank und begann nach passender Kleidung für mich zu suchen.

»Das.« Sie zog ein schwarzes, knappes Top mit buntem Aufdruck aus dem Regal, das ich mir in einer modisch mutigeren Phase gekauft hatte. Angezogen hatte ich es nie. Ich war froh, dass ich die Woche bis zum Wochenende überlebt hatte, ohne auf der Arbeit einzuschlafen oder mich an der Staatsmacht zu vergreifen. Ich hatte mich schriftlich über die Fragen des Beamten beschwert und man hatte mir telefonisch versichert, dass alle Maßnahmen neben der Ergreifung des

Täters auch meinem Schutz dienten. Ich hatte meinen Eindruck, dass sie auch der sexuellen Anregung dieses speziellen Beamten gedient hatten, nicht wiederholt.

Ich fühlte mich müde. Meine Vorstellung von einem freien Wochenende beinhaltete neben ausgiebigen Schlafphasen auch noch ausgiebiges Ruhen und sinnloses Rumliegen. Irene war mit Markus zu irgendwelchen Verwandten gefahren und hatte mich mit vielen besorgten Wünschen zurückgelassen. Ich hatte bei unserem letzten Telefongespräch am gestrigen Mittag den Eindruck gehabt, dass ein Wort von mir gereicht hätte und sie wäre nicht gefahren. Aber ich sagte nichts und dann reichte sie mir Markus, mit dem ich scherzte und lachte und danach legte ich auf, ohne noch einmal mit ihr gesprochen zu haben.

»Und diese Jeans.« Baby war noch immer mit meinem Outfit beschäftigt.

»Ich würde den Abend eigentlich lieber allein verbringen.« Ich räumte die Jeans zurück in den Schrank. Baby nahm sie wieder heraus und legte sie zum schwarzen Top über einen Sessel.

»Statistisch gesehen ist Einsamkeit ungesünder als rauchen.« Sie suchte augenscheinlich schon nach passenden Schuhen.

»Ich bin nicht einsam. Ich möchte nur nicht tanzen gehen. Da starren mich wieder alle an oder fragen mich nach dem Fuß.«

»Die hier!« Sie zog ein Paar bunte Chucks, die ich selten trug, aus einem Karton.

»Nicht, wenn du das hier anziehst. Dann fragen sie dich nach deiner Telefonnummer.« Sie warf mir das schwarze Top zu. Ich fing es auf und legte es ordentlich über einen Sessel. »Was ist das denn überhaupt für eine Party?« Ich hatte in den letzten Wochen den Kontakt zur Szene verloren. Nicht, dass er vorher sehr intensiv gewesen war.

»Stollwerck in Köln. Drei Ebenen, drei DJanes, tausende von Frauen. Viele alleinstehend oder in langweiligen Beziehungen. Wir gehen vorher noch etwas essen, vor elf Uhr ist da nichts los.«

»Um elf Uhr schlafe ich schon seit einer Stunde.«

»Heute nicht.«

Ich war überrascht, wie lang die Schlange vor dem Eingang um kurz nach elf war. Frauen aller Altersgruppen schoben sich auf die schmale Einlasskontrolle zu und holten sich ihre Getränkekarte ab. Baby kaufte zwei Karten, schubste mich die Treppe hinauf in das große Foyer und bedeutete mir, kurz zu warten. Ich nickte und sie verschwand in Richtung einer großen Theke, die am Rand des Raumes stand. Um mich herum war reges Treiben. Frauen, wohin ich sah. Ich musste zugeben, dass mich der Anblick nicht unglücklich machte und eine willkommene Abwechslung zu meinem Leben in den letzten Wochen darstellte. Auf der Treppe zu den oberen Tanzflächen saß eine junge Frau mit blonden Haaren und lächelte mir zu, bevor sie sich wieder mit ihren Freundinnen unterhielt.

»Hier.« Baby brüllte mir ins rechte Ohr und hielt mir ein Glas hin.

»Was ist das?« Ich brüllte zurück.

»Wodka redbull.«

»Willst du mich betrunken machen?« Ich nippte an der süßen Mischung.

»Wenn das hilft.« Sie lächelte mich über ihr alkoholfreies Bier hinweg an und nahm dann Augenkontakt mit einer der Freundinnen der blonden Frau auf. Ich ging in Richtung der großen Tanzfläche im Erdgeschoss und Baby folgte mir nach kurzer Zeit unwillig. Hier in der Nähe der riesigen Boxen war es viel lauter und wilde Lichtspiele verwandelten den Raum in ein schwankendes Kaleidoskop. Überall tanzten, standen und lachten Frauen. Hoch unter der Decke hingen überdimensionale weiße Luftballons, die im Takt der Bässe schaukelten und in denen sich das Licht immer fing. Eine unwirkliche Welt, die zusammen mit dem Wodka in meiner Blutbahn dafür sorgte, dass ich mich gegen meinen Willen entspannte. Wir suchten uns einen Stehtisch und schrien uns ein paar Worte zu, bevor ein bekanntes Lied Baby dazu zwang, sich unter die Tanzenden zu mischen. Aus dem Meer der schlenkernden Arme und Beine erschien plötzlich die Frau aus dem Freundeskreis der Blonden neben ihr und passte sich ohne jede Berührung ihren Tanzbewegungen an. Baby lächelte und schrie ihr etwas ins Ohr. Ich holte mir einen weiteren Cocktail und folgte ihnen mit den Augen. Sie tanzten jetzt dichter nebeneinander und nach zwei weiteren Liedern deutete Baby in meine Richtung und lud sie gestenreich an unseren Tisch ein. Natürlich kam sie mit und in ihrem Schlepptau kam auch die hübsche blonde Frau nicht an unserem Tisch vorbei. Wir lächelten uns alle an und Baby besorgte neue Getränke.

»Ich heiße Judith.«

»Charly.«

Wir prosteten uns zu. Baby war mit ihrer neuen Bekanntschaft schnell wieder zum Tanzen verschwunden, aber Judith blieb neben mir stehen und begann ein Gespräch. Wir mussten beide über die Unmöglichkeit dieses Unterfangens lachen und sie zog mich mit sich in einen ruhigeren Außenbereich. Ich winkte Baby zu und wies in die Richtung, in die wir gingen. Baby nickte mir begeistert zu und widmete sich dann wieder ihrer Tanzpartnerin.

»Hier ist es besser.« Judith ließ sich in einen der Sessel im rot beleuchteten Loungebereich fallen. Ich nahm dicht neben ihr Platz und war sehr froh, dass der Wodka mit meiner Unsicherheit und meinen Bedenken in einer unübersichtlichen Nebelwelt spazieren ging. Selbst hier, weit weg von der Tanzfläche, war eine Unterhaltung nur schwer möglich, aber ich stellte fest, dass mir die Mischung aus Pantomime und Schreien, mit der wir uns einander bekannt machten, gefiel. Ich holte uns noch zwei bunte Getränke und der Abend gefiel mir noch etwas besser. Judith lachte viel, aber nicht unangenehm, sondern freundlich und ansteckend. Falls sie wusste, wer ich war, ließ sie es sich nicht anmerken. Ihre Haut hatte den weichen und doch so glatten Perlmuttglanz der Frauen, die noch unter dreißig waren. Baby schaute etwa alle zwanzig Minuten unauffällig nach, wie es mir ging, und war über den schwindenden Sitzabstand zwischen mir und Judith offensichtlich glücklich.

»Sollen wir auch mal tanzen?« Judiths Lippen waren ganz dicht an meinem Ohr und der Schall ihrer Worte kitzelte meinen Gehörgang auf angenehme Art.

»Was?« Ich kitzelte ihr Ohr mit meinem Wort, obwohl ich sie gut verstanden hatte.

»Tanzen. Du und ich.« Sie unterstrich ihr Wort diesmal mit einer pantomimischen Darstellung, die gleichzeitig lustig und harmonisch war. Ich mochte es, wenn Frauen sich schön bewegten.

»Gerne.«

Wir schlenderten zur Tanzfläche und Judith legte mir auf dem Weg durch die vielen Frauen eine Hand um die Hüfte. »Ich will dich ja nicht gleich wieder verlieren.« Sie lächelte selbstbewusst und verführerisch.

»Ich gehe nirgendwo hin.« Ich schrie den Satz so bedeutungsvoll wie ich konnte in ihr Ohr und legte auf der Tanzfläche meinen Kopf an ihre Schulter. Wer immer diese fremde, abenteuerlustige Frau war, die meinen Körper übernommen hatte, sie gefiel mir.

Judith und ich passten gut zusammen und fanden schnell einen Rhythmus für uns beide und die Musik. Warum hatte ich so lange nicht versucht, die Nähe einer Frau einfach zu genießen? Ohne diese Zentnerlast von ewiger Liebe? Die Antwort auf diese Frage war vermutlich zusammen mit meiner Unsicherheit und dem Wodka im Nebelwald verschwunden, denn ich konnte sie nicht finden. Wir tanzten eine Weile, tranken noch ein sehr grünes Getränk und ließen uns dann wieder auf einen freien Sessel fallen. Die Welt war schön. Sie drehte sich ein wenig schneller als gewohnt, aber sie war schön. Judith strich jetzt auch beim Reden immer wieder sanft über meinen Rücken und als ich ihr bei einem langen Satz nach dem ersten Komma mein Gesicht zuwandte, küsste sie mich ohne Vorwarnung auf den Mund. Das fühlte sich wunderbar an, fremd und vertraut, sanft und sexy. Ich schmeckte den süßen Alkohol auf ihrer Zunge, die meiner fordernd begegnete, und überließ mich dem Kuss. Wie beim Tanzen fanden wir auch beim Küssen schnell einen gemeinsamen Rhythmus. Die Welt drehte sich noch eine Spur schneller. Aus dem Nichts erschien Irenes Gesicht vor mir und der Wunsch zu erfahren, wie sie wohl küsste. Wie sich ihre Lippen anfühlten, wenn man mit den Fingern darüber strich. Wie sich ihre Lippen auf meinem Mund bewegen würden. Ich richtete mich bestürzt auf und sah Judith in die fragenden Augen.

»Gibt es jemanden in deinem Leben?«

Sie hätte so viele Fragen stellen können und ich hätte sie alle mit »nein« beantwortet.

Hast du eine Freundin?

Nein.

Bist du in einer Beziehung?

Nein.

Aber gibt es jemanden in deinem Leben brachte mich zum Denken. Und sie bemerkte das.

»Es gibt jemanden in deinem Leben?«

»Ja.« Ich sah wie Irene neben mir auf der Bank am Rhein saß und über den Fluss schaute. Es gab jemandem in meinem Leben.

»Aber sie ist nicht hier«, sagte Judith und küsste mich fordernd.

»Nein, sie ist nicht hier und sie würde auch nicht hierherkommen«, flüsterte ich nach unserem zweiten, langen, feuchten Kuss an ihrer Wange.

»Hetero?« Sie sah mich wissend an.

»Hetero! Und demnächst verheiratet.« Für den vertrauten, schnellen Schmerz, der sich unter meinen Rippen breitmachte, gab es kein alkoholisches Getränk.

»Kann ich dich dazu bringen, sie heute zu vergessen?« Judith biss mir spielerisch ins Ohrläppchen und leckte dann über meinen Hals.

»Wen?«, fragte ich lächelnd und küsste sie mit einer Leidenschaft, von der ich nicht mehr gewusst hatte, dass ich sie besaß.

Baby fand uns eine Stunde später immer noch ineinander verknäult auf dem Sofa und bot an, uns nach Hause zu fahren.

»Zu dir oder zu mir?« Judith beabsichtigte nicht zu unterbrechen, was wir so ausgiebig angefangen hatten. Und sie wollte auch nicht vorher mit mir ins Kino oder essen gehen. Sie wollte mit mir schlafen. Jetzt. Ich trank mein Getränk mit einem riesigen Schluck aus, spuckte alle meine Bedenken, meine hohen Ansprüche an die ewige Liebe und meine Scheu zusammen mit dem Stiel einer Cocktail-Kirsche in das leere Glas vor mir und sagte: »Zu mir!«

Wir küssten uns aus Babys Auto die Treppe zu meiner Wohnung hinauf und trennten uns nur noch einmal kurz, um jeweils das Badezimmer aufzusuchen. Als ich sie auf mein Bett zog, wurde ich befangen, aber ihre Hand kreiste da schon so gekonnt um meine Brustwarze, dass mein Verstand von meinem Körper in einer Blitzabstimmung entmachtet wurde und den Weg leise murmelnd freigab. Einen Weg, den ich mir immer verboten hatte. Während ich mich in die unvertraute Nähe zu dieser, fremden schönen Frau fallen ließ und ihre Haut sich wie Seidenpapier auf meine legte, fragte ich mich, warum ich das getan hatte. Dann fragte ich mich eine lange Weile gar nichts mehr.

If I had a hammer

sang ich im Schlaf und rätselte, warum ich das tat, als ich erwachte. Zuerst vermutete ich, dass es mit dem schmerzhaften Pochen hinter meinen Augen zu tun hatte, aber dann hörte ich das Klopfen an meiner Tür. Verdammt, was war jetzt wieder passiert? Ich zog meinen Arm vorsichtig unter Judiths nacktem Körper hervor und suchte nach einem Shirt und einer Shorts. Als ich vorsichtig aufstand, klopfte mein Kopf in einem unschönen Rhythmus, der an Abrissarbeiten denken ließ. ErzEngel hatte uns sicherlich heute Nacht gehört und stand aus purer Diskretion deshalb nicht schon vor dem Bett. Aber dass sie hinaufkam und klopfte, war kein gutes Zeichen. Ich fand Judiths T-Shirt und meine Shorts, zog beides über und schlich leise zur Tür. Es klopfte wieder. Hoffentlich waren das nicht wieder schlechte Nachrichten. Ich öffnete die Tür leise und schaute in einen großen Strauß Wiesenblumen.

»Für dich du Langschläferin.« Irene strahlte mich

an, wie nur Irene strahlen konnte. »Die Haustür war offen und deine Mutter scheint unterwegs zu sein.«

»Ja«, sagte ich, blinzelte in ihr helles Lachen und mein Magen machte eine absurde Drehbewegung, die ich nur von den kreischend bunten Jahrmarktkarussells kannte.

Wenn ErzEngel zurückkam, würde ich sie erwürgen. Oder dafür sorgen, dass mein Bruder sie für ein langes Wochenende zu sich einlud.

»Alles in Ordnung?« Irene sah mich besorgt an. Wir standen immer noch in der halb geöffneten Tür und ich hatte weder Anstalten gemacht, sie hineinzubitten, noch, ihr die Blumen abzunehmen. Hinter meiner Stirn wurde weiterhin ein mehrstöckiger Betonbau von Presslufthämmern zum Einsturz gebracht.

»Du bist schon wieder da?« Ich übte mich im Offensichtlichen und bemühte mich, die bunten Getränke, die übereifrig in die Höhe gluckerten, wieder in den Magen zu verbannen.

»Kannst du das glauben? Bei Marcus' Cousine haben die Wehen gestern Abend drei Wochen zu früh eingesetzt und als wir ankamen, waren alle schon im Krankenhaus. Wir sind direkt wieder zurückgefahren. Ist ja nicht so weit.«

»Nein«, sagte ich und sah auf die wunderschönen Blumen und auf diese wunderschöne Frau. Da standen wir im hellen Licht, sie so ahnungslos fröhlich und ich so verkatert und zerküsst, mit einstürzenden Altbauten im Kopf und grünen Getränken in der Speiseröhre.

Ich fürchte, ich liebe dich, wollte ich flüstern, weil ich das wirklich mehr fürchtete als alles andere, und das hier doch ein perfekter Moment war, um es ihr zu sagen. Hinter mir rauschte die Toilettenspülung und Judith erschien zerzaust und spärlich bekleidet in meinem Augenwinkel.

Und nicht nur in meinem.

»Oh«, sagte Irene, trat einen Schritt zurück und ihr linkes Auge zuckte eigenartigerweise in dem Rhythmus, in dem mein Kopf klopfte.

»Das ist Judith«, sagte ich höflich, als ob wir alle Gäste auf einer Party waren und uns gerade am Kartoffelsalat getroffen hatten.

»Ok.« Sagte Irene und jetzt zuckte auch ihr rechtes Auge. Mir war jetzt wirklich schlecht.

Ich wollte sie an mich ziehen und ihr die zuckenden Augen zuhalten oder zuküssen, ich wollte die letzte Nacht ungeschehen machen und es ihr sagen …

»Irene, ich …«

Sie legte mir ihren Zeigefinger kurz auf die Lippen, drückte mir die Blumen in die Hand, drehte sich um und ging.

Ich stand wie einbetoniert in der Tür und schaute Irene hinterher, bis Judith nach vielen Minuten zu mir kam und mich sanft zurück in die Wohnung schob.

»Das war sie, oder?« Sie schob mir einen Kaffeebecher hin und ich nahm einen großen Schluck.

»Ja.« Ich fühlte mich leer und hilflos und ich hatte immer noch den Blumenstrauß in der Hand.

»Sehr verlobt sah sie gerade eben nicht aus.« Judith grinste und rieb sich den Hals, an dem ein großer blauer Knutschfleck zu sehen war. Ruckartig fiel mir ein, wie dieser Fleck entstanden war, und ich wurde rot. Ein bisschen, weil ich mich für die letzte Nacht schämte, und ein bisschen, weil ich quer durch die Wiesenblumen trotz allem Lust bekam, noch einmal in diesen weichen Hals zu beißen. Von all den Emotionen, die in mir kämpften, hatte die Erotik zu meiner Überraschung die funkelndsten Waffen. Erstaunlich. Judith schien das zu sehen und zog mich aus der Küche ins Schlafzimmer.

»Jetzt weiß sie es doch sowieso.«

Ich küsste mich zurück in einen Zustand, in dem es nur schnelle Wünsche und laute Erlösung gab, und wusste nicht einmal, mit wem ich jetzt eigentlich schlief, denn der Duft von Irenes Blumen und ihr Anblick erfüllten alle meine Sinne.

Ich fuhr Judith am Abend nach Hause und wir tauschten in stillem Einverständnis nur einen kurzen Kuss, als sie den Wagen verließ. Keine Telefonnummern, keine E-Mail-Adressen, keine Facebookseiten.

Baby konnte sich am Telefon gar nicht beruhigen. »Du hattest einen richtigen One-Night-Stand. Wahnsinn!«

»Muss ich deine Begeisterung verstehen?« Ich suchte zum neunzehnten Mal eine neue Vase für Irenes Blumen, aber keine wollte ihnen gerecht werden, und ich war versucht, zum Bahnhof zu fahren, um zu sehen, ob der Blumenladen mit den Designervasen an Gleis sieben am Sonntagabend geöffnet hatte.

»Das ist ein bedeutender Moment im Leben einer jungen Lesbe. Es ist so schön zu sehen, wenn die Kinder groß werden. Ich hätte ein Foto von euch beiden auf der Couch machen sollen. Die Jahre gehen so schnell dahin.« Sie schniefte theatralisch. Ich hörte ihr nur mit einem viertel Ohr zu.

ErzEngel hatte doch auch noch ein paar Vasen im Keller. Ich schlich die Treppe hinab.

»Hat es dir denn gefallen, dein wildes Leben?« Baby wusste nichts von meinem Vasenproblem.

Ich überlegte. »Ja. Die Teile, an die ich mich erinnere, haben mir gut gefallen. Sehr gut. Bis zu dem Augenblick, in dem Irene in der Tür stand.«

»Wie bitte?« Baby verschluckte sich an irgendetwas, das sie bis jetzt gekaut hatte, und hustete laut in den Apparat.

»Irene ist heute Morgen mit einem Blumenstrauß vorbeigekommen und wollte mich wecken. Meine Mutter hatte die Haustür wieder einmal offen gelassen und so stand sie oben vor meiner Tür.« Zwischen all den vielen, schönen und schlimmen Sachen, die ich in den letzten vierundzwanzig Stunden gefühlt hatte, stach dieser Gedanke heraus, weil er sich anfühlte, als würde mir jemand das Zwerchfell mit einer stumpfen Stricknadel tätowieren.

»Und so hat sie dich also wirklich geweckt?«

Falls Baby nicht genug Fantasie hatte, um sich diese Situation vorzustellen, wollte ich ihr gerne helfen.

»Ja. Und sie hat Judith geweckt. Judith, die spärlich bekleidet aus meinem Schlafzimmer kam und einen großen Knutschfleck auf dem Hals hatte. Ich habe auch einen, aber den habe ich erst später im Spiegel gesehen.« Auf meinem Zwerchfell war jetzt schon ein großer Teil des Gemäldes zu sehen, das die stumpfe Nadel hineinstach. Ich vermutete, dass es der Schrei von Edvard Munch werden würde.

»Verstehe. Und da stand dann deine platonische Fantasie vor deiner erotischen Wirklichkeit und die beiden passten nicht gut zusammen. Die eine nur Körper, die andere nur Geist. Ein wunderbarer Stoff für eine Kurzgeschichte, aber hier in der Realität muss ich einfach fragen, warum Irene nicht sehen soll, mit wem du schläfst? Du kennst doch Markus auch.«

Irene in leidenschaftlicher Umarmung mit Markus. Eine fremde Hand, die über diese weiche Haut strich, ein fremder Mund, der in ihren schönen Hals biss. Der Schrei tätowierte sich von dieser Vorstellung angestachelt wie von selbst. Ich schwieg.

»Aber es ist dir jetzt endlich aufgefallen, oder?«

Die schmale Kristallvase in meiner Hand hatte fast weibliche Formen und ich strich ihr sanft über die schön geschwungene Vasentaille.

»Was ist mir aufgefallen?« Wenn sie es sagte, musste ich es nicht sagen.

»Dass du schlimm verliebt bist?«

»Ich kenne Judith doch kaum.« Auf meinen Lippen lag die Berührung von Irenes Zeigefinger wie ein brennendes Mal.

»Du weißt genau, dass ich nicht von Judith gesprochen habe.«

Ich legte meinen Zeigefinger auf meinen Mund und berührte ihre Berührung.

»Ich hätte es Irene fast gesagt.«

»Perfekter Moment dafür. Wo sie gerade gut sehen

konnte, dass deine Gefühle für Frauen auch eine ungeahnte körperliche Komponente haben.«

»Du bist nicht lustig.«

»Vielleicht nicht, aber ich bin ehrlich.«

»Das ist mir ehrlich gesagt zu viel heute.« Die bunten Blumen passten perfekt in die Kristallvase und ich trug sie vorsichtig ins Wohnzimmer und stellte sie dort auf die Fensterbank.

»Ruf sie an und frag sie, warum sie gegangen ist.« Babys letzte Worte hallten noch lange, nachdem ich aufgelegt hatte, in meinem Kopf herum. In meinem Kopf hallte außerdem noch eine Menge herum und vieles davon waren die unwilligen Geräusche, die Gehirnzellen machten, wenn ihnen klar wurde, dass man sie stundenlang in Alkohol getränkt hatte. Ich hatte Irenes Nummer auch schon mehrmals gewählt. Jedenfalls Teile ihrer Nummer. Beim ersten Mal war ich bis zur Eins gekommen und dann hatten die rachsüchtigen Gehirnzellen mich mit einem eiskalten Eimer randvoll mit Angst und Schuld und Scham überschüttet. Die nächsten Versuche endeten spätestens bei der Neun. Die Neun war die vorletzte Ziffer in ihrer Handynummer. Danach kam nur noch die Null und das schien mir an diesem Abend irgendwie bedeutsam. Am Ende ihrer Nummer stand das Nichts. Ich schluckte die empfohlene Höchstdosis an Kopfschmerztabletten und hoffte, dass sie auch mein wundes Zwerchfell betäuben würden. Dann sank ich in einen Zustand, der auf halbem Weg zwischen Schlaf und Tagtraum lag.

»Sie haben ihn gefasst!«

Irenes Stimme drang zwei lange, unruhige Tage später aus meinem Handy, als ich gerade meinen PC im Büro hinunterfuhr, um nach Hause zu fahren. Da war ihre Stimme endlich wieder, das war die einzige Botschaft, die ich beim ersten Mal mitbekam. Erst als sie ihren Satz wiederholte, wurde mir klar, was sie gesagt hatte.

»Du meinst den Menschen, der die grünen Füße verteilt? Den Mörder?«

»Denselben.« Meine Rippen pochten schnell und wild und eine Welle der Erleichterung durchfuhr mich.

»Wer ist es denn?« Ich presste das Handy viel näher als nötig an mein Ohr. Was sicherlich an der Freude lag, die mich bei dem Gedanken durchfuhr, dass diese schlimme Sache so schnell aufgeklärt wurde. Aber nicht nur.

»Das weiß ich nicht. In den Nachrichten haben sie etwas von dringendem Tatverdacht und einer Person aus dem Obdachlosenmilieu gesagt, in dem sie schon länger ermittelt hätten.«

Trotz meiner Erleichterung fand ich die Entwicklung seltsam.

»Seit wann haben Obdachlose denn Gefriertruhen?«

»Interessanter Punkt.« Ich konnte Irene lächeln sehen. »Sie haben auch nichts darüber gesagt, ob sie die Toten zu den Füßen gefunden haben.«

»Hauptsache, das ist endlich vorbei!« Da mich Erz-Engel sowieso später mit den Details versorgen würde, musste ich jetzt nicht kostbare Gesprächsminuten mit diesem unerfreulichen Thema vergeuden. Also nahm ich meinen Mut und quetschte ihn in das kleine Mikrofon am Handy.

»Magst du später ein Eis mit mir essen?«

Da ich gerade noch über Gefriertruhen nachgedacht hatte, war Eis das erste Nahrungsmittel, das mir eingefallen war.

»Nein.« Ihre Antwort kam schnell, war klar und bestimmt und brach mir eine pochende Rippe auf der linken Seite.

»Ich mag jetzt sofort ein Eis mit dir essen. Du hast doch gleich Feierabend, oder?«

Ich atmete vorsichtig gegen die gebrochene Rippe und sagte: »Bin eigentlich schon auf dem Weg raus.«

»Ich stehe auf eurem Parkplatz vor der Kasse. Helmut, der Hausmeister, hat mich genau im Blick und denkt wohl darüber nach, mein Kennzeichen zu notieren, weil ich nicht aussteige.«

»Das muss ich verhindern.« Ich war schon draußen vor dem Bürocontainer.

»Rette mich.« Irene legte auf.

Wir umarmten uns nicht.

Ich ließ mein Auto auf dem Parkplatz stehen und stieg in ihren Wagen. Eigentlich hätte ich sie gerne zur Begrüßung an mich gedrückt, aber der enge Raum machte es mir unmöglich, sie zu berühren. Auch Irene schien die Situation so zu interpretieren, denn sie saß auf dem äußeren linken Rand des Fahrersitzes und lehnte sich an die Scheibe.

»Hast du eine Lieblingseisdiele?« Irene wendete das Auto und ich konnte kurz sehen, wie Helmut sich ans Kassenhäuschen gelehnt nachdenklich die Bartstoppeln kratzte. Wenn ich Bartstoppeln gehabt hätte, hätte ich sie in letzter Zeit auch oft gekratzt.

»Hallo?« Irene berührte ganz kurz meinen Oberschenkel.

»Was?« Unsere Augen trafen sich und sie freundlich lächeln zu sehen, gab mir Hoffnung. Ich verringerte den Abstand zwischen uns. »Oh, die Eisdiele! Ich habe sogar zwei, die eine davon ist allerdings in diesem kleinen Dorf in der Toskana. Echter Geheimtipp.« Es war an der Zeit, sich als Frau von Welt erkennen zu geben.

»Bist du oft in der Toskana?« Irene nahm ihren Blick von der Straße und sah mich interessiert an.

»Ich war noch nie in der Toskana.« Ich grinste. »Aber ich sehe gerne Reiseberichte im Fernsehen. Ich kann dir auch noch dieses fantastische Fischrestaurant im Hafen von Marseille empfehlen. Da triffst du nur echte Hafenarbeiter und Jaques der Chef macht die beste Bouillabaisse der ganzen Stadt.«

»Na, dann wirst du mit Judith ja bestimmt demnächst bei Jacques und den Hafenarbeitern vorbeischauen.« Ihr Tonfall war ein wenig zu bemüht, um natürlich und lustig zu klingen. Und der Themenwechsel war auch nicht ganz so geschmeidig.

»Ich werde Judith nicht einmal wiedersehen, geschweige denn, mit ihr das Mittelmeer betrachten.« Es war mir sehr wichtig, dass sie das wusste. Eigentlich hatte ich ihr das mit Judith gleich in Ruhe erklären wollen, aber nun war das Thema jetzt schon da und setzte sich in den freien Raum zwischen uns und starrte uns abwechselnd an.

»Hat mich überrascht … vollkommen überrascht, dich …« Sie stockte.

»… so zu sehen … mit einer anderen Frau. Es war mir sehr unangenehm, euch gestört zu haben. Tut mir wirklich leid.«

Da sie im selben Moment an einer roten Ampel bremste, konnte ich nicht sicher sein, ob der Ruck, der durch meinen Körper ging, nicht einfach Ergebnis der Massenträgheit war, die mich in den Gurt drückte. Mit einer ANDEREN Frau? Hatte sie gerade »mit einer *anderen* Frau« gesagt? Ich war auf diese überraschend glückliche Art verwirrt, die immer dazu führte, dass ich das Erste sagte, was mir einfiel.

»Es war Babys Idee.« Und da war es schon passiert und meine Worte warfen, wie zu erwarten, kein allzu gutes Licht auf mich.

Bevor Irene mir antworten konnte, redete ich schnell weiter. »Ich meine, es war Babys Idee, dass wir tanzen gehen und ich mich ein wenig ablenke. Judith mit nach Hause zu nehmen, war allein meine Idee. Ich war plötzlich so leicht an diesem Abend, so sorgenfrei und mutig und so habe ich etwas getan, was ich mir bis dahin nicht gut vorstellen konnte. Ach ja, und ich war sturzbetrunken.«

Irene fuhr in einen Kreisverkehr und wir drehten dort schweigend zwei komplette Runden, bevor sie sich entschloss, eine Ausfahrt zu nehmen und zu antworten.

»Mich haben solche One-Night-Geschichten immer noch einsamer gemacht. Hat es dir gefallen?«

»Es war meine erste Erfahrung in dieser Richtung.« Das hatte ich schon mal geklärt. »Mir hat gefallen, dass ich Spaß hatte, ohne direkt eine Entscheidung für mein weiteres Leben treffen zu müssen. Das hatte ich so noch nie versucht.«

»Und du hast dich nicht verliebt?«

Doch das habe ich.

Sie setzte den Blinker und das einsetzende Ticken zählte die Zeit bis zu meiner Antwort mit. »In Judith?«

»Ja.«

»Nein.«

»Und du bist mir nicht mehr böse, dass ich euch gestört habe?«

»Ich war dir nie böse und ich muss mich immer noch für die schönen Blumen bedanken.«

»Gerne. In Zukunft rufe ich aber an, bevor ich vorbeikomme.«

»Oder du gehst beim nächsten Mal mit mir tanzen und sorgst dafür, dass ich brav bleibe.« Wo war denn dieser Satz hergekommen? Irene schien er aber zu gefallen.

»Ich war schon ewig nicht mehr tanzen. Wäre das denn in Ordnung, wenn ich mitkomme? Ich meine, da sind doch wahrscheinlich sonst nur lesbische Frauen, oder?«

»Ich vermute es, wird aber am Eingang sehr schlampig kontrolliert.«

Wir lachten und sahen uns endlich wieder richtig an.

»Dann gehe ich gerne mit dir tanzen. Und jetzt gehe ich zur Feier des Tages erst mal mit dir Eis essen.«

»Darf ich dann davon ausgehen, dass wir auf dem Weg zum Eiscafe B. sind?«

»Absolut.« Wir waren beide plötzlich grundlos gut gelaunt.

»Was ist dein Lieblingseis?« Irene durchfuhr den nächsten Kreisverkehr ordnungsgemäß in einem Zug.

»Der Eisbecher Geisha, mit Schokoladeneis statt Vanille.«

»Im Ernst? Das ist Markus' Lieblingseis. Ihr seid euch wirklich ähnlich.«

Dieser Gedanke machte mir Angst und ich stellte mir lieber den Eisbecher »Geisha« vor, der gleich mit einer gewaltigen Portion Milchspeiseeis und einigen geschickt platzierten Mandarinen meinen Serotoninspiegel heben würde. Das machte mich gesprächig. »Wir sind da schon in der Schulzeit oft gewesen. Ich war mit fünfzehn sogar mal in eine der Kellnerinnen verliebt. Ältere Frau, neunzehn oder so. Bevor mir meine Gefühle allerdings richtig klar waren und sie mir daraufhin ihren Freund vorstellte, hatte ich schon fünf Kilo zugenommen.«

Irene lachte laut auf. »Warum hat Markus mir diese Geschichten nicht erzählt?«

Gute Frage!

»Er hat dir die Geschichte mit der Tür zum Chemiesaal erzählt und dich mit ins Eiscafe B. genommen, sei nicht unbescheiden.«

»Auch wieder wahr.« Sie blinkte und wir bogen in die Straße, auf der das Café lag.

Das Eiscafe B. war Duisburgs Pendant zu Jacques Fischbude in Marseille und lag in einem der als multikulturell beschrieben Stadtteile, den die wenigen Besucher der Stadt lieber mieden. Die kleine Eisdiele hatte die hier aneinander vorbei lebenden Deutschen mit Wurzeln im Inland, Deutschen mit Wurzeln im Ausland, Türken mit Wurzeln in Deutschland und Menschen deren Wurzeln so oft herausgerissen waren, dass sie nicht mehr wussten, wo sie ursprünglich gewesen waren, einfach unter den bunten Schirmchen ihres gewaltigen Bananensplits vereinigt. Das Spaghetti-Eis des Familienbetriebs war geradezu legendär und wurde von mutigen Teenagern aller Nationen als Initiationsritus an der Schwelle zum Erwachsensein begriffen. Wer bei B. ein ganzes Spaghetti-Eis schaffte, hatte die Kindheit mit ihren Schoko- und Erdbeerbechern hinter sich gelassen und die Schwelle zum Mann oder zur Frau überschritten.

»Wie wäre es, wenn ich Markus anrufe und ihn frage, ob er auch ein Eis möchte? Er müsste gerade zu Hause sein.« Irene hatte schon nach ihrem Handy gegriffen.

Markus war natürlich begeistert von der Idee seiner Verlobten und er hatte schon drei Stühle um den Tisch auf dem Balkon gestellt und den Sonnenschirm aufgespannt, als wir eintrafen. Da die Verlobte mein Einverständnis still vorausgesetzt hatte, hatte ich es nicht gewagt, unserer ersten Begegnung zu dritt länger im Wege zu stehen. Ich hatte mich damit getröstet, dass Baby sicherlich eine Studie kannte, die mir später klarmachen würde, dass es wichtig war, den Tatsachen ins Auge zu schauen.

Als ich auf dem Weg durch Markus' Wohnung zum Balkon am leicht zerwühlten Bett des Schlafzimmers vorbeikam, verlor ich trotz guter Vorsätze ein wenig den Appetit. Was mich nicht überraschte. Schon als Markus Irene in der Tür das Eistablett aus der Hand genommen und sie zur Begrüßung geküsst hatte, hatte die Stricknadel schnell einen schmalen Rahmen um das Munch-Gemälde auf meinem Zwerchfell tätowiert.

»Habt ihr gehört, dass sie diesen kranken Mörder gefasst haben.« Markus gestikulierte mit seinem Löffel abwechselnd in meine und Irenes Richtung.

Ich nickte in meinen Eisbecher Geisha, Irene in ihren Krokantbecher.

»Ich bin sehr froh darüber, ich habe mir schon auch ein bisschen Sorgen um euch beide gemacht.« Er lächelte mich freundlich an und ich hasste mich für meine Auslegung seines Satzes, denn ich machte mir ständig Sorgen um Irene und mich.

Irene nahm seine Hand und verschlang ihre Finger mit seinen. »Du bist süß, mein Schatz, aber lass uns erst mal abwarten, ob er es wirklich ist. Wie sind sie denn auf ihn gekommen?«

Markus küsste Irenes Hand in seiner, bevor er antwortete.

»Keine Ahnung. Es gibt aber gleich eine Pressekonferenz der Polizei im Fernsehen. Sollen wir da reinschauen?«

Ich fixierte die beiden ineinander verschlungenen Hände, als wären sie der gordische Knoten und ich damit beauftragt, sie zu lösen. Feuer, Erdbeben, Meteoriteneinschlag, wollte ich schreien, oder irgendetwas tun, das dazu führte, dass alle aufsprangen, ihre Hände zu sich nahmen und aus dem Haus rannten.

»Charly?«

Die beiden Hände lösten sich ohne mein Eingreifen und die eine berührte mich an meinem nackten Arm.

»Was?«

»Möchtest du die Pressekonferenz zu der Festnahme sehen?«

Die Hände schlossen sich wieder umeinander.

»Natürlich!« Ich hätte mir auch eine mehrstündige Dokumentation über die Herstellung von Kuckucksuhren angesehen, um diesem Anblick zu entkommen.

Markus stand auf und sah mich einen kurzen Augenblick seltsam an, bevor er ins Wohnzimmer ging, um den Fernseher anzuschalten.

»Hat schon angefangen«, rief er und wir zogen mit unseren Eisbechern vor die Mattscheibe. Ich setze mich auf einen Sessel, der es mir gnädigerweise verwehrte, Markus und Irene in trauter Zweisamkeit auf dem Sofa zu betrachten.

Aus der Festnahme eines Verdächtigen war in den letzten Stunden zu unserer Überraschung das Verhör eines wichtigen Zeugen geworden. Der wohnungslose Jürgen H., den man aufgegriffen hatte, weil er mehreren Passanten betrunken und mit zwei grünen Socken wedelnd gedroht hatte, ihnen die Füße abzuhacken, kam als Täter nicht länger in Frage. Er hatte erst vor drei Tagen das Krankenhaus verlassen, wo er wegen einer schweren Lebererkrankung die letzten Wochen verbracht hatte. Ein Beamter, den ich nicht kannte, der sich aber als Leiter der Ermittlungen vorstellte, erklärte der Fernsehgemeinde, dass es sich bei den beiden Strümpfen im Besitz von Jürgen H. aber eindeutig um die bekannte grüne Wolle und das identische Strickmuster handeln würde, das hätten Vergleiche ergeben.

»Sie haben ihn nicht«, sagte Irene hinter mir und ich nickte traurig, ohne mich umzudrehen.

Neben dem Ermittlungsleiter saßen links und rechts auf dem Podium zwei weitere Herren im Anzug, die wortlos und starr in die Kamera blickten. Vor allen dreien standen ungeöffnete Erfrischungsgetränke, deren Etikette jemand werbewirksam in Richtung der vielen Betrachter gedreht hatte. Es klickte und klackerte im Raum. Die mit bunten Senderlogos bedruckten Filzüberzüge unzähliger Mikrofone hielten sich übereinander und untereinander und gegen jedes physikalische Gesetz am Tischrand fest, um zu zeigen, dass es ein internationales Interesse an den neuesten Entwicklungen gab. In der Mitte, hinter dem Ermittlungsleiter, stand der große Beamte, der mich beim ersten Fund verhört hatte, und sein vertrautes Gesicht erinnerte mich daran, dass ich auch hier auf einem fernen Sessel ein Teil dieses absurden Theaters war.

»Jürgen H. hilft uns bei den Ermittlungen und war in der Lage, genau anzugeben, wo er die beiden Strümpfe gefunden hat. Bei dem Fundort handelt es sich um einen Papierkorb in der Nähe des Gemeindezentrums der St. Michael Kirche in Duisburg.«

Ein Bild wurde eingeblendet und zeigte das schmucklose Gemeindezentrum, in dem meine Mutter die Senioren daran hinderte, gebrauchte Heizdecken bei eBay zu ersteigern.

Ich fuhr von meinem Sessel hoch.

»Wir bitten vor allem Menschen, die sich regelmäßig in der Nähe des Fundortes aufhalten, um ihre Mithilfe. Wer hat in der letzten Woche vielleicht zufällig gesehen, wie diese Strümpfe in den Papierkorb geworfen wurden? Wem ist etwas Ungewöhnliches aufgefallen?«

»Charly?« Irene sprang ebenfalls vom Sofa und Markus erhob sich verwirrt von all den schnellen Bewegungen im Raum.

»Ich muss sofort nach Hause. Das ist das Gemeindezentrum in der Nähe unseres Hauses, in dem meine Mutter ihre Seniorengruppe hat.«

»Ich komme mit dir!« Irene stellte ihren halb gegessenen Krokantbecher neben meinen halb gegessenen Geishabecher.

Mir war das jetzt endgültig alles zu viel. Der Mörder in der Nähe meiner Mutter, Markus in der Nähe von Irene und ich von einem glücklichen Leben meilenweit entfernt »Nein! Das ist nicht nötig. Ich will nur mit meiner Mutter sprechen, dabei kannst du nicht helfen.«

Mein letzter Satz und vor allem mein harscher Tonfall stießen sie zurück aufs Sofa. Markus setzte sich wieder und sah unsicher zwischen uns beiden hin und her.

»Dann melde dich doch einfach, wenn ich mal wieder helfen kann.« Auch Irenes Stimme senkte die Raumtemperatur um ein paar Grad.

Markus begleitete mich zur Tür und schob meinen Gesichtsausdruck sicherlich auf die Neuigkeiten, die wir gerade vernommen hatten. »Pass gut auf dich auf und grüß deine Mutter von mir. Ich bin sicher, dass sie nicht in Gefahr ist.«

Ich sah ihm an, dass er nicht sicher war.

»Wenn er weiß, wo das Gemeindehaus ist, dann weiß er auch, wo wir wohnen, Markus.«

Er erwiderte nichts, sondern drückte mich nur hilflos an sich.

Die Geier waren zurück.

Es hatte nicht lange gedauert bis die Presse begriffen hatte, dass der Fundort der Strümpfe in Fußnähe zu unserem Haus lag, und so durfte ich mich durch einen kleinen Schwarm von Journalisten manövrieren, der vor unserem Gartenzaun aufgeregt in der Sonne summte. Kaum stieg ich aus meinem Wagen, umgab mich der Schwarm, stach mir seine Mikrofonstachel ins Gesicht und brüllte mir in schneller Folge Fragen ins Ohr.

«Kennen Sie den Mörder?«

»Was hat das mit Ihnen zu tun?«

»Fühlen Sie sich bedroht?«

»Glauben Sie, dass es jemand aus ihrem Umfeld ist?«

Sie folgten mir summend und stechend bis zu unserem Gartenzaun, wo ich das von meinem Vater selbst geschmiedete Gartentürchen so krachend hinter mir in sein verrostetes Schloss fallen ließ, dass sie kurz verstummten. Dann ging das Fragengeschrei wieder los. Ich verschloss das Gartentor, stieß die Haustür, die natürlich nur angelehnt war, auf und stürzte wutentbrannt ins Wohnzimmer meiner Mutter.

»Bist du wahnsinnig geworden? Hast du gesehen, was da draußen los ist? Warum zum Teufel kannst du nicht daran denken, die Haustür zu schließen? Da draußen läuft ein wahnsinniger Mörder herum!«

Es klirrte heftig und eine zartblaue Porzellantasse zerschellte auf dem Steinboden neben dem Wohnzimmertisch. Eine kleine Kaffeelache suchte sich durch die Scherben ihren Weg in die Freiheit. Aus den Sesseln und von der Wohnzimmercouch starrten mich sechs verschreckte, ältere Frauen an. Drei hatten sich an das, unter üppigen, berüschten und stark geblümten Busen versteckte Herz gegriffen, während die anderen drei sich an den gepolsterten Kanten ihrer Sitzgelegenheiten festklammerten. Rose-Lotte Stein, die, wie ich jetzt bemerkte, neben meiner Mutter saß, begann zu weinen.

ErzEngel stellte ihre Tasse ruhig auf den Unterteller und legte ihre Hand auf den Arm der weinenden Seniorin neben sich. »Ich darf sie denen, die sie nicht kennen, vorstellen, das ist meine Tochter.« Sie wandte sich zu mir. »Charlotte, das sind die Damen aus meinem Computerkurs. Wir wollten uns hier in Ruhe über die Ereignisse austauschen.«

Die Damen aus dem Computerkurs beäugten mich vorsichtig, so wie man einen streunenden Hund betrachtet, bei dem man nicht sicher ist, ob er als Nächstes wedelt oder beißt. Ich stand knallrot in der Mitte des Raumes und bemühte mich, harmlos auszusehen. Alles was mir jetzt noch fehlte, war die Schlagzeile. »Wütende Fußfinderin treibt wehrlose Rentnerinnen in den Herztod!«

»Es tut mir leid, ich …« Meine Mutter schnitt mir das Wort ab. »Ist schon in Ordnung. Holst du bitte ein Kehrblech?«

»Natürlich!« Nichts war mir lieber, als den Raum mit den erstarrten Computerdamen zu verlassen. Kaum war ich außer Sicht, begannen sie alle durcheinanderzureden. Ich holte in der Küche mehrmals tief Luft, bevor ich mich mit Kehrblech und Aufnehmer bewaffnet wieder ins Wohnzimmer wagte.

»Charlotte nimmt das alles sehr mit, sie ist so sensibel«, meine Mutter holte mich mit einer Äußerung wieder zurück aus der Mitte der Furien und besorgte mir einen Platz im Kreise der menschlichen Gemeinschaft. Die Damen nickten verständnisvoll. Ich kehrte und wischte leidenschaftlich zu Rose-Lotte Steins Füßen, die mich wie hypnotisiert anstarrte. Als ich ihren Blick freundlich erwidern wollte, wurde sie rot und hielt sich eine Serviette vor das Gesicht. Offensichtlich war sie noch nicht ganz sicher, dass von mir wirklich keine Gefahr mehr ausging.

»Wir sind auch in Sorge, Charlotte«, stellte meine Mutter fest, nachdem ich die Scherben im Abfall und den vergossenen Kaffee im Ausguss untergebracht hatte.

»Wenn man bedenkt, dass er direkt vor unserer Tür war.« Die Damen erschauerten so synchron, dass ich nicht ausmachen konnte, welche von ihnen den Satz gesagt hatte.

»Ich denke, dass es schon Grund gibt, vorsichtig zu sein, aber keinen Grund zur Panik.« Ich bemühte mich, vernünftig und sicher zu klingen und nicht wie jemand, die gerade panisch in eine Kaffeerunde gestürmt war. »So weit wir wissen, sind die Todesfälle schon ein ganzes Jahr her, und wir wissen nicht einmal, ob es wirklich Mord war. Es wäre vielleicht klug, wenn Sie in Zukunft nicht so viel allein unterwegs wären.« Meine Mutter warf mir einen warnenden Blick zu.

»Aber wir wohnen doch alle allein. Unsere Männer sind doch alle schon tot.« Wieder konnte ich nicht genau ausmachen, wer das gesagt hatte, denn die berüschten Busen hoben und senkten sich alle schwer. Rose-Lotte Stein schlug schon wieder die Serviette vor das Gesicht und versteckte ihren traurigen Blick hinter einem leuchtend gelben Häschenmotiv.

Ich war eine Idiotin. Natürlich, der auffallende Männermangel im Gemeindezentrum war nicht das Ergebnis einer feministischen Grundsatzentscheidung, sondern die natürliche Folge der männlichen Lebenserwartung. Und nun hatte ich die Damen nicht nur verschreckt, sondern auch noch zusätzlich an den Tod ihrer Ehemänner erinnert. Ich hatte eindeutig einen Lauf. Verdammt.

ErzEngel rettete mich aus dem mit Treibsand gefüllten Erdloch, in dem ich langsam versank.

»Wir stellen einen Plan auf. Wir versuchen so viele

Erledigungen wie möglich zu zweit zu erledigen und rufen uns jeden Abend und Morgen an. Jede meldet sich von heute an ab, wenn sie längere Ausflüge macht. Wer hat ein Handy? Handzeichen.«

Die geblümten Ärmel blieben am Busen und alle Damen schüttelten traurig ihre Köpfe.

»Kein Problem.« ErzEngel hatte den Tonfall, mit dem sie Duislexic aus seiner buchstäblichen Isolation geholt hatte. Sie sah auf ihre Uhr und erhob sich.

»723 Schritte von hier ist ein Elektronikhändler. Billige Handys, billiger Supermarkttarif. Wir zahlen das aus der Sparclubkasse! Los geht es!«

Die Gruppe erhob sich schnell und griff nach ihren Handtaschen.

»Soll ich euch begleiten?« Ich suchte den Blick meiner Mutter.

»Nicht nötig.« Sie zog die leicht humpelnde Rose-Lotte Stein hinter sich her. Die Häschenserviette blieb zerknüllt auf dem Tisch liegen. Ich konnte durchs Fenster beobachten, wie meine Mutter den Journalistenschwarm vor dem Tor wie Moses mit einer Handbewegung teilte und danach trockenen Fußes mit ihrer kleinen Gruppe geblümter Israeliten die Straße hinabeilte.

Wie geht es dir?

Mein Handy hatte mit zwei simulierten Schlägen gegen ein feines Glas das Eintreffen einer SMS verkündet und ich las mir Irenes Frage laut vor. In Ermangelung einer anderen wichtigen Tätigkeit hatte ich die Kaffeetafel abgeräumt und stand jetzt schon seit einer halben Stunde weitgehend ratlos in meiner eigenen Küche am Fenster. Ich hatte überlegt, ob ich Irene anrufen sollte, um mich für meinen schnellen Abgang zu entschuldigen, es dann aber wieder verworfen. Und wieder in Betracht gezogen. Und wieder verworfen. Wir hatten uns noch nie getextet und der Anblick dieses einen Namens auf dem Display, machte mich auf eine Art unruhig, die in einer diffusen Zone zwischen Erlösung, Glück und Trauer lag. Ich hatte nicht damit gerechnet, dass sie sich von selber melden würde und trotz meines unfreundlichen Auftritts wissen wollte, wie es mir ging. Zu sehen, dass sie es wissen wollte, tat gut, zu wissen, dass sie in diesem Moment mit verschlungen Händen auf einer Couch saß, tat weh.

»Hier ist alles in Ordnung, es geht mir gut«, schrieb ich schließlich und tippte auf Senden, bevor ich es mir anders überlegen und mit einer Frage enden konnte. Denn wenn ich fragte, würde meine hierhin und dorthin fließende Zeit zu zäher Wartezeit werden und ich würde statt des Himmels in den nächsten Stunden mein Handy beobachten. Was das anging, war ich ein gebranntes Kind.

Bei IHR hatte ich das nämlich oft stundenlang getan. Wenn SIE über Stunden und Tage nicht auf meine Fragen geantwortet hatte, hatte ich neben dem Handy auch ausgewählte andere Elektrogeräte im Auge behalten, um das kleine Telefon zu entlasten. Am besten hatte meine Aufmerksamkeit damals dem Toaster gefallen, der von Natur aus die Fähigkeit besaß, sich schnell zu erwärmen. Ich hatte aus Dankbarkeit unzählige Toastscheiben geröstet und zunehmend hatte mich die Art, wie sie blitzschnell aus dem glühenden Schacht sprangen und damit das Feuer hinter sich zum Erlöschen brachten, an SIE erinnert. Ich hatte mich darin geübt, die fliehenden Quadrate mitten im Sprung aufzufangen und sie festzuhalten. Obwohl ich mir dabei hin und wieder die Finger verbrannt hatte, war es mir bei den Toastscheiben schließlich leicht gefallen. Bei IHR war mir das nie gelungen.

Während ich mir diese gedankliche Reise in die Vergangenheit gönnte, wurde mein Antworttext im Display grün und meine unverbindlichen Worte verschwanden digital verschlüsselt im makellosen Sommerhimmel. Wie viele solcher Botschaften wohl im selben Augenblick ihrem Ziel entgegeneilten? Ich schaute meinem Satz mit zusammengekniffenen Augen hinterher und stellte mir vor, wie es wäre, all die wichtigen Botschaften und Belanglosigkeiten, die Fragen, die Antworten, die Scherze, die Liebesschwüre und immer neuen Verabredungen auf ihren chronisch überfüllten Wegen sehen zu können. Reisten alle Liebesbezeugungen in einem engen rosa Schwarm, der sie vor den vielen Abschiedsbotschaften schützte, die an unübersichtlichen Kreuzungen aus dem Nichts in die wattige Wolke rasen wollten? Kannten die falschen Anschuldigungen eine Abkürzung und gab es eine Schnellstraße für Entschuldigungen? Die alltäglichen Verabredungen standen sicher in einem langen Stau, geordnet nach

Kaffee um drei, Kino um sieben, Essen um acht und Tanzen um elf.

Bei Tanzen um elf fiel mir Judith ein und die Nacht, die meinen selbst gewählten Zölibat beendet hatte. Ich würde es Baby nicht sagen, aber die Erfahrung, Sex zu haben, ohne vorher einen ganzen Frachtcontainer mit emotionalem Gepäck neben dem Bett zu entladen, hatte mir wirklich gutgetan. Und meine Erinnerung daran, was ich vermisste, aufgefrischt.

Kling, Kling macht mein Handy. ErzEngel durchschritt gerade mit wehendem Haar und wildem Blick die etwas geschrumpfte Schar der Sensationsjäger vor unserem Garten und am nicht geringen Abstand, den die Gruppe hielt, konnte ich sehen, dass sie ein ganz kleines bisschen Angst vor ihr hatten.

»Habe ich etwas falsch gemacht?« Irene hatte keine Angst vor Fragen und wollte den seltsamen Zustand, in dem sich unsere Freundschaft befand, nicht einfach hinnehmen.

»Du bist in mein Leben gekommen. Mit deinen lachenden Augen und diesem Hals, auf dem eine Gänsehaut wie eine Einladung aussieht. Und jetzt verschlingst du deine Hände mit meinem Schulfreund«, schrieb ich natürlich nicht.

Ich schrieb: »Du hast gar nichts falsch gemacht. Die Situation macht mir einfach Angst, heute mehr als normalerweise. Schlaf gut, ich rufe dich morgen an.«

Sollte sie die Situation, die mir Angst machte, ruhig für meinen Fund und die Nähe des Mörders halten.

Das Warten auf den nächsten Fuß,

die ausbleibenden Fahndungserfolge und die andauernde, tropische Hitze machten die Menschen in den folgenden Wochen nervös. Man hätte glauben können, dass die Region nach Zechensterben, Hüttensterben, verpassten Fußballmeisterschaften und mehrfachem Strukturwandel weitgehend abgehärtet war, aber die irrationale Bedrohung hinterließ ihre Spuren. In den Innenstädten wurden die Kämpfe um die wenigen freien Schattenparkplätze verbissener und in den Läden wehte grüne Kleidung unverkäuflich im schwachen Luftzug der überall aufgestellten Ventilatoren. Die Polizei war kaum noch in der Lage, den unzähligen Hinweisen nachzugehen. Da alle ganztägig draußen grillten, hatte jeder etwas gehört und viele etwas gesehen. In den schwülen Nächten schlief das ganze Ruhrgebiet mit weit geöffneten Fenstern und jeder lauschte ängstlich in die Nacht. Rollige Katzen, die laut klagend auf Partnersuche waren, wurden schnell im grellen Licht übergroßer Taschenlampen zur Strecke gebracht. In den Baumärkten wurden neben den mobilen Klimageräten auch Bewegungsmelder und Zusatzschlösser knapp, Pfefferspray wurde zum Verkaufsschlager.

Aber der fehlende vierte Fuß tauchte nicht auf. Nicht auf den streng bewachten Kulturdenkmälern der Region und auch nicht auf den regelmäßig patrouillierten Halden.

Auch das Gemeidezentrum stand kurzzeitig unter Beobachtung, was ErzEngels Computerdamen ein bisschen weniger mit ihren sommerlichen Rüschenblusen flattern ließ. Noch viel mehr beruhigten sie aber die kleinen Handys, die meine Mutter mit Nummern und Namen versehen hatte. Seit die Frauengruppe ihre eigene Telefonkette hatte, klingelte und summte das Handy meiner Mutter zu jeder Tages- und Nachtstunde. In der ersten Zeit lag den meisten Anrufen keine Absicht zu Grunde, sondern die verschiedenen Rentnerinnen hatten sich entweder auf die Kurzwahltaste gesetzt oder das Handy mit der Fernbedienung verwechselt. Ich lauschte mit leicht gereizten Nervenenden, wie ErzEngel mehrmals laut in das Telefon schrie, bis die Anrufende begriff, woher das Geräusch in ihrem Wohnzimmer oder ihrer Tasche kam. Die ersten SMS waren dank einer schwer verträglichen Kombination aus besserwisserischen Rechtschreibhilfen und wehrlosen Endsiebzigerinnen nur schwer zu decodieren und erforderten dadurch neue Anrufe. Was allen so gut gefiel, dass sie sich von nun an ständig anriefen und texteten. Zum ersten Mal begriff ich, dass ältere Menschen wirklich nicht viel Schlaf brauchten. Wenn ich die Treppe hinabging und ErzEngel in ihrer Tür stehend den Kopf schüttelte, wusste ich schon vor der Arbeit, dass es keine neuen Erkenntnisse gab. Nicht über die Opfer, nicht den Täter und schon gar nicht über mögliche Motive. Meinen Kontakt zu Irene hielt ich künstlich auf einer Ebene freundlicher Unverbindlichkeit, die uns beiden nicht gerecht wurde. Was sollte ich denn tun? Auf meinem Kalender an der Küchenwand leuchtete mir täglich das mit rotem Filzstift durchkreuzte Datum ihrer Hochzeit wie ein

Warndreieck entgegen. Also verlangsamte ich meine Fahrt, um nicht frontal in diese schlecht gesicherte Unfallstelle zu rasen.

Die erste Septemberwoche

brachte die Schulklassen zurück, die im Morgenlicht wie die taumelnden Horden in einem Zombiefilm den Gasometer einkreisten. Mit dem Ende der Ferien wurde der Gasometer automatisch wieder zum temporären Hort für bildungssatte Schulpflichtige, die es nicht abwarten konnten, sich nach dem Ende der Führungen im Einkaufszentrum vom Angriff, den eine Ausstellung auf ihr Bewusstsein darstellte, zu erholen. Der grüne Fuß hatte unseren Coolnessfaktor zwar eindeutig erhöht, aber um mit der Kombination aus McDonalds, Applestore und Hollister in der direkten Nachbarschaft ernsthaft zu konkurrieren, hätten wir wohl jeden Tag live einen Rentner einfrieren und zerteilen müssen.

Die oft langen Tage immer auf der Spur des hormongesteuerten Übermuts waren ermüdend und meine Laune an den Abenden dementsprechend schlecht. Baby war zu einem Urlaub nach Lesbos verschwunden und versorgte mich von dort mit neuen Erkenntnissen, die größtenteils im Bereich der nonverbalen Kommunikation lagen und die Verwendung des Inselnamens als Adjektiv sicherstellten. Irene schlug mir am Telefon fast täglich Treffen vor, die ich nach kurzen Gesprächen mit Hinweis auf die anstrengenden Arbeitstage freundlich ablehnte, obwohl ich mich nach ihrem Lachen sehnte. Ihr Brautkleid, das eigentlich ein schickes Kostüm war, hatte ich per MMS bewertet, weil mich eine starke Migräne in letzter Minute an einer leibhaftigen Teilnahme gehindert hatte. Bis zu diesem Tag hatte ich Leute verachtet, die Kopfschmerzen vorschoben, um keinen Sex haben zu müssen. Jetzt hatte ich Kopfschmerzen benutzt, um nicht dabei zu sein, wenn sich die Frau, nach der ich mich sehnte, ein Kleidungsstück aussuchte, um ihre sexuelle Beziehung zu einem Mann zu legalisieren. War das so etwas Ähnliches? Oder genau das Gegenteil? Am Ende meiner Überlegungen hatte ich wirklich Kopfschmerzen gehabt.

ErzEngel hatte mit den Mitgliedern des Computerclubs eine Selbstverteidigungsgruppe gegründet, die mittlerweile zweimal in der Woche zu allem entschlossen und in pastellfarbenen Gymnastikhosen einem überforderten Polizeibeamten gegenüberstand. »Warte ab, ich bekomme auch Rose-Lotte Stein noch dazu mitzumachen, und wenn sie erst mal im Kurs ist, kann ich sie bestimmt auch überreden, das Handy anzunehmen, das wir für sie kaufen wollen.« Sie glühte vor Begeisterung und ich traute mich nicht, ihr zu sagen, dass jede weitere Seniorin mit mobilem Telefon meine Aussichten auf ungestörten Nachtschlaf verringerte.

Ich war viel allein und wühlte in den Nächten nach Spuren von Sinn in meinem Leben.

Der erste Freitag des Septembers war einigermaßen ruhig gewesen. Von den angemeldeten zehn Schulklassen waren bis zu meinem frühzeitigen Schichtende am Mittag nur fünf erschienen und von diesen fünf hatten nur drei versucht, den Aufzug zum Absturz zu bringen. Einer dieser Versuche hatte dazu geführt, dass der Aufzug für die Übeltäter knapp unterhalb der achten Etage zum gläsernen Gefängnis wurde und sie sich in achtzig Meter Höhe ausgiebig Gedanken über ihre Taten machen konnten. Helmut fand einfach nicht die Zeit sie zu befreien, denn wir mussten genau in diesem Augenblick gemeinsam im Ausstellungscafé einen Kaffee trinken und zuschauen, wie die Glasscheiben oben in der kleinen Aufzugkabine langsam beschlugen. Es war immer wieder erstaunlich zu sehen, wie läuternd zehn Minuten Ungewissheit in einem gläsernen Aufzug zwischen Himmel und Erde sein konnten.

Ich hatte in den letzten Tagen so wenig wie möglich über den Fuß nachgedacht und erst, als ich mit Helmut zum Parkplatz ging und den Baseballschläger auf seinem Rücksitz entdeckte, fiel er mir wieder ein.

»Hast du mit dem Spielen angefangen?« Er hatte meinen Blick auf das massive Sportgerät gesehen.

Da er für Humor weitgehend unempfänglich war, sah er mich verständnislos an und schüttelte den Kopf. Ich vermied es, das Thema zu vertiefen, aber Helmuts Aufrüstungsmaßnahme machte mir wieder klar, dass es eine reale Bedrohung gab. Ich fuhr missmutig nach Hause und meine Laune wurde durch den Anblick der nur angelehnten Haustür nicht besser. Warum konnte sich meine Mutter, die die Seniorinnen im Nahkampf schulte, nicht merken, die Haustür richtig zu schließen?

Mein Auftritt in ihrer Wohnung war dieses Mal etwas verhaltener, weil ich nicht wieder zufällig anwesende ältere Damen an den Rand des Infarkts bringen wollte.

»Die Tür war wieder offen. Das ist keine gute Idee«, sagte ich mit ruhiger Stimme und trat ins Wohnzimmer. Keiner da. Auf dem Tisch lag die Frauenzeitschrift mit der umkreisten Königin, der Laptop war aufgeklappt und summte leise.

»Mutti?« Ich wechselte in die Küche. Die Spülmaschine lief und zeigte an, dass sie in wenigen Minuten mit dem automatischen Trocknen beginnen würde. ErzEngel konnte nicht weit sein. Ich warf einen Blick ins Schlafzimmer und in den Garten, aber meine Mutter war nirgends zu sehen. Ich schob die Gardine am Küchenfenster zur Seite und sah hinaus. Auf der Straße parkte kein Auto und das hieß, dass unser Haus ohne ständige polizeiliche Überwachung war und nur ab und zu von einer Streife kontrolliert wurde. Das war ja absehbar gewesen. Personalmangel, hatte man der Rentnergruppe erklärt, die sich nach ihrer lückenhaften Bewachung am Gemeindezentrum erkundigt hatte. Ich zupfte die Gardine wieder gerade und lauschte in die Stille, die ihrem Namen alle Ehre machte. Auf der Digitaluhr an der Wand war es 15.31 Uhr. Die Spülmaschine brauchte für einen Spülgang genau zwei Stunden und fünfundzwanzig Minuten und wenn ErzEngel kurz nach dem Anstellen des Gerätes das Haus verlassen hatte, konnte wer weiß wer in der Zwischenzeit die Chance für einen Kurzbesuch genutzt haben. Und war inzwischen möglicherweise mit allen tragbaren Wertsachen verschwunden. Ich rief mich zur Ruhe, der Laptop war noch da und das sprach gegen eilige Diebe. Alle Schubladen waren geschlossen, nirgendwo war etwas in Unordnung. Diebe würden ein Haus so nicht hinterlassen.

Aber was, wenn kein Gelegenheitsdieb die offene Tür gesehen hatte, sondern jemand, der auf eine Möglichkeit wartete, ungesehen ins Haus zu gelangen? Mir wurde kalt und ich nahm mir ein großes Küchenmesser aus der Schublade, bevor ich weiterging. Als ich mit dem gezückten Bratenschneider am großen Spiegel im Flur vorbeikam, konnte ich sehen, dass ich wirklich so lächerlich aussah, wie ich mich fühlte. Ich rief noch einmal laut nach meiner Mutter. Nichts. Wieso ließ ErzEngel die Tür jetzt auch schon offen, wenn sie das Haus verließ? Ich kontrollierte vorsichtig die Schlafzimmerschränke und den Vorratsraum in der Küche. Wie immer hatte meine Mutter auf der linken Seite der kleinen Kammer unzählige Konserven von jeder denkbaren Eintopfvariante säuberlich und mit den Etiketten nach vorn in die Regale gestapelt. Im rechten Regal standen Haferflocken und Grieß zusammen mit großen Tüten getrockneten Obstes, Streichhölzern und Kerzen. Es sah aus, als ob sie sich auf einen atomaren Winter vorbereitete. Mir fiel auf, dass ich sie noch nie Eintopf oder Trockenobst hatte essen sehen, und das erschien mir, die ich gerade am helllichten Tag mit einem Küchenmesser durchs Haus schlich, nicht ganz normal. War meine Mutter doch nicht so klar, wie sie immer vorgab? Gab es vielleicht doch Augenblicke, in denen sie sich nicht bewusst war, was sie tat? Der Gedanke beunruhigte mich fast noch mehr als die potentielle Anwesenheit eines Fremden im Haus. Ich lockerte meinen Griff um den schwarzen Griff des Messers und im selbem Moment knackte es irgendwo im Keller. Kurz und zwei Mal.

Knack.

Knack.

Dann wieder Stille.

So, als ob jemand genauso intensiv in die Stille lauschte wie ich.

Ich hielt den Atem an.

Knack.

Stille.

Knack.

In meiner Lunge wurde es eng. Ich atmete wieder ein.

Knack. Knack.

Das klang, als käme jemand langsam und vorsichtig die Kellertreppe hinauf und bemühte sich, auf den alten Holzstufen kein Geräusch zu machen. Noch ein Knack. Dieses Mal näher. Ich umklammerte das Messer wieder ganz fest und stand vollkommen still. Meine Gedanken rasten. Wo war mein Handy eigentlich? In meiner Tasche?

Und wo war die?

Ich sah mich wild um.

Hier war sie nicht.

Ich musste hier raus.

Konnte ich es bis zur Tür schaffen, bevor der Eindringling mich erreicht hatte?

Konnte ich nicht, denn ein leises Tapsen war plötzlich auf den Fliesen im Flur zu hören und Ulf, der dicke

Kater der Westermanns, erschien in der Küchentür. Er warf mir und dem Messer einen misstrauischen Blick zu und setzte sich dann anklagend vor die verschlossene Haustür. Mein ganzer Körper klopfte unter den heftigen Schlägen eines Organs, das ich nicht besaß, und ich verweigerte dem schnurrenden Ulf jede Streicheleinheit, bevor er sichtbar beleidigt durch die Tür, die ich spaltbreit öffnete, verschwand. Wieder allein, nahm ich einen großen Schluck des viel zu kalten Wassers, das im Kühlschrank meiner Mutter stand, und durchsuchte jeden Raum im ganzen Haus gründlich. Nirgendwo verbargen sich hinterhältige Übeltäter, weitere neugierige Haustiere oder eine ganz bestimmte leichtsinnige Mutter. Meine Wohnung in der ersten Etage und der Keller waren so leer wie das Erdgeschoss. Die Spülmaschine war verstummt, als ich wieder in die Küche kam, und ich öffnete sie und fächelte den Dampf ungeduldig zur Seite. Wenn ich heute Abend etwas für uns beide kochen wollte, musste ich jetzt herausfinden, ob meine Mutter nur kurz die Nachbarn besuchte oder den Abend im Gemeindezentrum verbrachte. Ich fand meine Tasche, wählte ihre Nummer und ihr Handy übergab mich vollkommen uninteressiert an die Mailbox. Meine Nachricht fiel kurz und unfreundlich aus, deshalb rief ich noch ein zweites Mal an und erklärte ihr, dass ich zu Hause auf sie warte und dass sie sich doch bitte melden solle.

Fand heute irgendwo ein Kurs, der Stille verlangte, statt? Der Kalender an der Wand gab nichts preis, was aber nicht weiter komisch war, denn schließlich war er vollkommen veraltet und ErzEngel benutzte ihn seit

Jahren nicht mehr. Sie hatte ihn auch in jenem Jahr, für das er gemacht war, nicht mit Eintragungen belästigt. Ihr gefiel das Motiv des Monats November, das über den längst vergangenen Tagen einen gewaltigen, hellen Blitz zeigte, der in einen Baum schlug.

Termine würde ich nur in ihrem Laptop finden, zu dem mir allerdings das Passwort fehlte. Ich ging ins Wohnzimmer und drückte eine Taste. Das Gerät war im Standby-Modus, aber die Frau, die es nicht schaffte, eine Tür ins Schloss zu ziehen, hatte sich natürlich sauber ausgeloggt. Keine Chance, hier an irgendwelche Daten zu kommen, alle ihre Passwörter entsprachen einem Standard, den sonst nur Nationen im Krieg einhielten. Mein Magen klopfte von der ganzen Aufregung mittlerweile in einem unangenehmen Rhythmus. Ich rief mich zur Ruhe und ging in meine Wohnung. Da für heute kein gemeinsamer Abend geplant war, gab es eigentlich auch keinen Grund, warum meine Mutter zu Hause sein sollte. Und es gab auch keinen Grund für mich, beunruhigt zu sein, schließlich war es ja nicht das erste Mal, dass sie die Tür offen gelassen hatte. Trotzdem schlich ich in den folgenden Stunden immer wieder durch das stille Haus und wählte ihre Nummer alle dreißig Minuten.

Als es begann dunkel zu werden, ohne dass ich ein Wort von ErzEngel gehört hatte, ging ich hinüber zum Gemeindehaus, in dem aber nur der Chor probte. Ein Chormitglied, das auch in der Selbstverteidigungsgruppe war, versorgte mich bereitwillig mit den Nummern der anderen Teilnehmerinnen und versehentlich auch mit der Nummer einer Enkelin, die gerade zu einem Austauschjahr in der USA weilte, wie ich nach einem kurzen Gespräch mit ihr feststellen konnte. Montana gefiel ihr gut und ich musste versprechen, ihre Oma von ihr zu grüßen. Das tat ich natürlich, entschuldigte mich für die Störung und wählte die anderen Nummern vorsichtiger. Niemand wusste, wo ErzEngel war. Niemand hatte sie heute gesehen. Ich klingelte bei den Nachbarn. Keiner hatte meine Mutter gesehen. Nur Westermanns von gegenüber waren sich ziemlich sicher, dass meine Mutter am Morgen das Haus verlassen und am Mittag nach Hause gekommen sei, möglicherweise in Begleitung. Sie waren sich nur nicht vollkommen sicher, ob sie nicht vielleicht auch alleine gewesen war. Und ob es nicht auch gestern gewesen sein könnte, dass sie sie zufällig aus dem Fenster gesehen hatten. An dieser Stelle gerieten sie in Streit und ich ging wieder zurück nach Hause. Um zehn Uhr kamen mir zum ersten Mal die Tränen. Ich hatte Duislexic mehrere Nachrichten auf seiner Mailbox hinterlassen, in der Hoffnung dass die beiden auf einer Mission waren, die das synchrone Abstellen ihrer Handys verlangte. Duislexic hatte aber den Tag einfach nur am Strand verschlafen und seit Beginn seines Urlaubs vor einer Woche nichts mehr von meiner Mutter gehört. »Kannst du dich in ihren Laptop einloggen?«

Er kicherte. »Natürlich kann ich das. Aber nicht von hier aus und ich möchte es ohne ihre Erlaubnis auch nicht tun.«

»Sie ist verschwunden!«, schrie ich in den Hörer, bevor ich auflegte, und hatte es damit zum ersten Mal ausgesprochen. Ich nahm meinen Schlüssel und das Handy und ging alle Punkte, die meine Mutter außerhalb unseres Hauses erreichen konnte, nacheinander ab, ständig hoffend, dass mir irgendwo die beiden wippenden, weißen Zöpfe entgegenkommen würden. Am Rhein saß ein fremdes Liebespaar eng umschlungen auf der Bank, die ich Irene gezeigt hatte. Ich unterbrach ihre innige Umarmung, um sie nach einer älteren Frau mit langem Haar zu fragen. Sie sahen mich seltsam an, verneinten und behielten mich im Auge, als ich den Weg zum Haus zurück antrat.

Zwischen meinem verheulten Anruf und Irenes Klingeln an unserer Tür lagen keine zwanzig Minuten und da ich wusste, wo sie wohnte, wusste ich auch, dass es wenige Verkehrsregeln gab, die sie in diesen zwanzig Minuten nicht gebrochen hatte. Ihr Anblick, den ich mir bewusst vorenthalten hatte, wirkte wie der erste Melissa-Etheridge-Song nach einer ganzen Woche im lustigen Musikantenstadl. Sie drückte mich lange und fest an sich, sah mir dann kurz in die Augen und strich mir eine Haarsträhne aus dem Gesicht. Selbst durch die Tränen, die mir beide Augen ertränkten, konnte ich sehen, wie schön sie war, und das ließ mich noch trauriger werden. Sie schaffte es, die Einzelheiten meines Nachmittags nach und nach aus den Fluten, die durch mein Gesicht strömten, zu retten und sprach schließlich aus, was ich gefürchtet hatte.

»Wir müssen die Polizei verständigen, Charlotte.«

Sie hatte recht, natürlich hatte sie recht. Aber diese Handlung würde aus einer privaten Vermutung eine öffentliche Realität machen.

»Komm, ich fahre dich zur Wache.« Sie zog mich in Richtung Tür.

»Nein!« Ich machte mich los. »Wir rufen an. Ich kann nicht weg. Ich muss doch hier sein, wenn sie kommt. Oder wir gehen sie noch einmal suchen …«

Irene nahm meine Hand, eine Geste, die mich normalerweise in milde Erregung versetzt hätte, die ich aber jetzt nur am Rande wahrnahm.

»Wenn wir sie suchen gehen, bist du auch nicht hier. Ich rufe jetzt die Polizei. Sie sollen jemanden schicken.«

Und sie schickten jemanden, den großen Beamten, der mich beim ersten Fund befragt hatte. Ich sprudelte ihm meinen Nachmittag in verheulten Lauten entgegen und Irene übersetzte meine Äußerungen zurück in die Landessprache. Er hörte aufmerksam zu, stellte Fragen, machte sich Notizen und begann schließlich zu reden. Was ich seinen vielen Sätzen über das freie Aufenthaltsbestimmungsrecht von Erwachsenen, die relativ kurze Abwesenheit und die Ausnahme, die dieser Fall in Hinblick auf die vorausgegangenen Ereignisse darstellte, entnehmen konnte, war, dass sie nach meiner Mutter suchen würden. Seine Frage nach einem Foto brachte mich in Schwierigkeiten, denn nur mein Vater hatte auf Familienfesten fotografiert und nach seinem Unfall hatte es niemand mehr getan. Es hatte auch nur noch wenige Feste gegeben. Ich durchsuchte meinen PC und fand schließlich eine Aufnahme der Webcam, die ich gemacht hatte, als ErzEngel mir die Funktionen erklärt hatte. Ich brannte sie auf eine CD und druckte sie gleichzeitig aus. Als ihr lächelndes Gesicht, umrahmt von den weißen Zöpfen, tintengeschrieben aus dem Drucker ratterte, wurde der Gedanke, ihr könne etwas passiert sein, plötzlich übermächtig und mir wurde übel. Irene bemerkte das leichte Zittern, das mich überlief, nahm mir das Bild und die CD aus der Hand und überreichte beides dem Beamten. Der hatte während meiner Suche telefoniert und versicherte mir jetzt, dass alle nötigen Schritte in diesem Moment eingeleitet wurden und dass der Fall eine hohe Priorität habe.

»Vielleicht ist ihre Mutter wirklich einfach zu einem Besuch unterwegs und hat Sie nicht darüber informiert? Hat sie Bekannte außerhalb der Stadt? Verwandtschaft? Das müssten wir alles überprüfen.«

Ich schüttelte den Kopf und entschloss mich, ihm die Lage noch einmal eindrücklich zu erklären.

»Meine Mutter fährt weder Auto noch benutzt sie öffentliche Verkehrsmittel. Sie entfernt sich nie weiter als ungefähr einen Kilometer von unserem Haus und ich habe alle Punkte, die sie erreichen kann, überprüft.«

»Die sie erreichen kann?« Der große Beamte hatte sich meine Worte mitgeschrieben und las jetzt die letzten vor. »Ist ihre Mutter gehbehindert oder sonst erkennbar eingeschränkt, was die Mobilität angeht? Das haben Sie vorhin gar nicht erwähnt.«

Warum mussten diese Menschen immer klingen, als hätten sie eine Dienstanweisung gefrühstückt? Wie sollte ich ihm ErzEngel so erklären, dass sie in einen seiner mentalen Vordrucke passte? Ich holte tief Luft und suchte seinen Blick.

»Meine Mutter ist in keiner Weise behindert. Sie hat sich nach einem traumatischen Erlebnis entschlossen, nicht mehr am Straßenverkehr teilzunehmen und ihren Radius stark begrenzt. Das ist ihre Art, mit dem Trauma zu leben. Und deshalb bin ich auch so beunruhigt. Sie fährt nicht einfach weg, sie geht nicht einfach weg, das kann sie doch gar nicht.« Mir kamen wieder die Tränen.

Sein Blick zeigte keinerlei Verwunderung, aber auch kein Verständnis, wahrscheinlich brachte sein Beruf das mit sich. Er nickte, während er sich weiter Notizen machte und sagte dann: »Es tut mir leid, dass ich sie das fragen muss, aber ihre Mutter ist geistig klar?«

Klarer als die meisten Menschen, die ich kenne, wollte ich antworten, aber ich sagte nur: »Ja.« Und war mir innerlich nicht ganz sicher. Er nickte wieder leicht, aber er nickte nicht zustimmend.

»Sie sagten, als Sie nach Hause kamen, hätte die Haustür offen gestanden? Es fehlte aber nichts im Haus?«

»Nein. Alles war wie immer. Meine Mutter vergisst manchmal, die Tür zu schließen.«

»Vergisst sie sonst noch irgendwelche Dinge?« Man merkte, dass er die Frage in dieser Form stellte, um mir nicht zu nahe zu treten.

Ich merkte, wie ich wütend wurde. Auf ihn und seine gut gewählten Worte, auf diese Situation, auf meine Angst und auch auf meine Mutter. »Ja, sie vergisst Sachen. Aber nur Dinge, die sowieso nicht wichtig sind.« Meine Stimme klang ein wenig wie eine anlaufende Kettensäge.

Der Beamte hob seine Hände beschwichtigend und sagte dann: »Haben Sie Geschwister oder gibt es noch andere nahe Verwandte?«

Mein Bruder, ich hatte nicht einmal daran gedacht, bei ihm anzurufen. Bei dem Gedanken daran, was ein solcher Anruf bei ihm und seinem angetrauten Eiszapfen auslösen würde, wurde mir kalt. Seine Beschreibung unserer Mutter würde anders ausfallen und dann würde die Polizei von einer stark verwirrten Seniorin ausgehen und nicht mehr von ErzEngel, die genau wusste, was sie tat.

»Ich habe einen Bruder, aber der Kontakt ist nicht sehr eng. Meine Mutter würde dort nicht hingehen, ist auch außerhalb ihres Kreises.«

Wieder dieser seltsam neutrale Blick. »Wir sollten ihren Bruder jetzt auf jeden Fall anrufen.«

Ich sah auf die Uhr. »Es ist mitten in der Nacht. Hat das nicht bis morgen Zeit?«

»Sie wollen doch ihre Mutter finden, nicht wahr? Da müssen wir alle Möglichkeiten in Betracht ziehen.«

Das war keine Möglichkeit, aber das konnte und wollte ich ihm nicht erklären, also wählte ich die Festnetznummer meines Bruders. Während ich dem Freizeichen lauschte, stellte ich mir vor, wie das Klingeln an den kahlen Wänden des Eigenheims entlangglitt. Heiners Stimme klang so unwirsch, wie man das mitten in der Nacht erwarten konnte.

Ich unterbrach seine Frage. »Ist Mutti bei dir?« Eigentlich fragte ich das nur, um den Beamten zu beruhigen. Er hätte mich schon vor Stunden angerufen, wenn sie vor seiner Tür gestanden hätte.

»Natürlich nicht.«

»Sie ist nicht hier«, sagte ich, weil ich das Wort verschwunden jetzt schon hasste.

»Was heißt das, sie ist nicht hier? Läuft sie um diese Zeit etwa irgendwo draußen herum? Da kann doch alles Mögliche passieren.«

»Heiner, ich weiß nicht, wo sie ist. Ich bin heute Mittag nach Hause gekommen und sie war nicht da. Seitdem hat sie sich nicht gemeldet. Ihr Handy ist aus.«

In dem wilden Wortschwall, der folgte, fanden sich all die Sachen, die ich befürchtet hatte. Auch Irene und der Polizist konnten seine Ausführungen zu den Themen Wahnsinn, Leichtsinn und Konsequenzen ohne Mühe verstehen. Ich stand vollkommen still und neue Tränen wuschen kleine Kanäle in mein Gesicht. Irene nahm mir kurz entschlossen das Telefon aus der Hand und erklärte meinem Bruder, ohne sich vorzustellen, dass die Polizei verständigt sei, er sich gerne an der Suche beteiligen könne und dass wir uns melden würden, wenn es Neuigkeiten gebe. Offensichtlich fragte er sie, wer sie sei, denn bevor sie auflegte, sagte sie kurz und bestimmt: »Ich bin Charlottes Freundin!« Sie sah mich dabei an und mitten in all dem Schmerz, der Verwirrung und der Angst, die mich zu ertränken drohten, tauchte ein winziges Atoll verborgenen Glücks auf, an dem ich mich festklammerte.

»Was können wir tun?«,

hatte Irene den Beamten gefragt, als er sich zum Gehen schickte und mir damit die Worte aus dem Mund genommen. »Sie können hier bleiben und uns verständigen, wenn Ihre Mutter anruft oder zurückkommt. Wir halten Sie auf dem Laufenden.« Dass er »wenn« und nicht »falls« gesagt hatte, hatte ihn mir sympathischer gemacht.

Eine Weile hatten wir noch in der Küche meiner Mutter gesessen, Irene hatte mit Markus telefoniert und ich hatte versucht, den Stickstoffanteil in der Luft zu sehen. Schließlich hatte Irene mich aus dem Küchenstuhl gezogen und nun waren wir schon eine Stunde in meinem Wohnzimmer. Die Tür zum Flur stand weit offen und alle verfügbaren Telefone lagen auf dem Tisch neben dem Sofa. Immer wieder saßen wir dicht nebeneinander, ich unter einer Decke, die viel zu warm für die milde Nacht war, aber die ich nicht weglegen wollte, weil Irene sie mir sehr liebevoll umgelegt hatte. Wenn sie kurz aufstand, um etwas zu trinken zu holen, ging ich mit, denn nur ganz dicht neben ihr fühlte ich mich sicher genug, um dieses Warten zu ertragen. Sie bemerkte das, aber sie kommentierte es nicht. Wenn ich mich erhob, um zur Tür zu gehen oder um die Klingeltöne aller Telefone immer wieder zu überprüfen, nahm ich die Decke mit und Irene begleitete mich, als wäre diese symbiotische Fortbewegungsart das Normalste auf der Welt. Ich konnte nicht lange sitzen und ich konnte nicht lange stehen. Ich ging umher, von Raum zu Raum und von Wohnung zu Wohnung. Einige Minuten lang erzählte ich ihr von meiner Kindheit und dann machten gerade diese Erinnerungen die Situation unerträglich. Ich rief Duislexic noch einmal an und stellte fest, dass er ebenfalls sehr beunruhigt war und auf allen Kanälen, die ihm zur Verfügung standen, nach meiner Mutter gesucht hatte. »In ihren Mails gibt es keine Hinweise darauf, dass sie weg wollte.«

»Also kannst du doch an ihren Laptop?«

»Ich kann an die Mails, die sie auf Netzservern hinterlegt hat. Aber da ist nicht viel. Mach dir keine Sorgen, ErzEngel kann gut auf sich aufpassen.«

»Du machst dir doch auch Sorgen.«

Er zögerte. »Ein bisschen vielleicht, wegen dieser Geschichte …«

Ich legte auf und verstand plötzlich, warum in den Romanen von J.K. Rowling der Name des Bösen nicht ausgesprochen werden durfte. Beim Lesen hatte ich das immer übertrieben gefunden. Jetzt merkte ich, dass das Böse, wenn man es beim Namen nannte, wirklich mehr Macht bekam und größer wurde.

»Meinst du, er hat sie entführt?« Ich sprach demonstrativ aus, was ich am meisten fürchtete. Sofort sah ich den grünen Fuß auf dem Gasometerdach stehen und fühlte wieder die Umklammerung der kalten Wolle an meinem Arm. Ich sah die Rose, so schwarz, so rot, so schön, so tot. Mein Kopf klopfte, als versuchte jemand von außen einen Nagel einzuschlagen.

Irene strich ein auffallend glattes Sofakissen glatter. »Es gibt keine Hinweise darauf. Keinen einzigen. Möchtest du eine Kopfschmerztablette?«

Sie hatte meinen Griff an die dröhnenden Schläfen nicht übersehen. Ich schüttelte den Kopf und hoffte, dass das denjenigen, der die Nägel einschlug, aus dem Rhythmus bringen würde. Ich hoffte grundlos.

»Vielleicht hat sie etwas über ihn herausgefunden? Duislexic sagt zwar, dass sie nichts in dieser Richtung recherchiert haben, aber wer weiß, ob sie das nicht auf eigene Faust getan hat.«

»Und du weißt auch nicht, ob sie nicht einfach irgendwo in der Nähe einen Besuch macht und gar nichts von der ganzen Aufregung weiß.«

»Warum ist ihr Handy dann aus? Warum hat sie mir nichts gesagt? Vielleicht ging es bei dieser Sache die ganze Zeit nicht um mich, sondern um sie. Sie heißt auch Gabriel, weißt du?« Wo immer dieser Gedanke hergekommen war, war es kalt und feucht, denn er zog eine widerliche Spur durch meinen Kopf.

Irene zuckte hilflos mit den Schultern und legte ihre Hand wieder auf meine. Wir hingen beide unseren Gedanken nach.

»Wann musst du morgen aufstehen?« Irene unterbrach das bis zu diesem Zeitpunkt längste Schweigen zwischen uns und schaute auf ihre Uhr. »Heute. Wann musst du heute aufstehen?«

»Ich habe frei.« Gestern Morgen hatte ich mich noch auf den Samstag ohne Gasometer gefreut und jetzt erstreckte sich statt eines freien Tages ein kalter Warteraum der Zeit vor mir. Ein Raum, der keine Türen und viele Ausgänge, der keine Fenster und zu helles Licht hatte. Und in dem es das Wort »frei« nicht gab. Ich überlegte, was eigentlich die letzten Worte gewesen waren, die ich mit meiner Mutter gesprochen hatte, und mir fiel ein, dass sie mir am Abend vor ihrem Verschwinden mit ihrer Zahnbürste im Mund im Flur begegnet war. Und dass wir uns darüber unterhalten hatten, dass wir es beide nicht leiden konnten, uns die Zahnpasta mit warmem Wasser auszuspülen. Das war es. Unser letztes Gespräch war über unsere Gemeinsamkeiten in der Mundhygiene gewesen.

»Hast du eine Zahnbürste für mich?« Irene stand auf, um ins Badezimmer zu gehen. Warum musste sie ausgerechnet in diesem Moment über Zahnbürsten sprechen? Würde sie auch gleich verschwinden? War das die Art, wie das Schicksal einem mitteilte, dass man geliebte Menschen nicht wiedersehen würde? Hatte ich »geliebte Menschen« gedacht? Ich begann wieder zu weinen und erst ganz langsam wurde mir klar, was ihre Frage bedeutete. Sie würde nicht verschwinden, sondern diese Nacht mit mir verbringen. Ich suchte nach den Gefühlen, die zu dieser Erkenntnis gehörten, aber meine Kerkerzelle blieb karg. Irene setzte sich wieder und zog mich in ihre Arme. Ich sah ihre Arme, die meinen Körper berührten, aber ich fühlte meinen Körper nicht. Ich saß gefangen tief drinnen, wo die Nervenbahnen nicht hinreichten, verzweifelt und dicht zusammengerollt wie ein Tier im Winterschlaf.

»Ich schlafe auf der Couch.« Irene unterzog mein Sofa eine halbe Stunde später einer kurzen Prüfung, und wenn ich ihren Blick richtig deutete, meldete sie sich innerlich schon einmal zur Physiotherapie an. »Hast du noch eine Decke?«

Ich kam aus dem Bad, wo ich mir mit geschlossenen Augen die Zähne geputzt hatte, und zog das Boston RedSox Baseballshirt, das ich nachts trug, etwas weiter über die Oberschenkel, als es eigentlich reichte.

»Auf meinem Bett sind zwei.« Ich schlüpfte unter die linke Decke und als sie die andere Decke abräumte, sah der Platz in dem großen Doppelbett mit einem Mal so leer aus. So leer, wie das Haus ohne meine Mutter wirkte. Ich schlug mir die Hände vor das Gesicht, um die Leere nicht zu sehen. Es raschelte neben mir und die Decke senkte sich zurück auf ihren Platz.

»Rückst du ein Stück rüber?« Irene trug ein weißes T-Shirt und sie legte sich ohne jede weitere Frage zu mir ins Bett. Ich wusste, dass ich kein Auge schließen würde, und versuchte, ganz ruhig zu atmen, um die schöne Frau neben mir nicht zu stören.

»Du musst nicht tapfer sein«, sagte diese Frau und zog mich in der Dunkelheit eng an sich. Sie war warm an meinem Rücken und sie legte sich wie ein schützendes Pflaster über meine wunde Außenhaut. Ich ließ meine Tränen ins Kopfkissen laufen und dachte an ErzEngel, die irgendwo da draußen in der kühlen Nacht war. Und dann schlief ich ein.

Die Sonne ließ sich gerade vom Mond erzählen,

was in der Nacht alles passiert war, bevor sie sich endgültig daran machte, ihren Platz einzunehmen. Irgendwo draußen in der fahlen Dämmerung zirpte ein Vogel warnend. War es das, was mich geweckt hatte? In meinem Kopf herrschte ein angenehmer Zustand, der etwa auf halber Strecke zwischen Wachheit und Schlaf lag. Ich streckte mich wohlig und stieß an Irenes warmen Arm, der sorglos neben meinem Körper lag. Und nicht nur ihr Arm lag wenige Zentimeter von mir entfernt. Ihr Gesicht sah im Schlaf fremd und schön aus, der Mund leicht geöffnet und vollkommen entspannt. Es dauerte nur den Bruchteil einer Sekunde, bis mein Verstand begriff, warum der schöne Mund so einladend neben mir lag. ErzEngel war nicht mehr da. Ich warf die Decke von mir, stürzte aus dem Zimmer und rannte die Treppe hinab. Meine Mutter war bestimmt in der Nacht nach Hause gekommen und ich hatte es nicht gehört. Wie dumm von mir, so tief zu schlafen. Jetzt musste ich sie wecken, um ihr zu erzählen, was ich mir für Sorgen um sie gemacht hatte. Die Tür zu ihrem Schlafzimmer stand weit offen, so wie alle anderen Türen auch. Ihr Bett war unberührt, die Wohnung war leer und in der Küche wartete die Spülmaschine immer noch darauf, dass sie ausgeräumt wurde. Ich kniete mich neben das saubere Geschirr, das ordentlich in die beiden Körbe gestapelt war, und stöhnte. Dass ErzEngel mit dem ersten Licht des Tages nicht einfach wieder da war, ließ mich eine Verzweiflung spüren, die ich so nicht kannte. Ihr Verschwinden war kein Alptraum gewesen, ihre Abwesenheit war Realität. Irene rief meinen Namen und ich hörte ihre schnellen Schritte auf der Treppe. Sie war bei mir, bevor ich mich erheben und ihr meinen jämmerlichen Anblick neben den klargespülten Tellern ersparen konnte.

»Sie ist nicht nach Hause gekommen.« Ich schrie das Offensichtliche in den heller werdenden Tag. Die aufgehende Sonne suchte in den frisch gespülten Gläsern im oberen Schubfach nach Kalkflecken und spiegelte sich, als sie keine fand, selbstverliebt im Aluminium am Rande der Spülmaschine. Ich sah mich selber im matten Metall. Verzehrt und verheult.

»Wir finden sie! Sobald es richtig hell ist, gehen wir zusammen noch einmal alle Möglichkeiten durch und suchen selber. Wir finden sie, hörst du?« Irene zog mich wieder dicht an sich und unsere spärlich bekleideten Körper konnten nicht anders, als sich überall ausgiebig zu berühren. Meine Verzweiflung mischte sich mit unruhiger Erregung, die im gleichen Moment wieder von nackter Angst verdrängt wurde. Mir wurde schwindelig.

»Halt mich.« Ich flüsterte hilflos in Irenes Ohr, das so dicht an meinem Mund lag. Sie schloss ihre Arme fest um mich und brachte mich zurück in mein Bett. Jetzt erschien mir die Welt wirklich wie ein Traum. Diese wunderbare Frau, deren Hände mich beruhigend streichelten. Der Schmerz, die Angst, das Zimmer, das sich um mich herum drehte.

»Es wird alles wieder gut«, flüsterte Irene immer wieder in mein Ohr, während ihre Hände meinen Körper an bessere Zeiten erinnerten.

»Ich liebe dich«, sagte ich, bevor ich wieder einschlief, oder ich sagte es nicht und dachte es nur.

Jedes Geräusch war gleichzeitig Hoffnung

und Angst. Die Türklingel, das Telefon, jedes Auto, das hielt, versetzten mich in einen Taumel widersprüchlicher Gefühle, von denen am Ende immer nur die Verzweiflung übrig blieb. Aus dem Morgen wurde einfach Mittag, obwohl ich den Eindruck hatte, dass die Zeit gar nicht verging. Irene hinderte mich daran, das Radio einzuschalten oder das Haus zu verlassen. In der Nachbarschaft war große Unruhe. Die Presse hatte sich in beeindruckender Zahl vor dem Haus versammelt und interviewte jeden Nachbarn, der seine Gardine bewegte. Die Polizei ging ebenfalls von Haus zu Haus und mein Bruder telefonierte immer wieder mit Irene, die ihn sanft aber bestimmt von mir fernhielt. Ich telefonierte mit Baby, mit Duislexic und allen Angehörigen der Selbstverteidigungsgruppe. Die Seniorinnen wichen den Journalisten auf ihrem Weg durch die Nachbarschaft geschickt aus und überprüften auf eigene Faust noch einmal alle möglichen Aufenthaltsorte. Ich fühlte mich wie eine Gefangene in meiner eigenen Wohnung, ohne wirklich nach draußen zu wollen. Ich musste doch da sein, wenn meine Mutter nach Hause kam. Irene hatte Markus gebeten, für uns einzukaufen und ich registrierte seine kurze Anwesenheit nur ganz nebenbei. Als sie mit einem kleinen belegten Brot vor mir stand, kaute ich es brav, obwohl mein Appetit nicht einmal für einen der Kürbiskerne reichte, die die Rinde zierten. Aber sie hatte dieses Brot für mich geschmiert und ich konnte es nicht ertragen, noch mehr Schuld auf mich zu laden. »Danke.«

Sie nickte kurz und biss in ein Brot, das wie die große Schwester von meinem aussah. »Ich weiß, dass du keinen Hunger hast, aber du musst etwas essen.«

Ich zerkaute Brot und Belag, die meinen Mund mit jeder Bewegung mehr anfüllten, ohne dass ich den geeigneten Moment finden konnte sie hinunterzuschlucken. Das hatte ich doch gestern noch gekonnt. Man kaute und dann schluckte man. Ich würgte den eingespeichelten Brotklumpen in meinem Mund in Richtung Rachen, aber ich bekam ihn nicht weiter hinunter. Als Irene ins Bad ging, spuckte ich das Brot in eine Serviette und versteckte es im Müll. Die Tränen liefen mir wieder übers Gesicht. Es schellte an der Tür und ich war in einer einzigen Bewegung auf der Treppe. Meine Mutter hatte ihren Schlüssel verloren. Das war es. Und jetzt musste sie schellen und dann konnten wir endlich gemeinsam über die ganze Sache lachen. Vor der Tür stand der Beamte, der meine Meldung am gestrigen Abend aufgenommen hatte. Ich bat ihn herein, obwohl ich an seinem Gesicht sehen konnte, dass er keine guten Nachrichten hatte. Wie sich herausstellte, hatte er überhaupt keine Nachrichten. Er klärte mich in der Küche umständlich über den Stand der Ermittlungen und alle Maßnahmen auf, und ich bot ihm kein Getränk an, damit er nicht unnötig lange blieb. Seine Worte klangen wieder wie der Vordruck eines Ratgebers für polizeiliche Kommunikation. »Es gibt nach wie vor keinen Hinweis darauf, dass es einen Zusammenhang zwischen Ihren Funden und dem Verschwinden ihrer Mutter gibt, aber wir ermitteln natürlich in alle Richtungen.«

Als er die Tür wieder hinter sich zuzog, sah ich Irene an und sagte: »Sie wissen nichts, oder?«

Irene zuckte mit den Schultern und räumte wortlos unsere beiden halb gegessenen Brote in den Abfall.

Die Nacht kam zurück.

Ich hatte mich schon gefragt, ob sie auch einfach wegbleiben konnte, aber dann war die schon leicht herbstliche Dämmerung wie immer in Dunkelheit übergegangen. Mit dem Licht verschwand auch der letzte Rest des Mutes, den ich über Tag gesammelt hatte. Und wieder verloren. Und wieder gefunden. Aber die Dunkelheit macht alles so unheimlich und wenn man in diesen Lichtverhältnissen den Mut einmal verlegte, wurde es noch schwerer, ihn zu finden. Irene saß mir an meinem Küchentisch gegenüber und zwischen uns stand ein Pflaumenkuchen mit Streuseln, den Rose-Lotte Stein am Nachmittag vorbeigebracht hatte. Sie hatte ihn mir mit gesenktem Blick übergeben, wortlos, wie immer. Einen Augenblick hatte ich das Gefühl gehabt, dass sie etwas sagen wollte, aber dann war ihrem Mund nur ein gequälter Ton, der nicht ganz Seufzen und nicht ganz Quieken war, entfahren. Als Irene sie hatte hereinbitten wollen, war sie eilig hinkend durch den Garten verschwunden. Wahrscheinlich war selbst sie zu einem Suchtrupp eingeteilt. Ob die stumme Frau Stein wusste, dass Pflaumenkuchen der Lieblingskuchen meiner Mutter war? Ich starrte die wenigen, matschigen Pflaumen unter den blassen Streuseln an, als wären sie in der Lage, mir zu verraten, was passiert war. So wie Kaffeesatz oder Teeblätter.

»Soll ich ihn anschneiden?« Irene erhob sich, um nach einem Messer zu schauen.

»Bloß nicht. Das sollten wir uns als allerletzte Möglichkeit aufheben.«

Irene sah mich fragend an.

»Backen ist nicht die Stärke von Rose-Lotte Stein.« Normalerweise hätte ich das sicher lustiger formuliert, aber normalerweise war meine Mutter auch nicht seit mehr als einem Tag spurlos verschwunden.

Oder war das jetzt meine Normalität? Dieses ewige Warten und Bangen? Dieses schmerzhafte Hoffen auf einen neuen, besseren Tag, diese Furcht vor der Nacht? Würde ich lernen müssen, in dieser Realität zu scherzen? Zu essen? Zu leben?

Der desolate Zustand der vereinzelten Pflaumen wirkte plötzlich prophetisch. Irgendwann würde ich nämlich als Einzige warten und für alle anderen würde das Leben weitergehen. Irene würde wieder arbeiten und dann würde sie heiraten. Heiner würde versuchen, das Erbe seiner verschwunden Mutter anzutreten, und ich würde gramgebeugt bei dem Versuch, das Haus mit einem zu großen Brotmesser zu verteidigen, umkommen. Das war meine Zukunft.

»Was ist deine Zukunft?« Irene nahm meine Hand, so wie sie das in diesen Stunden ständig tat.

»Was?«

»Du hast gerade gesagt: Das ist meine Zukunft.«

Hatte ich das? Was hatte ich noch gesagt?

»Du hast sonst nichts gesagt, deshalb frage ich ja.«

Irgendwie war die Grenze zwischen dem, was ich dachte, und dem, was ich sagte, in meinem Kopf unbewacht, denn Gedanken und Worte rannten einfach hin und her und machten was sie wollten.

»Ich habe solche Angst.« Da war es wieder passiert und der Gedanke, der meinen Kopf schon seit Stunden terrorisierte, war als Wort getarnt über die Grenze in die Freiheit gehuscht.

»Ich weiß«, sagte Irene. Sonst sagte sie nichts, sondern setzte sich nur dicht neben mich, hüllte mich in ihre sanfte Nähe und drängte die furchterregende Welt von mir weg.

»Ich weiß nicht, wie lange ich diese Ungewissheit noch aushalte. Ich will wissen, wo meine Mutter ist, und wenn ihr etwas passiert ist, will ich das auch wissen. Vielleicht ist sie gefallen und liegt irgendwo da draußen in der Dunkelheit.« Ich vermutete, dass mein jämmerliches Schluchzen Worte enthalten hatte, denn Irene antwortete mir.

»Charly, alle suchen nach ihr. Wenn sie irgendwo dort draußen ist, wird sie auch gefunden.«

»Lass uns noch einmal den Weg zum Rhein gehen.« Ich war mir plötzlich sicher, dass nur ich ErzEngel finden konnte, und zog Irene an der Hand, die fest in meiner lag, hoch und hinter mir her zur Tür. Sie folgte mir ohne Zögern.

Der schmale Weg war genauso dunkel wie bei unserem ersten gemeinsamen Ausflug, aber diesmal war jedes Knacken Hoffnung. Ich leuchtete mit der Taschenlampe, die ich aus ErzEngels Schublade genommen hatte, in jeden Winkel und rief laut nach meiner Mutter. Nichts. Der Pfad war verlassen, die Bank war leer, der Rhein war schmutziges, kaltes Wasser. Die kleinen, hämischen Wellen, die schmatzend ans Ufer schwappten, wirkten in der Dunkelheit fast schwarz und ich fragte mich, ob sie meine Mutter vielleicht dort in diese nasse Kälte gezogen hatten. Ob sie in diesen gleichgültigen Fluten um ihr Leben gekämpft und nach mir gerufen hatte.

»Sie suchen auch am Fluss, aber es gibt keinen Hinweis darauf, dass sie einen Unfall hatte«, sagte Irene, die meinen Blick gefolgt war.

Wir gingen wortlos zurück zum Haus. Auf dem Rückweg kamen uns auf dem engen Pfad zwei Polizisten mit hellen Taschenlampen entgegen.

»Es wäre uns lieber, wenn Sie keine nächtlichen Ausflüge machen würden«, sagte der eine von beiden und sah mich unsicher an.

»Warum? Haben Sie Angst, dass ich auch noch verschwinde?«

Eigentlich hatte ich das nur gesagt, weil ich wütend war, aber ich konnte in den Augen der beiden Uniformierten sehen, dass ich ins Schwarze getroffen hatte.

»Sie glauben, dass ich die Nächste sein könnte.«

Irene unterbrach kurz den Schwung mit dem sie unsere beiden Decken für die Nacht aufschüttelte und sah mich an. »Das haben sie nicht gesagt.«

»Das brauchten sie auch nicht.« Ich ließ mich ins Bett fallen und zog mir die Decke bis ans Gesicht. Irene legte sich wie selbstverständlich zu mir und ihren Arm um mich. Ich drehte mich zur Seite und zog sie wie eine weitere Decke um mich herum. Der Raum war still, nur unser Atem bewegte die Luft. Was hätte ich noch vor wenigen Tagen für genau diese Situation gegeben. Ich presste die Augen aufeinander, als könne ich damit den Schlaf an seinen Arbeitsplatz zwingen. Irenes Hand lag ruhig auf meinem Bauch, als gehörte sie dort hin. Bei der Suche nach Schlaf half diese Berührung nicht. Ich zählte Schafe, Schweine, Pferde, Kühe und Hühner, dann gingen mir die Tiere aus.

»Ich wüsste nicht wie ich leben sollte, wenn dir etwas passiert.«

War das Flüstern an meinem Ohr wirklich gewesen oder hatte ich das schon geträumt. Ich lauschte in die Dunkelheit und hörte die regelmäßigen Atemzüge an meinem Nacken.

Wir erwachten gemeinsam

und diesmal wusste ich sofort, warum Irene in meinen Armen lag. Selbst der kurze Moment schlaftrunkenen, ahnungslosen Glücks, den ich noch am Vortag erlebt hatte, war mir damit genommen. Ich schlug die Decke zurück, rannte durchs ganze Haus und kontrollierte alle Telefone, aber alles war so still und stumm wie am Abend vorher. Während ich duschte, konnte ich hören, dass Irene telefonierte, und ich machte mir klar, dass es so nicht weitergehen konnte. Sie konnte nicht ihr Leben und ihre Beziehung anhalten, um bei mir zu bleiben und mit mir zu warten. Sie konnte nicht jede Nacht in meinem Bett, in meinen Armen schlafen. Wahrscheinlich war ihr dieser Freundschaftsdienst schon längst über den Kopf gewachsen und sie wusste nur nicht, wie sie mir beibringen sollte, dass sie gehen musste. So war sie, sie war nett und rücksichtsvoll. Mein Brustkorb schmerzte bei diesen Gedanken so stark, dass ich fürchtete zu ersticken. Ich mischte mehr kaltes Wasser in den Duschstrahl und die Kälte ließ mich tief Luft holen. Ich musste Irene einen akzeptablen Ausweg verschaffen. Bald kam Baby zurück und ich würde sie bitten, dann eine Weile zu mir zu ziehen, denn ich wusste nicht, wie ich diese Zeit allein überstehen sollte. Die Geschäftsführung des Gasometers hatte mich auf eigenen Wunsch auf unbestimmte Zeit beurlaubt und die vielen unausgefüllten Stunden der nächsten Tage lauerten überall im leeren Haus und starrten mich auch jetzt durch die vom Wasserdampf beschlagene Duschkabine an. Vielleicht wäre es sogar sinnvoller gewesen, arbeiten zu gehen, aber wenn meine Mutter nach Hause kam, wollte ich da sein. Ich musste da sein.

»Alles in Ordnung?« Irenes Finger erschienen klopfend an der Tür der Dusche. »Soll ich dir dein Handtuch geben?«

»Ja!« Ich drehte meinen nackten Körper ungeschickt zur Seite und öffnete die Tür, um nach dem großen Frotteetuch zu greifen. Irene reichte es mir und hielt kurz, aber energisch meine nasse Hand fest.

»Ich habe uns Frühstück gemacht und ich will nicht

hören, dass du keinen Hunger hast. Wenn deine Mutter zurückkommt, will ich nicht diejenige sein, die ihr erklären muss, warum du so dünn geworden bist.«

Ich nickte ergeben, trocknete mich schnell in der Dusche ab und trat dann in das Handtuch gewickelt neben sie. Irene wischte mit dem Unterarm über den dunstigen Spiegel und betrachtete sich in dem frei gewordenen Streifen.

»Außerdem habe ich mir ein paar Tage frei genommen. Von Markus und von ein paar Terminen in der Redaktion. Wenn du Lust hast, fahren wir gleich zusammen in meine Wohnung und ich hole mir ein paar Sachen, wenn nicht, fahre ich kurz allein.«

»Du bleibst hier?« Mir tropfte das Wasser aus den Haaren ins Gesicht und auf den Hals und ich war froh, dass es ausnahmsweise keine Tränen waren. Ein winziger Teil von mir rollte sich in einer Ecke zusammen und schämte sich, weil er glücklich war.

Sie sah mich verwundert und ein wenig verletzt an. »Natürlich bleibe ich hier. Wenn du das auch willst, natürlich nur. Vielleicht möchtest du lieber, dass deine Freundin Baby kommt, wenn sie aus dem Urlaub zurück ist? Das ist natürlich kein Problem.«

Ich stellte mich dicht hinter sie und unsere Augen begegneten sich im Spiegelstreifen, der langsam wieder beschlug.

»Es ist wunderbar, dass du jetzt hier bist und ich möchte sehr gerne, dass du bleibst.«

Für immer bleibst, dachte ich und achtete genau darauf, dass ich es nicht sagte.

Irene fuhr allein in ihre Wohnung,

weil ich mir selbst diesen kurzen Weg mit dem Auto nicht zutraute. Eigentlich wollte ich gerne raus, aber ich wollte nicht gerne weg. Irene schien kurz zu überlegen, ob sie mich umstimmen sollte, und entschied sich dann dagegen. »Ich bin gleich wieder da«, sagte sie und küsste mich auf die Wange, als wäre das ganz normal. Als sich die Tür hinter ihr geschlossen hatte, wollte ich eine Hand auf die Stelle legen, die ihr Mund gerade noch berührt hatte, und konnte sie nicht mehr finden. Ich stand vor der geschlossenen Tür und ließ alle Finger langsam über mein Gesicht streichen. Nichts war auf meiner Haut von ihrem Mund geblieben. Ihr Kuss hatte keine Spuren hinterlassen. Ich hatte mir nie darüber Gedanken gemacht, was spurlos verschwinden wirklich bedeutete. Jetzt sah ich die Bedeutung von »spurlos« in allem und eine schleichende Hilflosigkeit drückte mich immer tiefer in ErzEngels Sessel, auf den ich mich schließlich geschleppt hatte. Mein Handy tschilpte einen elektronischen Ton. »Ich bin in engem Kontakt mit der Polizei und sie sagen, man muss jetzt vom Schlimmsten ausgehen. Wenn sie sich in ihrer Verwirrung etwas angetan hat, bist du nicht ganz unschuldig.« Heiners Stimme verwandelte meine Hilflosigkeit in kalte Wut.

»Du weißt nichts über sie!«, brüllte ich in das winzige Mikrofon und warf das Handy gegen die Wand. Es prallte am Türrahmen ab und fiel in mehreren ungleich großen Teilen zu Boden. Ich zog die Beine an und rollte mich wie ein Embryo im Sessel zusammen.

Als Irene zurückkam und das Technikpuzzle am Eingang liegen sah, bekam ihr Mund einen harten Zug, den ich vorher noch nie gesehen hatte.

»Dein Bruder?«, fragte sie, während sie die Teile aufhob und probeweise zusammensetzte.

Ich nickte und weinte gleichzeitig.

»Unfassbar, dass ihr die gleichen Eltern habt. Dieser unsensible Idiot!« Sie versuchte, die hintere Abdeckung des Handys dazuzubringen, das darunter liegende Innenleben wieder zu verschließen, als könnte sie damit auch diese verkorkste Geschwisterbeziehung verstecken. Aber der schmale Plastikdeckel hatte den Gewaltanschlag nicht überlebt und ihre Hände zitterten vor unterdrückter Wut.

»Lass es.« Ich nahm ihr die Teile aus der Hand, entfernte meine Simkarte und warf den Rest in den Abfall. »ErzEngel hat noch ein altes Handy, das kann ich solange benutzen.«

In den Schubladen meiner Mutter nach dem Handy zu suchen, kam mir jedoch schnell wie Plündern vor, also ließ ich es wieder und beschloss, mir am nächsten Tag ein neues Handy zu kaufen. Das waren nicht meine Sachen in diesen Schubladen und ErzEngel war nicht hier, um mir zu erlauben, darin herumzusuchen.

»Meinst du, wir sollen ein bisschen spazieren gehen?«, fragte Irene zwei stille Stunden später genau in dem Moment, in dem es an der Haustür laut und energisch schellte.

»Wenn das wieder Heiner ist, bringe ich ihn um!« Ich ging von alter und neuer Wut aus meiner Starre gerissen in Richtung Flur und Irene war sofort neben mir. »Aber nur, wenn du schneller bist als ich!«

Vor der Tür standen zwei Polizeibeamte, der linke, deutlich jüngere, drehte seine Mütze in der Hand. Mir wurde schlecht, weil man ihm deutlich ansah, dass er etwas sagen wollte und nicht wusste wie. Ich griff nach Irenes Hand und so standen wir Hand in Hand vor ihm und sahen ihn an, als sollte er uns trauen. Er räusperte sich und sein Kollege sah interessiert auf unsere verschlungenen Hände.

»Sie sollten mitkommen.« Er hörte auf, seine Mütze zu drehen und machte eine Pause, die wahrscheinlich nur Sekundenbruchteile dauerte, in der für mich aber Kathedralen errichtet wurden und wieder zu Staub zerfielen.

»Wir haben Ihre Mutter gefunden.«

Jetzt stand die Zeit ganz still. Nichts bewegte sich mehr im ganzen Universum, alle Uhren hielten mitten im Schlag inne.

»Wie geht es ihr?« Irene sprach aus, was ich zehntausend Mal in einer Sekunde gedacht hatte.

»Das wissen wir nicht genau. Kommen Sie bitte mit.«

Wir fuhren zügig, aber ohne Blaulicht

und für mich gab es nur einen Gedanken. Sie lebt, meine Mutter lebt, denn das hatte der junge Polizist mittlerweile bestätigt. »Wir haben eine Frau, auf die die

Beschreibung ihrer Mutter passt, in den Rheinauen aufgegriffen. Sie war bis jetzt allerdings nicht in der Lage, ihre Identität zu bestätigen.« Der ältere Beamte am Steuer schaute den jüngeren zwischen den einzelnen Sätzen immer wieder aufmunternd an und ich begriff, dass dieser Besuch Teil eines Ausbildungsprogramms war, das ihm die Schule nicht vermitteln konnte.

Im Krankenhaus angekommen, übergaben uns die beiden Beamten an eine Frau, deren blaue Krankenhaustracht meinem unkonzentrierten Blick nicht verriet, ob sie Ärztin oder Krankenschwester war. Sie sprach leise auf mich ein, während wir einen sehr langen Gang hinuntergingen, der in einem neuen längeren Gang und schließlich vor einer verschlossenen Glastür endete. Auf einen Knopfdruck von ihr schwang die Tür auf.

»Ihre Mutter ist sehr verwirrt und es ist anzunehmen, dass sie auch Sie nicht erkennen wird. Wir vermuten, dass sie die letzten beiden Tage im Freien verbracht hat, weil sie die Orientierung verloren hatte. Sie war sehr verschmutzt, dehydriert und hatte Glück, dass die Nächte nicht sehr kalt waren. Bleiben Sie also bitte ruhig und erschrecken Sie sie nicht.«

Sie öffnete eine weitere Tür und ging voraus in ein Krankenzimmer, in dem nur ein einziges Bett zwischen Monitoren und Infusionsständern stand. Die Jalousien am großen Fenster waren herabgelassen und schräg gestellt, was den Raum in ein angenehmes, gestreiftes Zwielicht tauchte. Es piepte leise aus einem der Geräte. Durch einen durchsichtigen Schlauch tropfte eine klare Flüssigkeit in einen linken Arm, der

Arm, der reglos dalag. Ich erkannte den Arm und die schmale Gestalt, die sich unter der Bettdecke abhob, sofort. Mein Magen krampfte sich in einer Mischung aus Angst und Glück zusammen. ErzEngels lange, hellgraue Haare, die zerzaust auf dem Kissen lagen, hoben sich kaum von der weißen Bettwäsche ab. Ihre Augen waren geschlossen.

»Ganz langsam«, sagte die Ärztin oder Krankenschwester, als ich ans Bett stürmen und nach der rechten Hand meiner Mutter greifen wollte. Ich mäßigte meinen Schritt und legte meine Hand vorsichtig über die sehnige Hand, die ruhig auf der Bettdecke lag. ErzEngel schlug die Augen auf und lächelte mich an. »Schon wieder Zeit fürs Essen, Schwester?«

»Mutti, ich bins, Charlotte!«, sagte ich unwillkürlich laut und drückte die blasse Hand fest. Die Ärztin/Schwester legte mir beschwichtigend die Hand auf die Schulter.

»Sie sehen sehr nett aus«, sagte meine Mutter, strahlte mich an und drückte meine Hand.

»Ich bin so froh, dass du wieder da bist.« Ich streichelte die blassen Finger, bis die Ärztin/Schwester uns erklärte, dass ihre Patientin viel Ruhe brauche und ich gerne am nächsten Tag wiederkommen könne.

»Machen Sie das?«, fragte meine Mutter freundlich und ich suchte in ihren hellen Augen nach dem schelmischen Blitzen, mit dem sie mir zu verstehen gab, dass das alles nur ein Scherz war. Die Augen lächelten mich arglos und ein wenig müde an, von einem Blitzen war nichts zu sehen. Nur ihre Hand hatte ihren Druck auf meine bei der Frage deutlich verstärkt.

»Ich komme früh zurück und dann bringe ich dir Pflaumenkuchen mit.«

Sie ließ meine Hand los und lächelte. »Mag ich Pflaumenkuchen?«

»Ja«, sagte ich und verließ das Zimmer, bevor mir die Tränen kamen. Ich hatte tausend Fragen und auf dem langen Weg zurück bemühte sich die Ärztin, die ich jetzt bei genauerer Betrachtung aufgrund eines deutlich sichtbaren Namensschildes identifizieren konnte, sie mir zu beantworten. Eine endgültige Prognose konnte und wollte sie aber nicht treffen. Es war immerhin beruhigend zu erfahren, dass solche Verwirrungszustände durch extremen Flüssigkeitsmangel schlimmer wurden und sie auf eine Besserung innerhalb der nächsten Tage hofften.

»Aber wir können auch nicht ausschließen, dass sich der Zustand ihrer Mutter nicht wieder vollständig bessert. Sobald es ihr körperlich gut geht, werden wir ein paar Tests machen, um uns einen besseren Überblick zu verschaffen. Hat sie früher schon solche Momente gehabt?«

»Sie hat manchmal ein paar Sachen vergessen, aber eigentlich nichts Wichtiges.«

Die Ärztin sah mich an und nickte verständnisvoll. »Lassen Sie uns mal in Ruhe nach ihrer Mutter schauen. Wir brauchen noch ein paar Angaben von Ihnen und dann schlafen Sie selber erst mal wieder eine Nacht durch.«

Ich folgte ihr in ein Büro, das durch eine Glasscheibe vom Flur getrennt war, und beantwortete eine Fülle von Fragen.

»Sehe ich so schlimm aus?«, fragte ich Irene, als wir im Taxi nach Hause fuhren. Sie sah mich lange und liebevoll an. »Müde, du siehst müde aus.«

Sie war wieder da,

das war alles, was zählte. Alle anderen Probleme mit ErzEngels Gesundheit würden wir lösen. Im Vergleich zu dem, was ich in den letzten Tagen und Stunden befürchtet hatte, schien mir eine altersbedingte Verwirrung im Augenblick handhabbar. Mir war schon klar, dass ihr Zustand Grund genug für neue Sorgen bot, aber meine Mutter war nicht länger verschwunden, sondern lag warm und sicher in einem Bett und wurde betreut. Sie war in keinem dunklen Verlies gefangen und trieb auch nicht tot im kalten Fluss. Gut, sie erkannte mich noch nicht, aber niemand hatte sie entführt und niemand hatte sie eingefroren. Erst jetzt gestand ich mir vollständig ein, all diese Szenerien ununterbrochen durchgespielt zu haben. Ich war wirklich sehr müde, aber auch hoffnungsvoll, dass jetzt alles gut werden würde. Was immer mit ErzEngel nicht in Ordnung war, wir würden es gemeinsam bekämpfen und ich würde von jetzt an besser auf sie achten. Ich lieh mir Irenes Handy, verständigte Heiner und es gelang mir sogar, seine Hinweise darauf, dass er das schon lange hatte kommen sehen, zu ignorieren. »Du solltest sie jetzt noch nicht besuchen«, riet ich ihm und stellte fest, dass er das auch gar nicht vorgehabt hatte.

»Die Polizei hatte mich natürlich sofort unterrichtet und wir haben uns auch über die Mitteilung an die Medien verständigt.«

Ich war mir zwar sicher, dass die nüchtere Meldung über die Rückkehr unserer Mutter, die in den letzten Stunden in Radio und Fernsehen zu hören gewesen war, nichts mit ihm zu tun hatte, ließ das aber unerwähnt.

»Ich rufe morgen auf der Station an und unterhalte mich mit dem behandelnden Arzt«, bellte er noch durch die Leitung, bevor wir auflegten. In seinem Ton hatte bei aller Arroganz eine Mischung aus Angst und Abwehr gelegen, die mir die Unfallnacht meiner Eltern in Erinnerung rief. Und Heiners Anblick im Wartezimmer. Er war zweimal bewusstlos geworden in dieser Nacht und betrat Krankenhäuser seitdem freiwillig nicht mehr.

Zu Hause angekommen konnte ich feststellen, dass eine verwirrte Seniorin ohne Verbindung zu den bestrickten Füßen die Sensationssucher nicht länger interessierte, denn die Meute war weitergezogen. Ich verständigte alle Leute, die mir einfielen, und sorgte dafür, dass die Seniorinnen sich gegenseitig anriefen. Jetzt, da sie meine Mutter in Sicherheit wusste, interessierte sich Baby nach einigen ermutigenden Worten sofort auch wieder für die von mir und Irene gemeinsam verbrachten Nächte. »Und dieser ganze gespendete Trost war rein platonisch?«

»Du bist unmöglich!«

Irene warf mir aus der anderen Zimmerecke einen fragenden Blick zu und mir fiel auf, dass sie ihre Sachen zusammensuchte.

»Baby, ich rufe dich an, wenn ich mehr weiß.« Ich drückte sie weg, ließ das Festnetz in seine Station fallen und ging zu Irene. »Du willst gehen?«

»Naja …, du solltest jetzt mal gut ausschlafen … und dann gibt es ja ab morgen eine Menge für dich und deine Mutter zu tun.« Sie sah verloren aus und hatte ihren Satz mehrmals hörbar unterbrochen. Sie hatte recht, natürlich hatte sie recht. Ab morgen würde ich so viel Zeit wie möglich mit ErzEngel verbringen und da brauchte sie über Tag nicht länger neben mir zu sitzen und mit mir zu warten. Aber ich wollte nicht, dass sie ging. Ich wollte diesen glücklich-traurigen Abend nicht allein verbringen.

»Hättest du Lust, mit mir auf die guten Nachrichten anzustoßen? Oder eher darauf, dass meine schlimmsten Befürchtungen nicht wahr geworden sind? Wir bestellen uns eine Pizza und ich mache diesen sündhaft teuren Prosecco auf, der schon seit zwei Monaten im Keller steht.«

Irene räumte das weiße T-Shirt, das sie in den Nächten getragen hatte, in ihre Tasche und der Anblick tat mir weh.

»Welche Pizza?« Sie sah mich lächelnd an.

Ich lächelte zurück. »Alles außer Ananas! Du darfst bestellen.« Ich hätte für einen weiteren Abend mit ihr sogar Ananas-Pizza gegessen, aber das wollte ich erst als letzte Möglichkeit einsetzen.

»Rucola mit Parma?« Sie griff nach ihrem Handy.

»Großartige Wahl. Die Nummer der Pizzeria hängt am Kühlschrank.«

Ich nutzte die Zeit bis zur Ankunft der Pizza, um noch einmal im Krankenhaus anzurufen, aber an ErzEngels Zustand hatte sich nicht viel geändert. Sie sprach sehr gut auf die Behandlung an, wusste, dass sie sich in einem Krankenhaus befand, war ruhig und schlief, versicherte mir eine Schwester.

»Hat sie sich nach mir erkundigt?«

Die Schwester vermied es, das zu verneinen und beruhigte mich aus einem Repertoire, das sie für solche Fälle hatte. »Bis jetzt sind wir sehr zufrieden mit den Fortschritten, die sie macht. Sie beginnt sich zu orientieren. Warten Sie mal den morgigen Tag ab. Und bringen Sie ihr doch bitte ein paar Sachen zum Wechseln mit.«

Auf diese Idee hätte ich natürlich auch selber kommen können, schalt ich mich und suchte in ErzEngels Schlafzimmer zwei Nachthemden, Unterwäsche, einen Bademantel und Hausschuhe zusammen. Dann packte ich noch ihren Kulturbeutel, der seit Jahren unbenutzt im Schrank lag, und füllte ihn mit Kosmetikartikeln. Als es an der Tür klingelte, zuckte ich unwillkürlich zusammen.

»Das ist die Pizza. Ich geh schon.« Mir gefiel die selbstverständliche Art, mit der Irene sich in meiner Wohnung bewegte. Sie hatte den Tisch für uns gedeckt und sprang jetzt auf Socken die Treppe hinab, um die Tür zu öffnen. Ich öffnete den gekühlten Prosecco und ließ ihn in die schlanken Gläser perlen. Diese

Alltäglichkeit mit einer Frau hatte mir mit IHR immer gefehlt. Diese vielen kleinen Sachen, aus denen sich das Leben zusammensetzte, und die so wichtig wurden, wenn man sie mit jemandem teilen konnte, die man liebte. Irene öffnete den Pizzakarton, klappte den Deckel nach hinten und stellte die Pizza auf den Tisch. Ein wunderbarer Duft nach heißem Hefeteig, Knoblauch und Oregano durchzog den Raum.

»Auf deine Mutter und darauf, dass sie bald wieder gesund wird.« Irene hob ihr Glas und neigte es meinem zu.

»Auf die wunderbare Freundin, die sich in den letzten Tagen um mich gekümmert hat.« Ich ließ mein Glas an ihres klingen und suchte ihren Blick. Irene sah auf ihren Teller.

»Wir müssen uns beim Prosten ansehen, das bringt sonst Unglück.«

Sie lachte und sah mich kurz an. »Ich dachte, das bringt sieben Jahre schlechten Sex.«

»Das auch! Aber das wäre für mich kein Problem, das halbe Jahr bekomme ich auch noch um«, scherzte ich, wie ich es immer tat, wenn dieses Thema aufkam.

»Ach, und mein Sexleben ist dir egal?« Sie nahm einen zu großen Schluck des leicht goldenen Getränks und ihre Lippen glänzten feucht.

Eben nicht, wollte ich sagen, deshalb habe ich ja so fürsorglich darauf hingewiesen. Oder »Markus hat mir streng verboten mit dir blicklos anzustoßen«, aber ich sagte: »Es gibt nichts an dir, was mir egal ist«, und sorgte dafür, dass sie sich an ihrem Getränk verschluckte.

Wir aßen die ganze Pizza und redeten dabei, als kämen wir beide aus einem mehrmonatigen Schweigegelübde. Irene erzählte von den Hochzeitsvorbereitungen und wie belanglos sie diese ganze Formalität immer wieder fand. »Warum soll ich meine Beziehung mit einer Unterschrift beglaubigen lassen?« Sie deutete mit der Gabel auf die fehlenden Bilder an meiner Wand. »Hättest du SIE gerne geheiratet?«

Ich brauchte nicht zu überlegen. »Ja, sehr gerne. Aber gerade das stand ja nie zur Debatte.«

»Kannst du dir vorstellen, dich jemals wieder so zu verlieben, dass du heiraten möchtest?« Irene sah interessiert einen Fettfleck auf dem Pizzakarton an. Sie sah so süß aus. Ihre Wangen waren leicht gerötet und eine Haarsträhne fiel ihr widerspenstig in die Stirn.

In einem Film wäre ich jetzt auf ein Knie gesunken und hätte um ihre Hand angehalten und sie wäre mit einem geseufzten »Ja« in meine Arme gekommen. Aber das hier war kein Film. Das war die Realität, in der meine Mutter den Verstand verlegte und in der ich auf der Suche nach ewiger Liebe einen abgesägten Fuß fand. Es war die Realität, in der die Frau, in die ich mich mit jeder Minute mehr verliebte, einen meiner Freunde heiratete. Also ließ ich meine Knie ungebeugt und ersparte ihnen den Kontakt mit dem Parkett.

»Ich glaube, dass es möglich ist, jemanden viel mehr zu lieben, als ich SIE geliebt habe.«

Wir sahen uns zufällig genau beim Wort lieben an, weil unsere Blicke sich auf ihrer unruhigen Wanderschaft begegneten, und ich vermisste mein verlorenes Herz zum ersten Mal seit langer Zeit. Du liebst es aber wirklich, gebrochen zu werden, dachte ich und überhörte das ungewohnte Geräusch in meinem Brustkorb.

Der Prosecco war leer, ohne dass ich das Gefühl hatte, etwas getrunken zu haben. »Was denkst du hierüber?« Irene hielt die billige Flasche Rotwein, die mit der Pizza gekommen war, hoch.

»Es ist, vermute ich, egal, ob wir diese Flasche trinken oder uns gegenseitig über den Kopf hauen, das gibt beides böse Kopfschmerzen. Beim Trinken allerdings erst morgen, also her damit!«

Wir zogen mit dem Rotwein auf mein Sofa um und ich sah, dass Irene eine schnelle SMS schrieb. Sie sah meinen Blick und sagte: »Ich kann absolut nicht mehr fahren und frage Markus, ob er mich nachher abholen kann.«

»Bleib doch einfach heute Nacht noch hier.« Mein Satz klang wie der Refrain in einem deutschen Schlager.

Sie unterbrach die schnellen Bewegungen ihres Daumens auf der Tastatur. »Wäre das für dich in Ordnung?«

Wäre das für mich in Ordnung? War Beth Ditto pummelig? Ich schlug meinen schwer beschwipsten Kopf innerlich gegen eine imaginäre Wand.

»Ich fände es wunderbar!«

Unsere Themen wurden mit jemandem Glas Rotwein alberner und als die Flasche leer war, lachten wir grundlos über einen Witz, den Irene mir erzählen wollte, ohne sich auch nur im Geringsten an die Pointe zu erinnern. Je öfter sie sich korrigierte, desto hysterischer wurden unsere Lachkrämpfe.

»Ich kann nicht mehr«, stellte sie schließlich fest, stand auf, ging in mein Schlafzimmer und ließ sich angezogen auf die Bettseite fallen, auf der sie auch in den letzten Tagen geschlafen hatte.

»Du musst dich ausziehen«, lallte ich, folgte ihr und warf mich so schwungvoll auf die freie Seite, dass das ganze Bett wackelte.

»Das Schiff schwankt, ich glaube wir sinken.« Sie griff nach meiner Hand und wir kicherten wieder wie kleine Schulmädchen. Ich begann »What shall we do with the drunken Sailor« zu singen und merkte schnell, dass ich mich nur an diese eine Zeile erinnern konnte. Irene schlug den Takt des einen Satzes kurzfristig auf dem Kissen mit und rollte sich dann zusammen. »Ich muss schlafen, sonst wird mir schlecht.«

»Du musst dich erst ausziehen.« Ich rollte mich auf der anderen Seite zusammen. Ordnung musste sein.

»Ich kann das nicht mehr. Zieh du mich aus«, murmelte Irenes Stimme aus dem Kissen und reckte hilflos beide Arme über den Kopf. Mag sein, dass mir bewusst war, dass eine solche Aufforderung nicht ganz frei von Nebenwirkungen war, aber ich weigerte mich, die Packungsbeilage zu lesen, und lehnte auch einen Besuch bei meinem Arzt oder Apotheker ab. Ich setzte mich stattdessen rittlings auf Irene, zog ihr mit viel Gelächter das T-Shirt über den Kopf und warf es aus dem Bett. Da sie keinen BH trug, lag sie jetzt mit nacktem Oberkörper kichernd unter mir und dieser

Anblick jagte mein Blut in Regionen, in denen es keine Hilfe war. Ganz im Gegenteil. Ich ließ mich wieder neben sie fallen und befahl vollkommen vernünftig: »Weg mit der Jeans und dann ab unter die Decke.« Zwischen meinen Beinen spielte eine Percussioncombo auf vielen kleinen Trommeln ein wildes Lied.

»Zu Befehl, Kapitän!« Irene salutierte ungeschickt und wand sich wie ein außergewöhnlich leckerer Aal im Liegen aus der Hose. Endlich lag auch die Jeans neben dem Bett und ich deckte die leise summende und bis auf einen schwarzen Slip nackte Frau zu. Einzelne Trommelwirbel erreichten meine Brust.

»Mir ist kalt.« Irene zitterte sichtbar.

»Deshalb ja die Decke.« Ich fühlte mich seit dem Blick auf Irenes äußerst spärlich bekleideten Körper noch viel nüchterner. Und frieren lag mir fern, ich tanzte im heißen Rhythmus der aufgeregten Schlagwerker. »Warte einen Moment, dann wird dir schon warm.«

»Kannst du mich nicht wärmen?«

Pauke! Pauke! Becken! Gong!

Ja, das konnte ich und wahrscheinlich gründlicher, als sie es sich jetzt vorstellen konnte. Und ich konnte zusätzlich unsere Freundschaft nachhaltig beenden.

»Das wird schon.« Ich rubbelte mit beiden Händen oberhalb der Decke weitgehend neutral über ihren Rücken. Morgen würde der Papst in Rom meine Seligsprechung einleiten.

»Du bist lieb.« Sie seufzte noch einmal und schlief ein.

Ich erwachte in völliger Dunkelheit

und bewegte mich nicht. Meine Decke lag zu einer dicken Rolle verwurstet neben mir und ich lag als vorderer Löffel perfekt in Irene eingepasst unter ihrer Decke. Irenes Arm umfasste mich, so unschuldig, wie er es auch in den beiden vorausgegangenen Nächten getan hatte, nur dass wir jetzt zwei weitgehend nackte Löffel waren und ihre Brust sich an meine sensiblen Schulterblätter schmiegte. Zum Glück war der Weg dieses Reizes durch meine alkoholbetäubten Nervenbahnen bis in die Zentrale wie eine Wanderung durch Tiefschnee. Ich konnte ihm zusehen, wie er sich mühselig vorwärtskämpfte. Auch im Kopf angekommen, löste die Information über diese spezielle nackte Brust an meinem Rücken nur einen milden, wenn auch angenehmen Funken aus, denn die meisten meiner Gehirnzellen lagen aufgequollen und miteinander verklebt in Prosecco und Rotwein wie Haferflocken in warmer Milch. Nur ein einzelner Gedanke rannte frei herum, während die anderen ihre träge Formlosigkeit genossen. ErzEngel ist wieder da, dachte ich und war sicher, dass dieser bewegliche Gedanke für das Glücksgefühl in meinem Inneren verantwortlich war.

Dann spürte ich wieder, wovon ich eigentlich erwacht war. Irenes Hand wanderte im Schlaf über meinen Bauch zu meiner Brust und legte sich zögernd um die Rundung. Diese spezielle Nervenbahn war überraschenderweise frei von Tiefschnee. Ihre Finger ertasteten den Rand meiner Brustwarze, zogen sich zurück, kamen wieder und verwandelten sie mit einer kurzen Reibung von einer sanften Hügellandschaft zu einem Geröllfeld, in dessen Mitte sich aus dem Nichts einer steiler Obelisk erhob. Eine Welle der Erregung schoss mir durch den Körper, schmolz den restlichen Schnee und ich zwang mich, weiter ruhig zu atmen. Versteh das jetzt bloß nicht falsch, sie schläft, dachte ich, denn ihr Atem war die ganze Zeit tief und vollkommen regelmäßig. Ein Finger umkreiste den gerade gewachsenen Hinkelstein und ich stöhnte, ohne es verhindern zu können, leise auf. Irenes Atem blieb weiter gleichmäßig, während ich mit Haferflockenbrei-Gehirnzellen versuchte, meine Erregung zu kontrollieren. Es gab in meinem Körper mittlerweile eindeutige Anzeichen dafür, dass mir das nicht gelang.

Gut, so geht das nicht weiter. Flucht einleiten. Ich rutschte möglichst zufällig ein wenig höher und ihre Hand verlor den Kontakt zu meiner erigierten, erogenen Zone.

Warten.

Ruhig atmen.

Lauschen.

Irene reagierte nicht.

Weiter.

Ich versuchte eine leichte Drehung auf den Rücken, um in einem nächsten Schritt ihrer Nähe ganz zu entkommen, und sie nahm meine Bewegung auf und drehte mich mit überraschender Kraft ganz herum.

Jetzt lagen wir nackt Brust an Brust und Mund an Mund. Das hatte ja prima geklappt.

Ruhig bleiben und nachdenken. Irene atmete weiter

regelmäßig und ich bemühte mich diesen Rhythmus aufzunehmen.

Ein.

Aus.

Ein.

Aus.

Jeder Geburtsvorbereitungskurs wäre stolz auf unser synchrones Atmen gewesen.

Einen kleinen Blick konnte ich doch riskieren, sagte ich mir nach gefühlten Ewigkeiten und schaute kurz auf die leicht geöffneten Lippen direkt vor den meinen.

Fehler. Fehler. Fehler.

Eine Flut von nicht verklebten Gedanken stürzte sich in mein Bewusstsein.

Wenn du doch wach wärest, dachte ich. Wenn du doch wach und lesbisch wärest und mich so wollen würdest, wie ich dich in diesem Augenblick will.

»Ich möchte dich unglaublich gerne küssen«, sagte die schlafende Irene im selben Moment und das Herz, das ich nicht hatte, blieb stehen.

»Du schläfst nicht?« Ich zog sie unwillkürlich noch dichter an meine Haut.

»Ist das deine Antwort?« Ihre Augen waren immer noch geschlossen.

»Nein«, sagte ich. »Das ist meine Antwort.« Und dann überwand ich den winzigen Abstand zwischen ihren und meinen Lippen und gab ihr einen scheuen Kuss. Als ich den Kopf wieder heben wollte, folgte sie mir einfach und unsere Münder blieben aufeinander. »So küsst du eine Frau?« Ich erfühlte ihre Worte durch die Bewegung ihrer Lippen auf meinen.

»So küsse ich eine Freundin.« Ich strich ihr meine Worte mit wenigen Lippenbewegungen auf den Mund.

»Und wie küsst du eine Geliebte?«

Meine Seligsprechung in Rom wurde abgesagt, denn ich öffnete meinen Mund für sie und ließ ihre suchende Zunge hinein. Als sie auf meine Zunge traf stöhnten wir beide kurz auf. Und dann küssten wir uns eine Ewigkeit, spielerisch, wild, mutig und scheu, ohne uns zwischendurch anzusehen oder ein weiteres Wort zu sprechen. Unsere aneinander gesaugten Münder waren wie eine vollkommene, warme, feuchte Welt, in der wir uns übermütig tummelten, ohne dass die angenehme Erregung uns in andere Regionen drängte. Ich hatte nicht gewusst, dass es für zwei Zungen so viele verschiedene Möglichkeiten gab, sich zu berühren. Im ersten Morgengrauen legte Irene erschöpft ihre Wange an meine und ich konnte hören, dass sie wieder einschlief. Und auch, wenn ich glaubte, dass ich kein bisschen müde war, folgte ich ihr in den Schlaf, ohne sie loszulassen.

Das Telefon klingelte

und mein Kopf dröhnte. Und irgendetwas war anders. Mein Rücken war kalt und Irene lag nicht mehr dicht hinter mir. Ich drehte den Kopf, der das nicht lustig fand. Irene lag nicht mehr in meinem Bett. War sie zum Telefon unterwegs? Ich konnte keine Schritte hören und außerdem klingelte es auch weiter. Der

Gedanke an meine Mutter kam bei diesem Erwachen später, aber er sorgte dafür, dass meine Füße mich schnell in die Richtung des Klingeltons trugen. Auf dem kurzen Weg war ich nicht sicher, ob mein Kopf schon immer in dieser Höhe transportiert worden war. Der Boden schien bei den ersten Schritten weiter weg zu sein, als noch gestern, und die Zimmerdecke gleichzeitig näher. Ein Eindruck, der sich bis zum Telefon noch mehrmals verkehrte und von schwankenden Wänden begleitet wurde.

»Gabriel.« Ich hustete meinen Namen in die Sprechmuschel.

»Guten Tag Frau Gabriel.« Die Ärztin vom gestrigen Tag stellte sich kurz vor und eröffnete mir dann, dass meine Mutter nach mir gefragt hatte. »Verstehen Sie? Das sind sehr gute Nachrichten, Frau Gabriel. Ihre Mutter spricht extrem gut auf die Behandlung an. Sie ist jetzt gerade bei einigen Untersuchungen, aber es wäre schön, wenn Sie dann vorbeischauen könnten. Ein vertrautes Gesicht beschleunigt die Orientierung sicher weiter.«

»Danke. Vielen Dank. Ich wollte heute Morgen sowieso kommen.« Ich legte auf und suchte nach einer Uhr. Oh. Es war zwei Uhr.

Bekleidet mit dem ersten Kleidungsstück, das ich fand, wankte ich durch das ganze Haus. Irene war nicht in der Küche, sie war nicht im Bad oder in der Wohnung meiner Mutter. Irene war nicht mehr da. Ich trottete traurig und verwirrt zurück zum Bett und sah erst jetzt den Zettel auf dem Kopfkissen.

»Ich rufe dich an«, stand da. Kein Gruß, kein Name, keine Unterschrift. Mich erinnerte das schmerzhaft an IHRE wenigen Notizen, die auch immer unsigniert geblieben waren, aus Angst, ich könnte sie in der Welt verbreiten wollen.

Ruf du mich bitte nicht an, hatte Irene zwar auch nicht geschrieben, aber es schien trotzdem in einer unsichtbaren Unterzeile zu stehen. Oder glaubte ich nur, dass sie das meinte, weil ich sicher war, dass ihr heute Morgen alles leid tat und sie Abstand wollte?

Tat ihr denn alles leid?

Wollte sie wirklich Abstand?

Nun ja, sie war grußlos gegangen und was sie nicht gesagt hatte, verriet das leere Bett.

»Du hast was?«

Ich rief Baby aus dem Auto an, in das ich es einigermaßen gewaschen und gekämmt gegen fünfzehn Uhr geschafft hatte. Jetzt, wo meine Mutter wieder da war, war es mir leichter gefallen, ihr altes Handy aus den Schubladen zu suchen und meine Erreichbarkeit sicherzustellen.

»Ich habe Irene geküsst. Wir haben uns geküsst. Die ganze Nacht lang.« Ich fasste mir an meinen Mund, der vom vielen Küssen immer noch ganz weich war.

»Mehr nicht?«

»Nein, und gerade deshalb war es der Wahnsinn.«

»Und sie war betrunken?«

»Wir waren beide betrunken.«

»Und heute Morgen war sie verschwunden?«

»Sie hat einen Zettel aufs Kopfkissen gelegt und

geschrieben, dass sie mich anruft. Ist das gut oder schlecht?«

»Diese Frage hast du dir doch sicher schon selber beantwortet.« Baby klang ungehalten.

»Baby, es war einfach unglaublich und ich bin sicher, dass es ihr gefallen hat.«

»Das ist doch der Klassiker, oder? Die Heterofrau, die kurz vor der Eheschließung gerade genug mit dem Feuer spielt, um sich nicht die Finger zu verbrennen. Du kannst sicher sein, dass ihr euer Trinkgelage die perfekte Ausrede bietet, um die ganze Sache nicht weiter ernst zu nehmen. Wie immer sie es gefunden hat, sie war ja unter Schaumweineinfluss und nicht verantwortlich für ihre Taten.«

»So ist sie nicht!« Ich wurde wütend.

»Und warum ist sie dann wortlos verschwunden? Warum hat sie dich nicht geweckt nach eurer tollen gemeinsamen Nacht?«

Ich hatte darauf nur deprimierende Antworten, also brummelte ich eine Abschiedsfloskel und legte auf.

Das Krankenhaus roch heute

viel stärker nach Desinfektionsmittel als am gestrigen Tag und die künstliche Beleuchtung in den langen Fluren war gnadenlos hell. Viele der Menschen, die durch die Flure eilten, hatten Blumen und Geschenke im Arm, und das erinnerte mich daran, dass ich zwar die Tasche mit der Wäsche, nicht aber den Pflaumenkuchen mitgebracht hatte. Ich fragte mich zur Cafeteria durch und kaufte ein Stück Kuchen, das den Vergleich mit Rose-Lotte Steins Backerzeugnissen nicht scheuen musste, aber auch nicht konnte.

ErzEngel lag friedlich schlafend in ihrem immer noch sanft abgedunkelten Einzelzimmer und zum ersten Mal an diesem seltsamen Tag fühlte ich mich gut. Ich stellte den Kuchen auf und die Tasche neben den Nachttisch, zog mir einen Stuhl an die Bettseite und setzte mich neben sie. Auch heute lief ein Schlauch in ihren Arm und ein kleiner Monitor zeigte eine Linie, die in regelmäßigen Zacken ausschlug. Ich nahm ihre Hand und verflocht unsere Finger miteinander. Sie lag ganz friedlich da. Ich betrachtete ihr Gesicht und machte mir Vorwürfe. Vielleicht hatte ich die Folgen des Unfalls gnadenlos unterschätzt oder absichtlich übersehen, dass eine Zweiundsiebzigjährige nicht mehr ganz jung war.

»Charlotte.« Sie öffnete die Augen.

»Ja, ich bin da.« Unsere Finger drückten sich fest umeinander und sie sah sich um.

»Warum bin ich im Krankenhaus?«

»Du warst verschwunden.« Ich war mir nicht sicher, ob ich ihr das sagen durfte. Sie drehte den Kopf und ihr Blick fiel auf das Kuchenpaket.

»Ich habe dir Pflaumenkuchen mitgebracht. Und Sachen zum Anziehen.«

»Danke. Dieses Hemd gefällt mir eigentlich ganz gut.« Sie sah auf das feine Blumenmuster, das ihren Oberkörper bedeckte. »Den Kuchen esse ich vielleicht später, oder?«

»Ja, iss ihn, wann du Lust hast.«

Sie ballte probeweise die Hand, auf deren Rücken die fest abgeklebte Kanüle lag. »Ich war im Garten. Die Schnecken haben schon wieder den ganzen Salat aufgefressen. Es war so warm. Ich habe überlegt, wie wir sie loswerden können.«

»Und dann ist dir schwindelig geworden?« Ich hatte keine Ahnung, wie so etwas ablief. Die Tür hinter mir öffnete sich und eine Krankenschwester betrat den Raum. Sie nickte mir zu, grüßte meine Mutter freundlich und begann dann, den Beutel am Infusionsständer zu wechseln. ErzEngel sah ihr dabei zu und sagte: »Nein. Es ging mir gut, aber zu den Schnecken ist mir nichts eingefallen. Obwohl ich lange darüber nachgedacht habe. Und dann bin ich hier aufgewacht. Seltsam, denn bis hierher kann ich nicht gehen.«

»Sie haben dich gefahren.« Ich sagte das, bevor ich richtig überlegt hatte.

»Das mag ich nicht!« Ihr Blick wurde so unruhig, wie er in der Zeit nach dem Unfall gewesen war. Als sie tagelang mit gesenktem Kopf die Straßen mit ihren Schritten vermessen hatte. Die Krankenschwester warf mir einen strafenden Blick zu. Ich löste meine Hand aus den Fingern, die sie festhielten, und strich meiner Mutter sanft über die Wange. »Das ist jetzt vorbei. Wichtig ist, dass es dir wieder besser geht und du bald nach Hause kommst.«

Sie musterte mich und die wache Intelligenz, die ich aus ihren Blicken kannte, war zurückgekehrt. Oder wollte ich das nur so sehen?

»Heute ist nicht mehr Freitag, oder?«

Die Schwester überprüfte den frischen Beutel kurz, lächelte meiner Mutter beruhigend zu und verließ den Raum wieder.

»Nein. Es ist Montag.«

»Und wo war ich in der Zwischenzeit?«

Ich blieb bei der Wahrheit. »Man hat dich gestern in den Rheinauen gefunden. Vielleicht hast du dich verlaufen. Vielleicht warst du auf dem Weg zu Papas Bank?«

»Verlaufen? Ich kann mich nicht erinnern. Nur an die Schnecken und die heiße Sonne, das habe ich der Ärztin auch schon gesagt.«

»Das kommt schon noch.«

Sie nahm meine Hand wieder und quetschte sie zusammen.

»Es tut mir so leid, dass du dir Sorgen gemacht hast, Otter. Sehr, sehr leid. Und dass ich dich allein lassen musste, war schrecklich.«

Etwas an ihrer Formulierung ließ mich aufhorchen, aber ihr Blick lag so traurig auf mir, dass ich nicht lange darüber nachdachte.

»Irene war bei mir, weißt du. Sie hat mit mir gewartet und wir haben gemeinsam nach dir gesucht.« Ich wollte so gerne von Irene erzählen.

»Sie tut dir gut.« Das war ein Satz, wie ErzEngel ihn sagte, und das machte mich glücklich.

»Jetzt ist wieder alles gut.« Ich betrachtete unsere ineinander verschlungenen Hände.

»Nicht ganz.« Die Trauer kehrte zurück in ihr Gesicht.

Dass sie das wusste, war doch bestimmt ein gutes

Zeichen. Ich bestärkte sie sofort.

»Nein, aber den Rest bringen wir auch noch in Ordnung.«

»Es wird uns gar nichts anderes übrig bleiben.« Sie schloss kurz die Augen und als sie mich danach wieder ansah, lag etwas sehr Trauriges, aber Entschlossenes in ihrem Blick. Etwas, das ich bei einer Frau in ihrer Situation nicht vermutet hätte.

Ich blieb bis zum Abend, dann schickte mich die Ärztin nach Hause. »Sie sehen aus, als könnten Sie auch dringend etwas Schlaf brauchen.« Netterweise wies sie mich nicht darauf hin, mir das schon gestern geraten zu haben.

»Wann kann meine Mutter nach Hause?«

»Ich denke schon bald. Bis jetzt sind ihre Untersuchungen ohne Befund und da sich der Zustand ihrer Mutter auch rasch bessert, gehen wir jetzt von einem möglichen Hitzschlag mit Dehydrierung und weniger von anderen Erkrankungen aus.«

»Das ist wunderbar.« Ich lächelte die Ärztin an und mir fiel erst jetzt auf, dass sie ein ganz klein wenig Ähnlichkeit mit Irene hatte. Es war nicht viel, es war nur ein Hauch in der Art, wie sie den Mund beim Lächeln verzog, aber es reichte, um meinen Mund an unsere Küsse zu erinnern. Ich schwankte leicht und sie stabilisierte mich mit einem schnellen Griff.

»Haben Sie heute schon etwas gegessen?«

Ich löste mich aus ihrem Griff und schaute auf das oft gereinigte Linoleum, das den Gang bedeckte.

»Heute nicht, nein.«

Sie lächelte »Dann holen Sie das schnell nach oder wollen Sie ihrer Mutter hier Gesellschaft leisten?«

Das Haus war nicht leer,

es war zu leer. Es hatte diese »hier fehlt jemand« Aura und es war nicht nur ErzEngel, die fehlte. Ich kontrollierte das Festnetz, aber es hatte niemand angerufen. Um ganz sicher zu gehen, dass beide Geräte ordnungsgemäß funktionierten, rief ich erst vom Handy und dann vom Festnetz bei Baby an, die sich meinen Kommunikationseifer schnell erklärt hatte.

»Sie hat noch nicht angerufen?«

»Bis jetzt nicht, nein.« Es fiel mir schwer, das zu sagen, es fiel mir auch schwer, das zu ertragen. Ich kaute lustlos an einer Scheibe Knäckebrot mit Käse.

Baby spürte meine Verzweiflung und entschloss sich, nur wenige ausgesuchte Salzkörner in meinen offenen Wunden zu verreiben. »Wenn es so intensiv war, wie du gesagt hast, dann muss sie doch jetzt auch eine Menge nachdenken, oder? Ich meine, sie ist verlobt und steht kurz vor der Hochzeit. Gib ihr Zeit.«

»Du hast recht.«

Baby stand kurz vor ihrem Heimflug und kündigte ihren Besuch für den nächsten Tag an, bevor wir auflegten. Ich presste das restliche, sperrige Brot durch die Speiseröhre in Richtung Magen, der sich über die Abwechslung nicht sonderlich freute. Ich fegte ein paar Krümel von meinem Pullover. Dann von meiner Hose.

Ich machte die Musik an und sofort wieder aus. Ich durchschaltete zweiunddreißig TV-Kanäle und hielt nur kurz beim Homeshoppingkanal inne, weil es dort Prosecco in Kisten und einen Parmaschinkenschneider gab. Ich lief durch das ganze Haus und konnte mich nicht setzen. Das Bett, das noch genauso aussah, wie ich es verlassen hatte, verursachte mir Magenschmerzen. Oder es war das Knäckebrot. Oder beides. Es war erst acht Uhr und ich musste irgendetwas tun. Etwas an der Art, wie die Wand mit den blassen Rechtecken mich musterte, machte mich plötzlich wütend. SIE machte mich plötzlich wütend, ich und meine ewige Jagd nach der Liebe machten mich plötzlich wütend. Ich rannte in den Keller und suchte nach der roten Farbe, die ErzEngel in einem Sonderangebot entdeckt, für die sie aber, genau wie für die vielen Haferflocken, meines Wissens noch keine Verwendung gefunden hatte. Ich hatte damals die Ehre gehabt die 12,5 Liter mit dem Auto abholen zu dürfen. 12,5 Liter mussten doch für zwei wütende aber saubere Anstriche reichen. Die Farbe stand genau dort, wo ich sie vor einigen Jahren abgestellt hatte. Neben ihr stand aber jetzt eine kleine Kiste mit Futter für Teichfische. Mich wunderte nicht, dass sie noch fest verschlossen war, denn wir hatten keinen Teich, was dem durchschnittlichen Fisch das Leben in unserem Garten auch mit Futter schwer machen würde. Zusammen mit dem Rest einer Abdeckfolie, einer Rolle Klebeband und diversen Streichwerkzeugen schleppte ich den Eimer nach oben. Dann legte ich eine CD aus meiner Heavy-Metal-Phase in den Player und drehte den Lautstärkeregler auf zehn.

Als mir der erste Schlagzeugeinsatz ins Ohr fuhr und Hammer, Amboss und Steigbügel nacheinander zerschmetterte, ließ ich den Regler schnell wieder bei Zimmerlautstärke einrasten.

Während ich mit einem alten Kochlöffel im Farbtopf rührte, wurde mir schon klar, wie das ungewöhnlich schreiende Rot es auf die Resterampe geschafft hatte, aber ich fand den Farbton für meinen Seelenzustand angemessen und verteilte ihn im Rhythmus der dezent wummernden Bässe großzügig über die sauber abgeklebte Wand. Nach zwei Stunden erstrahlte das ehemals arrogante Weiß wie die Oberfläche einer glühenden Herdplatte und ich kniete abgekämpft und rotbespritzt auf der Folie.

Der ungewohnte SMS-Ton, der aus ErzEngels altem Handy erklang, flocht sich zwar geschickt in den dicken Klangteppich, aber nicht so geschickt, dass ich ihn nicht wahrgenommen hätte.

»Hast du Lust, mit mir durch die Stadt zu fahren?« Das feuchtglühende Rot auf der Wand schien lebendig zu werden und zu pulsieren.

»Gib mir dreißig Minuten«, schrieb ich und rieb mir schon beim Schreiben die Farbe von den Händen. Auf dem Weg in die Dusche folgte mir ihre digitale Antwort.

»Ich hole dich in einer halben Stunde ab. Komm einfach nach unten.«

Ihr Wagen parkte dort,

wo der zu unserem Schutz eingeteilte Streifenwagen auch gestanden hatte. Wie er hatte sie den Motor ausgeschaltet und wartete in der Dunkelheit. Ich setzte mich neben sie auf den Beifahrersitz, sie ließ den Wagen sofort an und fuhr so zügig los, als wäre ich gerade mit der Beute aus unserem Banküberfall in den Fluchtwegen gesprungen. Eine Weile jagten wir mit zu hohem Tempo durch die Stadt und ich verweilte in meiner Bonnie-und-Clyde-Fantasie, bis mir einfiel, wie die Sache zu Ende gegangen war.

»Sind wir auf der Flucht?« Ich versuchte es mit Humor und wagte kaum, zu ihr hinüberzusehen. Sie drosselte das Tempo, ohne mir zu antworten, und so blieb es zwischen uns still. Im Radio erzählte Herta Müller leise über ihre Kindheit in Rumänien. Wenn ich es richtig verstand, hatte sie es nicht leicht gehabt.

»Schön, dass du gekommen bist«, sagte Irene schließlich, als wir an einer roten Ampel halten mussten, und unterbrach damit eine lange, eloquente Betrachtung der Nobelpreisträgerin. Wir sahen uns weiterhin nicht an, sondern betrachteten das runde, rote Licht, als übertrüge es eine geheime Botschaft. Es wurde gelb und dann grün und wir fuhren wieder an.

»Ich freu mich sehr, dich zu sehen.« Ich machte es mir einfach und sagte, was ich fühlte, sie nickte, was ich nur im Augenwinkel sah. Die nächsten Ampeln winkten uns mit arrogantem, orangenem Blinken durch und wir fuhren auf die Stadtautobahn. Irene schien ein Ziel zu haben und ich war nicht überrascht, dass ich die Richtung kannte. An der nächsten Abfahrt leuchtete der blaue Kranz um den dunklen Gasometer weithin sichtbar in die Dunkelheit. Sie lenkte den Wagen auf den unbefestigten Parkplatz vor der Kasse und machte den Motor aus. Wir schwiegen und schauten beide in die Höhe. Den Riesen am Kanal hatten ihn die Menschen hier schon immer genannt und wirklich stand er jetzt dort, wie ein stummer Wächter in der Nacht. Warum waren wir hier, an dem Ort, an dem wir uns zum ersten Mal gesehen hatten? Ich fragte das wirklich nicht laut und sie antwortete doch.

»Seit ich dich dort oben getroffen habe, ist in meinem Leben nichts mehr so wie vorher.«

Mein Herz, und ich war jetzt sicher, dass es das verlorene Organ war, schlug einen wilden hoffnungsvollen Takt.

Irene legte beide Hände fest um das Lenkrad. »Was für eine Zeit … Diese Mischung aus Grauen und Horror, diese Ungewissheit und diese Angst und dann noch du … Das hat mich alles durcheinandergebracht und ich kann nicht mehr klar denken.«

Ich konnte die Adern auf ihren schönen Händen sehen und fühlte, wie diese Hände meine Brust berührt hatten. Du musst nicht denken, wollte ich sagen, Herta Müller soll denken, die macht das prima, wir beide sollten fühlen.

»Aber ich weiß, dass ich Markus heiraten möchte und ihn nicht belügen will. Also müssen wir heute eine klare Linie ziehen und uns sicher auch erst mal weniger sehen. Ob unsere Freundschaft nach meiner Hochzeit ihren Platz findet, müssen wir dann schauen. So etwas wie gestern Nacht darf auf keinen Fall mehr vorkommen. Das will ich auch einfach nicht!« Sie schlug beim letzten Satz mit den Handflächen auf den Lederkranz. Ihre Stimme hatte einen Klang, den ich nicht kannte. Kantig, hart und gepresst, wie Kohle, dachte ich und musste zugeben, dass das zumindest zur Region passte.

Dieses Mal zerplatzte mein Herz nicht, sondern gab mit einem kläglichen Zischen, das an ein angestochenes Gummitier erinnerte, den wilden Takt an den Magen ab, der ihn willig aufnahm und verstärkte. In meinem Brustkorb wurde es wieder still, während der Rest des Körpers zerschlagen vibrierte. Das Herz-Gummitier verlor stetig an Luft und Form, es sah jetzt schon wie ein faltiger, alter Luftballon aus. Ich sah in die Nacht hinaus. Auf dem Gitterzaun um den Gasometer hockten zwei Tauben und so verzweifelt, wie sie die Köpfe hin und her warfen, schienen sie ein ähnliches Thema zu haben. Die Rechte riss jetzt ein letztes Mal den kleinen Kopf hoch und flog dann energisch davon. Vielleicht sollte ich das auch tun.

»Bringst du mich bitte nach Hause?« Ich drückte den Gurt, den ich spielerisch gelöst hatte, heftig in seine Sicherung.

»Mehr sagst du nicht dazu.« Irene klang enttäuscht, so als hätte sie heimlich gehofft, dass ich ihr jetzt mit unglaublich guten Argumenten ihr Vorhaben ausredete. Aber mir fehlte die Kraft zum Ausreden, mir fehlte sogar die Kraft zum Sitzen. »Was soll ich dazu sagen? Du hast dich entschieden und selbst wenn ich dagegen stimme, steht es immer noch nur eins zu eins. Fahr bitte.«

Sie startete den Motor und fegte mit durchdrehenden Reifen einen Schotterschwarm hinter uns in die Nacht. Vor unserem Haus verabschiedeten wir uns nicht einmal unfreundlich, nur müde und hoffnungslos. Als ich schon ausgestiegen war, ließ sie die Scheibe der Beifahrertür hinab und rief mir hinterher. »Charly!«

Ich drehte mich um und der winzige Funken Hoffnung, der kurz erglüht war, erlosch schon im kühlen Wind der Drehbewegung. »Ja?«

»Ich rufe dich an.« Irene legte den Kopf schräg, um mich durch das Fenster anzusehen.

»Ja, ich weiß, das hast du schon geschrieben.« Ich ging auf das dunkle Haus zu und freute mich auf den Anblick der blutigen Wand.

Ihre Nummer zu löschen,

war zwar sinnlos, da ich sie mittlerweile auswendig kannte, aber es gab mir ein Gefühl von Macht zurück.

»Siehst du …«, sagte ich zu Nana Mouskouri, die etwas verloren neben dem Bett lag. »So mache ich das! Ein Knopfdruck und meine Probleme sind gelöst.« Nana Mouskouri war sichtlich beeindruckt.

Dann bezog ich das Bett neu, nahm mir ein Glas Wasser und setzte mich auf den Boden, neben die Abdeckfolie, die aussah, als hätte sich jemand genau hier die Pulsadern aufgeschnitten. Spritzer, Flecken, Punkte und eine kleine blutige Lache in einer tiefen

Falte zeugten von der Kraft, mit der das ahnungslose Herz den Lebenssaft unermüdlich in die Freiheit gepumpt hatte. Oder von der Nachlässigkeit, mit der ich Rolle und Pinsel bewegt hatte. Die rote Wand war zwar noch nicht ganz trocken, aber auch auf ihr war schon zu erkennen, dass sie wenig von ihrem blutroten Glanz verlieren würde. Schön, dass ich sie ausgerechnet an diesem Abend gestrichen hatte, so hatte ich die verblassenden Erinnerungen zeitnah mit frischem, feuerrotem, lange sichtbarem Schmerz getauscht.

Baby, die am nächsten Tag braungebrannt vor der Wand stand, wollte ihren Augen nicht trauen. »Was bitte ist das?«

»Eine Wand.«

»Hast du die zufällig gestern Abend mit Herzblut gestrichen? Bist du deshalb so blass?« Sie griff mit einer Hand unter mein Kinn und hob meinen Kopf an.

Ich entwand mich ihrem Griff und wickelte den schönen Topf mit Insel-Honig, den sie mir mitgebracht hatte, aus. »Das ist handelsübliche Wandfarbe, gut abdeckend für innen.«

Baby seufzte. »Und wie heißt der Farbton? Blutbad?«

»Persisch rot.« Ich öffnete den Umschlag, den Baby mir mit dem Honig überreicht hatte.

»Das heißt dann wohl, dass sie nicht angerufen hat?«

Auf der Karte, die Baby beigelegt hatte, stand groß in schwarz auf gelb: Dip me in honey and throw me to the lesbians! Baby hatte auf die Rückseite geschrieben:

Mit lesbischen Honig sollte das noch ein wenig besser gehen. Ich musste lächeln und sagte: »Doch, sie hat angerufen, aber da war die Wand schon fertig.«

»Und?« Sie ließ sich genau an der Stelle auf mein Sofa fallen, auf der ich mit Irene gesessen hatte. Das tat grundlos weh und ich stellte mich absichtlich stur.

»Und die rote Wand gefällt mir gut.«

Baby zog mich an der Hand zu sich auf die Couch und drückte mich fest an sich.

»Rot ist die klassische Warnfarbe. Sie erhielt in den meisten Sprachen sehr früh ein eigenes Wort, gleich nach der sprachlichen Unterscheidung von Hell und Dunkel.« Sie strich mir über die Haare. »Was hat sie gesagt?«

»Sie war gestern hier. Wir sind zum Gasometer gefahren. Sie will mich nicht mehr sehen. Und sie will heiraten.«

Babys Hände massierten mir mit liebevollem Druck die Kopfhaut und ich schloss die Augen. »Und das hat sie dir am Gasometer erklärt?«

»Ja, sie hat mich dorthin gefahren und mir dann klargemacht, was sie nicht will.«

»Interessant. Und jetzt schauen wir also passenderweise statt auf vergessene Kälte auf lebendige Hitze.«

»Wenn du das so sehen möchtest.« Ich genoss die kleine Gänsehaut, die von meinem Kopf über den Nacken den Rücken hinunterfuhr. Baby antwortete nicht mehr, sondern widmete sich der Mission, mich auf andere Gedanken zu bringen, und erzählte sehr detailliert von ihren Erlebnissen auf der Insel. So einfach konnte das sein. Keine grünen Füße, keine verheirateten Frauen, nur Sonne, Sand und knusprige Lesben in sportlicher Badebekleidung. Ich sah Irene in ihrem schwarzen Slip neben mir liegen und meine Fantasien bekamen ein körperliches Echo, das nicht ganz Erregung und nicht ganz Sehnsucht war.

Eine Stunde lagen wir so friedlich auf dem Sofa, bis Baby sagte: »Erzählst du mir, wie es deiner Mutter geht?«

Ich riss mich aus meinen Träumen und erzählte ihr von ErzEngels Zustand.

»Das klingt doch gut! Komm, wir gehen sie besuchen!«

Als wir die Tür zum Krankenzimmer öffneten, saß meine Mutter aufrecht im Bett und sah fern.

»Mutti, das ist Baby, meine beste Freundin.«

Meine Mutter drückte Baby die Hand und sagte fröhlich: »So lange war sie ja nicht im Urlaub, dass du sie mir neu vorstellen musst.«

»Entschuldige.«

Sie nickte gnädig. Heute waren ihre Zöpfe wieder ordentlich geflochten und sie trug eines der Nachthemden, die ich ihr mitgebracht hatte. Sie verwickelte Baby in ein längeres Gespräch und hätte sie nicht in der krankenhausweißen Bettwäsche gelegen, wäre das als ein ganz normales der vielen lustigen Wortgefechte zwischen den beiden durchgegangen. Ich hörte ihnen mit einem Ohr zu und schaute zum hundertsten Mal an diesem Tag zufällig auf das Handy. Nichts. Ich drückte ein paar Tasten, damit sich etwas veränderte und beschloss, mir ein neues zu kaufen. Vielleicht würde ein moderneres Handy Irenes Anruf schneller wahrnehmen.

»Was ist mit ihr?« Meine Mutter wandte sich in einer Art Theaterflüstern hinter demonstrativ vorgehaltener Hand an Baby. Sie sprach dabei absichtlich so laut, dass sie selbst in einem Theater auch in der letzten Reihe zu verstehen gewesen wäre. Beide sahen mich und das Handy, das ich traurig in der Hand hielt, mitleidig an.

»Liebeskummer«, flüsterte Baby in der gleichen Lautstärke zurück.

»Ich hatte es befürchtet.« ErzEngel gab das Flüstern auf und sprach mich direkt an. »Irene?«

Ich zuckte hilflos mit den Schultern.

»Wird Zeit, dass ich hier raus komme und mich wieder um alles kümmern kann!« ErzEngel griff nach meiner Hand und drückte sie fest.

»Sie kann sich um gar nichts kümmern,

wie läuft sie denn rum?«
Heiner konnte es nicht fassen, dass seine Mutter nach nur einer Woche im Krankenhaus wieder in ihrem Garten nach Schädlingen suchte. Ich hatte ihr eine Kopfbedeckung und ausreichend Flüssigkeit befohlen und so stand sie jetzt mit einem alten Cowboyhut auf den geflochten Zöpfen zwischen den Salatreihen und sah aus wie eine in die Jahre gekommene Nscho-tschi.

Auf der Kellertreppe stand eine große Flasche Mineralwasser, aus der sie regelmäßig trank.

Mein Bruder hatte mich in der Küche abgefangen und brüllte mir seine Meinung unschön ins Ohr. Ich unterdrückte den Wunsch, ihn mit der Spülbürste niederzuschlagen. Nur ein winziges Zucken, das eine kleine Welle im Spülwasser hinterließ, verriet meine Gedanken.

»Heiner, deine Meinung ist für die Einschätzung der Ärzte zum Glück nicht relevant. Sie ist an ihren Hausarzt überwiesen, nimmt ein paar Medikamente zur Kräftigung und ist ansonsten vollkommen gesund. Und sie wohnt ja nun auch nicht allein. Ich bin ja auch noch da.«

»Ach ja?« Er baute sich neben mir auf. Im Spülwasser wurde ein Wellenbad eröffnet.

»Wo warst du denn, als sie verschwunden ist? Als meine Söhne tagelang fürchten mussten, dass ihre geliebte Oma das Opfer einer Mordserie geworden war? Und jetzt, wo wir wissen, dass sie nur dement wird, da habe ich doch auch keine ruhige Minute mehr. Wer weiß denn, wann sie das nächste Mal verschwindet! Und wer weiß, wo du dich dann gerade herumtreibst?«

Sein Tonfall war zu gleichen Teilen böser Großgrundbesitzer im Heimatfilm und selbstgerechter Staatsanwalt in nachmittäglicher Gerichtssendung mit einem kleinen Schuss weinerlicher Durchschnittsbürger bei einer Straßenbefragung. Und wie in allen diesen Fällen hätte ich jetzt gerne umgeschaltet. Ich trocknete mir die Hände ab und schaute auf mein neues iPhone, um herauszufinden, ob es möglicherweise ein

App gab, das meinen Bruder in kleine Pixel zerlegte und auf einer Datenwolke im Internet speicherte. Es wurde noch nichts in dieser Richtung zum Kauf angeboten, ich würde Steve Jobs anrufen müssen. Heiner folgte mir von der Küche, die ich wortlos verließ, ins Wohnzimmer. Sein Hinweis darauf, dass ich nicht da gewesen war, hatte gemeinerweise immer noch aktive Schuldgefühle getroffen und es ging mir wieder schlecht. Das würde ich nicht zulassen.

»Auch wenn du es nicht gerne hörst: Sie wird nicht dement! Brauchst du das Geld aus dem Erbe so dringend?« Ich musterte ihn verächtlich, weil ich wusste, dass ihn schon die leiseste Andeutung, er könne nicht erfolgreich sein, wahnsinnig machte.

»Ich brauche kein Geld. Ich übernehme Verantwortung, etwas, zu dem du gar nicht fähig bist.«

Wir standen uns, wie so oft in unserer Kindheit, wutentbrannt gegenüber. Ich hielt seinen Blick ohne zu blinzeln. »Wie wäre es, wenn du diese Verantwortung in deinem eigenen Haus trägst und uns in Ruhe lässt?«

»Du wirst schon sehen, was du davon hast!« Er verließ das Haus, ohne sich von unserer Mutter, um die er sich so sorgte, zu verabschieden.

Unser Alltag wurde so auffallend ruhig,

dass es mich unruhig machte. ErzEngel führte ihr Leben weiter, als wäre nie etwas passiert. Die Senioren tummelten sich wieder unter ihrer Anleitung im

Internet und sie selbst durchschritt wieder ohne Scheu den Raum, den sie so sorgfältig gezogen hatte. Wenn ich versuchte, mit ihr über das Wochenende, an dem sie verschwunden war, zu sprechen, sah sie mich freundlich aber ratlos an. »Ich habe keine Ahnung, wo ich war. Vielleicht habe ich im Gras geschlafen. Ich träume oft davon, im Gras zu schlafen. Ist es für dich wichtig, das zu wissen? Eine der Damen im Gemeindezentrum pendelt, vielleicht kann sie da was herausfinden. Sie hat letztens auch die Tabletten, die Waltraud Hülsken gegen ihre Konzentrationsschwäche nimmt, mit dem Pendel gefunden. Sie waren im Handschuhfach ihres Autos.«

»Waltraud Hülsken hat Konzentrationsschwächen und fährt noch Auto?« Ich hatte das Thema Pendeln ignoriert, weil ich unmittelbare Gefahr für Leib und Leben der Verkehrsteilnehmer im Ruhrgebiet gewittert hatte.

»Im Moment nicht.« ErzEngel hatte mir beruhigend den Arm getätschelt. »Sie hat vergessen, wo sie den Wagen abgestellt hat.«

Den Hausarzt, der meine Mutter auch noch einmal gründlich untersucht hatte, beunruhigte ihre anhaltende Gedächtnislücke nicht. »Mag sein, dass das Trauma, das sie beim Unfall erlebt hat, bei diesem Ereignis den Schockzustand verstärkt hat, aber das ist ungeklärt. Wichtig ist, dass es keine Anzeichen für eine fortschreitende Erkrankung bei Ihrer Mutter gibt.« ErzEngel hatte ihn und mich bei seinen Worten so unschuldig angestrahlt, dass sie mir fast etwas zu bemüht vorgekommen war.

So vergingen meine Tage mit dem Geräusch, das die Alltagsmühlen des Lebens machten. Der Herbst konnte es nicht mehr abwarten, die Farbregie zu übernehmen und die Luft dauerhaft herunterzukühlen. Er jagte zwei frühe Stürme über das Gasometerdach und ich stellte mich absichtlich in den beschleunigten Regen, der mir waagerecht ins Gesicht fegte. In einem Musical hätte ich dabei traurig gesungen und ausdrucksvoll getanzt, hier stand ich regungslos und holte mir eine leichte Erkältung.

Eigentlich war das eine Jahreszeit, die ich gern mochte. Ich mochte den milden Farbton, den die Blätter annahmen, den Geruch des Waldes, der schwerer wurde, und die Aussicht auf warme, dunkle Abende mit einer Decke und einem Buch. Dieser Herbst aber war schuld an meiner verstopften Nase und seine Farben und Gerüche waren düstere Vorboten eines ewigen, kalten Winters. Bis zu Irenes Hochzeit waren es noch genau vier Wochen und ich hatte nichts mehr von ihr gehört. Sie hatte sich nicht einmal erkundigt, wie es meiner Mutter ging. Das hatte Markus für beide getan und wenn es ihn verwirrte, dass die neue beste Freundin seiner Frau in deren Leben nicht mehr vorkam, ließ er es sich bei unserem kurzen Telefonat nicht anmerken. Er hatte von den Vorbereitungen zur Hochzeit erzählt und mich von Irene gegrüßt. Auch das war so normal, dass ich davon Kopfschmerzen bekam.

Es war auch kein umstrickter Fuß mehr aufgetaucht und die Bemühungen der Medien, das Warten wach zu halten, hörten abrupt auf, als in einem Nachbarort ein gekränkter Schüler seinen Mathematiklehrer in der kleinen Pause erschoss. Die gefrorenen Füße waren blitzschnell Eis von gestern und alle Gespräche drehten sich um eine Jugend, die erstaunlich schlecht mit Frustrationen umgehen konnte. Ich konnte das auch nicht, blieb aber meiner Devise, von Schusswaffengebrauch abzusehen, treu. Die verzweifeltste Tat, die ich an einem einsamen regnerischen Abend beging, war es, den Apfelmuskuchen, den Rose-Lotte Stein mit hochrotem Kopf abgegeben hatte, zu probieren. Auf dem wie immer leicht verbrannten Boden wartete eine Mischung aus Babybreioptik und Tapetenkleisterkonsistenz, die sich auch geschmacklich zwischen den beiden nicht so recht entscheiden konnte. Nach einem ganzen Stück gewann der Tapetenkleister, zumindest was die Wirkung anging, und ErzEngel musste mir am späten Abend einen Kamillentee kochen.

»Warum backt sie so schlecht?« Ich hielt mir den tonnenschweren Magen und schaute anklagend auf den restlichen Kuchen.

Meine Mutter bewegte den Teebeutel schnell im heißen Wasser auf und ab. »Sie hat es nicht leicht.«

»Ich habe es auch nicht leicht. Du hast es nicht leicht. Backen wir deshalb?«

»Wir haben andere Möglichkeiten.« Ihr Tonfall war nicht so leicht, wie er hätte sein können.

»Andere Möglichkeiten, das Leben unserer Mitmenschen zu gefährden?« Ich beobachtete den Teebeutel, der wie eine Nähmaschinennadel in den Tee fuhr. ZackZackZackZack.

»Andere Möglichkeiten, Kontakt aufzunehmen.

Fertig!« ErzEngel brachte mir den Tee, der weniger gezogen hatte, als dass er mit einem Kamillebeutel tätowiert worden war und setzte sich zu mir.

»Trink.«

»Ist mit dir alles in Ordnung?« Ich nahm einen winzigen Schluck des heißen, weitgehend geschmacksneutralen Getränks.

»Mit mir ist alles prima.« Sie betrachtete ihre Fingernägel und pulte mit dem Zeigefingernageln ein kleines Dreckpartikelchen unter dem kleinen Fingernagel hervor. Sie hatte den Satz eigenartig betont. Mit *mir* ist alles prima. So, als ob sie auch sagen wollte, dass es jemand anderen gab, mit dem nicht alles in Ordnung war. Und schon gar nicht prima.

Natürlich, sie machte sich Sorgen um mein wenig erfolgreiches Liebesleben. »Du musst dir nicht zu viele Gedanken um mich machen. Ich komme klar. Das mit Irene war nur ein Strohfeuer.« Ich wärmte mir die Hände am heißen Becher und wusste, dass ich log. Meine Gefühle für Irene und unsere gemeinsame Zeit waren kein Strohfeuer, sie waren ein Flächenbrand und sie schwelten rot glühend und so riesig, dass die NASA sie aus dem All mit bloßem Auge hätte erkennen können. Zum Glück hatten die Astronauten an Bord der internationalen Raumstation meist andere Naturkatastrophen zu beobachten.

ErzEngel glaubte meine Version und sah mich erleichtert an. »Dann stört es dich nicht, dass sie bald heiratet?«

»Warum sollte sie nicht heiraten, es war ja nichts zwischen uns.« Ich sah Irenes Mund auf meinem liegen, sah uns erwachen mitten in der Nacht, ineinander gefügt wie zwei perfekte Puzzleteile, und das luftlose Gummiherz in meiner Brust quietschte leise.

»Wenn du das sagst.« Sie glaubte mir nicht.

»Ja, ich sage das!« Meine Stimme klang jetzt auch härter, aber weniger nach Kohle als nach Pressspan.

»Ich wünschte, wir könnten über alles reden.« Erz-Engel drückte mich fest an sich und meine Sprachlosigkeit machte mich traurig, weil ich bei einem kurzen Blick in ihre Augen sehen konnte, wie traurig sie sie machte.

Falls ich mich jemals gefragt hatte,

mit welchem Geräusch das Chaos beginnen wird, hatte ich meine Antwort vergessen. Wahrscheinlich hatte ich auf Knall getippt. Auf einen sehr lauten, donnernden Knall, der alles erschütterte, oder tönende Posaunen, deren Dröhnen die Trommelfelle schmerzhaft schwingen ließ. Was mir wieder einmal zeigte, dass ich in meiner Vorstellungswelt immer noch zwischen Wissenschaft und Religion festhing.

Worauf ich aber weder mit Quantenphysik noch mit Psalmenstudium gekommen wäre, war, dass die Apokalypse nicht knallte und auch keine Blechinstrumente beherrschte. Den Anfang vom Ende signalisierte das Geräusch, das eine Nutellatorte machte, wenn man sie auf den Küchenboden fallen ließ. Es war zwar kein friedliches Geräusch, das nichts von dem, was es ankündigte, ahnen ließ, denn es war ein kleines, böses »Woaatsch«, so als hätte man eine sehr große Kröte überfahren. Aber es ließ alles Schrille, Warnende vermissen und deshalb wirkte es auf mich im ersten Moment nicht wirklich alarmierend. Es war früh am Morgen, einem Mittwochmorgen, der mein freier Tag war, und ich kam gerade mit einer Packung H-Milch aus dem Keller, als ich es vernahm. Wäre ich oben in meiner Wohnung gewesen, hätte ich es mit großer Wahrscheinlichkeit gar nicht gehört. Dann hätte der Schrecken für mich vielleicht erst nach einem sorgfältig geschäumten Milchkaffee und mit einem anderen Geräusch angefangen. Oder ganz geräuschlos, nur mit ErzEngels aufgeregtem Gesicht und den Tränen von Rose-Lotte Stein.

»Was ist passiert?« Ich schaute zwischen meiner Mutter, der Tortenmatsche und Rose-Lotte hin und her. Rose-Lotte griff nach ErzEngels Hand und schüttelte wild den Kopf, aus ihrer Kehle drangen tiefe, unglückliche Laute. Ich stellte die H-Milch auf den Tisch.

»Das ist doch kein Problem.« Ich deutete auf den braunen Haufen, der sich träge ausdehnte. »Ich hole jetzt eine Kelle und eine Schüssel und dann retten wir, was zu retten ist. Da kann man bestimmt noch etwas von essen.« Der Gedanke drehte mir den nüchternen Magen um, aber das würde ich die aufgelöste alte Frau nicht wissen lassen.

»Es ist nicht der Kuchen.« ErzEngel war blass und ihre Gesichtszüge waren angestrengt, so als hätte sie Schmerzen. Sie drückte die unglückliche Bäckerin in einen Stuhl und legte ihr die Hände auf die Schulter. »Rose-Lotte, wir brauchen ihre Hilfe. Du brauchst ihre Hilfe! Das schaffen wir nicht mehr allein!«

Ob Frau Stein unter dem Druck der beiden entschlossenen Hände oder unter der Ausweglosigkeit der Situation zusammenbrach, kann ich nicht sagen, aber schließlich hörte ich sie zum ersten Mal sprechen und ihre Sprechstimme verriet, dass sie nicht oder nur wenig hörte. »werwel eh ii.«

»Das tue ich, ich erzähle es ihr. Und wir helfen dir, glaub mir!« Meine Mutter verstand die undeutlichen Laute besser als ich, die sie erst im Nachhinein verstand. Erzähl es ihr, hatte Rose-Lotte gesagt.

»Erzähl mir was?« Ich sah meine Mutter misstrauisch an, denn ich fühlte plötzlich zu deutlich, dass es in diesem Moment um mehr als Torten ging.

»Die zweite Kühltruhe ist ausgefallen.«

Einen winzigen Augenblick lang

war ich erleichtert, hier ging es nicht um Leben und Tod, hier ging es nur um die Haushaltsgeräte einer alten Dame, die niemanden hatte, der ihr solche Dinge reparierte, und der das Geld fehlte, etwas Neues zu kaufen. Das würden wir gemeinsam hinbekommen, kein Problem. Beide starrten mich an, als warteten sie darauf, dass bei mir ein Groschen fiel. Ich starrte zurück. Bei mir fiel kein Groschen, was sicherlich daran lag, dass es den ja gar nicht mehr gab und ich eine moderne Frau war. Bei mir fiel aber auch kein Euro, es fiel überhaupt kein Geld. Was nach einer gefühlten Ewigkeit fiel, war mein Blutdruck und das Wort Kühltruhe, es fiel und fiel und fiel schließlich mitten in meinem Denken auf grünen, fruchtbaren Boden. Grün.

»Könntest du mir das noch etwas genauer erklären?« Die Übelkeit, die meine Speiseröhre hinaufkletterte, tat das schnell und behände. Ich schluckte einen kleinen, sauren Vorboten hinunter. Blutdruck runter, Verdauungssäfte rauf, Blutzucker runter, Adrenalin rauf, die regen Aufzugbewegungen in meinem Körper machten mich schwindelig. Kühltruhe. Grün.

»Charlotte?« Meine Mutter machte einen Schritt in meine Richtung und schlug mir leicht auf die offensichtlich blassen Wangen. »Ich brauche dich!«

»Ich bin da.« Ich suchte nach einem inneren Riemen, fand ein schmales Seil, das alt aber stabil wirkte, und riss mich daran.

»Ich werde dir alles im Auto erklären, denn wir haben nicht viel Zeit. Das sind sehr alte Truhen und wir haben auf keinen Fall mehr als vierundzwanzig Stunden, bis die Kälte entwichen ist. Es soll heute noch mal richtig warm werden und für morgen ist auch ein sonniger Tag angesagt.«

Ich ignorierte den Wetterbericht. »Du wirst es mir im Auto erklären?« Wie bei Irene war ich mir nicht sicher, ob ich das gedacht oder gesagt hatte. »Seit wann fährst du Auto?«

ErzEngel zog die jammernde Rose-Lotte hoch und hinter sich her zur Tür. Ich hatte es wohl nicht gesagt, denn ich bekam keine Antwort.

ErzEngel schnallte Rose-Lotte Stein so sorgfältig und gründlich auf dem Rücksitz fest, als wäre sie ein faltiges, aber hyperaktives Kleinkind. Sie murmelte ihr noch ein paar beruhigende Wort zu und stieg dann schnell neben mich in den Wagen.

»Los!«

Ich wollte nicht übermäßig kompliziert wirken, aber ich hatte keine Ahnung, wohin ich fahren sollte. Oder ob ich hier gerade den größten Fehler meines Lebens machte.

»Nach Bruckhausen.«

Ich ließ den Wagen an und setzte den Blinker, aber mein Fuß schwebte über dem Gaspedal und wollte es nicht treten.

»Charlotte?«

Ich sah in ErzEngels klare Augen. »Ja?«

»Vertraust du mir?«

Mit meinem Leben. Ich dachte und sagte es im selben schnellen Augenblick.

»Dann fahr.«

Ich fuhr.

Bruckhausen war im Norden Duisburgs. Er war der Stadtteil gewordene Beweis unserer untergegangen Affäre mit Kohle und Stahl und lag seit Jahrzehnten mit Mann und Maus versunken unter einer dicken Staubschicht am Boden des Strukturwandels. Er war schmutzig, von alten Industrieanlagen durchzogen und wer hier wohnte, durfte vor Feinstaub keine Angst haben. Oder vor Depressionen.

ErzEngel dirigierte mich, denn den Straßennamen,

den sie genannt hatte, hatte ich noch nie gehört.

»Woher kennst du diesen Ort? Du kannst nicht bis hierhin gehen.« Misstrauen und Verwirrung ließen meine Worte hässlicher und anklagender klingen, als ich sie gemeint hatte. Rose-Lotte stöhnte ängstlich auf und zerrte an ihrem Gurt.

»Ich musste bis hierhin gehen. Und ich werde noch weiter gehen!«

Da war wieder diese Entschlossenheit, die mich schon im Krankenhaus leicht irritiert hatte. Und ich hatte geglaubt, es ginge um meine Liebesleben. Ich suchte abwechselnd ErzEngels Blick und die Namen der Straßen auf den Schildern, aber die Augen wichen mir aus und die Straßenschilder waren schwer zu lesen. Rose-Lotte im Heck dagegen folgte meinem Blick mit weit aufgerissenen Augen. In ihrem Mundwinkel klebte ein feiner Speicheltropfen. Ich drehte den Rückspiegel so, dass ich sie nicht mehr sehen konnte. Die Straße hinter mir auch nicht, aber das war nicht mein größtes Problem.

»Da ist es!« Wieder dieser fremde Ton in der Stimme meiner Mutter, der mich frösteln ließ.

»Da ist was?« Ich stellte mich stur und wollte mehr als spärliche Erklärungen. Es konnte doch nicht sein, dass die beiden wirklich … dass Rose-Lotte …

»Charlotte, halt einfach an.« ErzEngel löste ihren Gurt schon. Ich parkte den Wagen folgsam auf einem frisch gepflasterten Parkstreifen, dessen frischweiße Grenzlinien sich sichtlich für die graue Häuserzeile und für den alten Hochofen auf der gegenüberliegenden Seite schämten.

ErzEngel half Rose-Lotte aus dem Auto und folgte ihr eilig in einen Hauseingang. Falls die beiden noch wussten, dass ich da war, ließen sie es sich nicht anmerken. Ich stieg aus. Zwei Schulkinder schleppten ihre bunten Tornister an mir vorbei und unterhielten sich laut. Ich lächelte ihnen zu, sie ignorierten mich, gingen aber schneller. Mein Herz klopfte hart und unregelmäßig, als ich einen Fuß auf die untere der beiden Stufen setzte, die in das alte Haus führten. Ich schaute mich nach beiden Seiten um, wie man das in Krimis tat. Die Kinder waren um eine Ecke verschwunden, ein Auto fuhr auf der anderen Seite vorbei, sonst war die Straße leer. Ich drückte leicht gegen die dreckige Haustür, die schief in den Angeln hing, und trat in den Flur. Drinnen war es dunkel, nur aus einem schmalen Fenster auf der halben Treppe fiel etwas Licht herab. Es roch nach altem Essen, nassen Socken und etwas Vergorenem. Ich konnte einen zu lauten Fernseher und Babygeschrei in den oberen Stockwerken hören und ging vorsichtig weiter. An der linken Wand lehnten Fahrräder, ein Kinderwagen und ein Roller. Die Rechte war von schiefen Briefkästen bedeckt, deren Namensschilder immer und immer wieder mit grobem Klebeband überklebt worden waren. Viele der Namen hatten einen fremden Klang und wer eine Seminararbeit über die Zuwanderungsgeschichte des Ruhrgebiets schreiben wollte, brauchte hier nur ein Teppichmesser und konnte sich Schicht für Schicht in die Vergangenheit schälen. Aus den Briefschlitzen quollen bunte Prospekte und der Boden war mit bunten Druckerzeugnissen übersät. Ich war versucht, das grellrote Angebotsblatt einer großen Elektromarktkette aufzuheben und nach Angeboten im Bereich Tiefkühlung zu suchen, ließ es aber sein.

Eine ausgetretene Treppe führte am Ende des Flurs in die oberen Etagen, aber die Tür mit dem großen Fenster kurz vor der Treppe stand offen und da ich keine Schritte auf den Stufen hören konnte, waren die beiden wohl dorthinein verschwunden. Ich hielt neben einem leuchtend türkisen Kinderrad inne, das in der düsteren Atmosphäre unheimlich wirkte. Wollte ich den verschwiegenen alten Damen wirklich folgen? War das sicher? Jetzt hustete ein Mann, weit oben, bellend und krank. Was sollte ich nur tun? Ich traute mich nicht, mich mit einer Hand an die Wand zu lehnen, obwohl mir schwindelig war. Was, wenn das, was ich befürchtete, wahr wurde?

»Charlotte?« Mein Name fuhr mir in die Gedanken und setzte mich in Bewegung. Ich ging vorsichtig durch die offene Tür und trat in einen kleinen Flur, der von billigem Teppichboden bedeckt war. Die Stimme war nicht aus der winzigen Küche gekommen, in der außer einem Herd nur ein Tisch mit zwei Stühlen stand, und so ging ich daran vorbei. Am Ende des kurzen Gangs fand ich das Wohnzimmer, das diesen Namen nicht verdiente. Sicherlich hatten die Architekten sich vor vielen Jahren die Einrichtung der glücklichen Werktätigen, die sich in diesem Zimmer von der harten Arbeit erholen sollten, anders vorgestellt. Oder sie hatten sich überhaupt eine Einrichtung vorgestellt, denn der Raum war leer bis auf einen Sessel und einen kleinen Fernseher. An den Wänden hingen keine

Bilder. Es gab keine Zimmerpflanzen auf der Bank des großen Fensters zum Hof, vor dem nur eine alte Gardine hing, die den Kampf gegen den Gilb vor vielen Jahren verloren hatte. Eine schmale Tür direkt neben dem Fenster führte in den Innenhof. Rose-Lotte Stein und meine Mutter warteten vor dieser Tür auf mich. Ruhig und entschlossen die eine, fahrig und unsicher, die andere. Hätte ich noch irgendwo in einer Ecke ein Spinnrad entdeckt, wäre ich sicher gewesen, mich zwei der mythischen Parzen gegenüberzusehen und gleich zu erfahren, dass mein Schicksalsfaden in den nächsten Minuten seinem natürlichen Ende entgegenlief. Ich will nicht sterben, ich will Irene wiedersehen, dachte ich und trat einen Schritt zurück.

»Sieh uns nicht so an.« ErzEngel bedachte mich mit einem strafenden Blick. »Spar dir deinen Schrecken auf.« In ihren Augen lag kein Funken von Wahnsinn, nur eine tiefe Trauer und dieser starke Wille, den ich kannte. Sie lag allerdings falsch mit der Annahme, dass ich mir meinen Schrecken einteilen konnte, er erfüllte mich schon und ließ sich nicht mehr portionieren.

Die beiden traten durch die Tür auf den Hof und gingen an einer verrosteten Teppichstange vorbei zu einem großen Holzschuppen, der der Wohnung direkt gegenüber lag. Ich folgte ihnen. Rose-Lotte griff sich an den Hals und löste einen Schlüssel von einer Kette, die mir zum ersten Mal auffiel. Sie schloss das dicke Vorhängeschloss langsam auf und der Schlüssel machte dabei ein hässliches Geräusch. Oft schien er sich nicht in seinem Schloss zu drehen. Ich zögerte wieder und ErzEngel zog mich an der Hand hinter sich her in den dämmrigen Schuppen. Die schwere Tür fiel hinter uns zu. Als die Glühbirne an der Decke hell aufstrahlte, musste ich für einen Moment die Augen schützen. Dann sah ich mich um. In dem großen Raum gab es eine riesige, alte Werkbank und Werkzeug lag und stand überall herum. Es roch muffig und unzählige Spinnengenerationen hatten ungestört und kunstvoll ihre Fäden von Ecke zu Ecke gezogen. Ebenso viele Generationen von Fliegen und Käfern waren stumm in den Netzen verstorben. In der Mitte unter der Decke baumelten die Seile eines kleinen Flaschenzuges. Zwei alte Campingstühle mit verblichenen Sitzflächen standen an einem wackeligen Campingtisch. Die Rückwand der Hütte war mit Postern spärlich bekleideter Frauen geschmückt. Miss Januar. Miss März. Miss Juni. Februar, April und Mai fehlten.

Unter den Postern standen zwei große Kühltruhen. Die linke war offen und ihr großer Deckel war gegen die Wand geklappt. Sein gummierter Rand berührte die neckisch gespreizten Beine von Miss Juni. Die rechte war geschlossen und auf ihrem Deckel lagen zwei schwere Pflastersteine.

An der rechten Wand lehnte einsam eine schwere Axt an einer Kreissäge.

In ihrer Nähe hatten die Spinnen auf Netze verzichtet.

Ich schaute auf die beiden großen Kühltruhen,

auf Miss Januar, auf die Axt und auf meine Mutter. Sag, dass das nicht wahr ist, flehte ich stumm.

»Hörst du, wie still es ist? Es summt nichts mehr.« Sie sah mich an. »Die erste Truhe ist an dem Tag ausgefallen, an dem ich dich allein lassen musste.« Sie machte eine Pause und ich sah ihr an, dass ihr das sehr leidtat. »Die zweite heute Morgen. Sie sind schon sehr alt.«

Nein, dachte ich, nein. Und weigerte mich, die Realität, die vor mir lag anzunehmen. Es musste auch noch eine andere geben. Eine, in der meine Mutter nicht meine Verzweiflung riskiert hatte, um einer Freundin bei einem Verbrechen zu helfen. Wut zog sich wie roter Grenadinesirup durch meinen Gefühlscocktail. »Und jetzt werden deiner Freundin die Backzutaten schlecht?«

ErzEngel seufzte und legte der zitternden Rose-Lotte einen Arm um die Schultern. Die sah mich an und gab wieder ein paar Laute von sich, die ich diesmal aber gut verstand. »Sie wird es nicht verstehen«, sagte sie und weinte verzweifelt.

»Doch, das wird sie. Sie ist meine Tochter, glaub mir, ich kenne sie, sie ist nur manchmal etwas langsam.« Der Blick, den mir meine Mutter jetzt zuwarf, umfasste die letzten fünfunddreißig Jahre, meine Entscheidung für SIE, meine Gefühle für Irene, mein ganzes Leben und diesen Augenblick. Und er brachte mich zurück in eine Realität, in der ich ihrem Urteil absolut vertraute. Ich traf eine Entscheidung. »Sie sind da drinnen?«

Rose-Lotte nickte.

»Und sie tauen auf?«

Beide nickten synchron.

»Dann haben wir wohl wirklich ein Problem und nicht viel Zeit. Könntet ihr mich trotzdem kurz wissen lassen, was passiert ist?« Ich stand kurz davor, einer backenden Doppelmörderin und ihrer scheindementen Komplizin Beihilfe zu leisten und ich fand, dass trotz einsetzenden Tauwetters in dieser Situation ein paar erklärende Worte nicht übertrieben waren.

»Das ist meine Tochter! Siehst du, Rose-Lotte, du hast dich in die Richtige verliebt.«

Und meine Realität sauste wieder fort. Rose-Lotte Stein wurde unglaublich rot, verschwand hinter meiner Mutter und versteckte ihr Gesicht in deren Halsbeuge. Dort murmelte sie etwas.

»Doch, ich denke schon, dass sie das auch wissen sollte.«

Ich war mir nicht sicher, ob ich das auch wissen wollte.

»Fangt doch vielleicht mit dem Inhalt der Truhen an, oder?«

ErzEngel löste Rose-Lotte aus ihrer Halsbeuge und besah sich eine kleine Wasserlache, die sich unter der rechten Truhe bildete. Tropfen für Tropfen fiel eine milchige Flüssigkeit hinein. Es konnte ja immerhin noch möglich sein, dass wir über eine große Menge Rahmspinat sprachen.

»Kennst du jemanden, der sich mit so etwas auskennt?« Meine auskunftsunfreudige Mutter zeigte auf die Gefrierkombination.

Mit so etwas?

Mit Kühltruhen?

Mit Mörderinnen?

Mit Leichen?

»Und den ich hierherholen könnte?« Ich ließ so viel Ironie wie möglich in meine Worte fließen. Miss Januar zwinkerte mir verständnisvoll zu. Miss März und Miss Juni hatten die Köpfe weit in den Nacken gelegt und die Augen geschlossen. Sie sonnten sich seit 1982 unschuldig und hingebungsvoll. Das hatte ihnen wahrscheinlich einiges erspart.

»Und den du hierherholen könntest.« Meine Mutter hatte ihre Worte vollkommen ernst gemeint und war für Ironie nicht empfänglich.

»Mutti, wir gehen jetzt alle zusammen hinüber in die Wohnung und dann erklärst du mir, was hier passiert ist. Und dann, und wirklich erst dann, entscheiden wir was zu tun ist.«

Rose-Lotte stürmte von meinem rauen Ton erschreckt zur Tür und meine Mutter fing sie geschickt ab. »Kein Grund zu rennen, sonst fällst du wieder.«

Mir fiel jetzt wieder ein, wie Rose-Lotte mir den Kuchen an jenem schrecklichen Wochenende gebracht hatte und danach hinkend durch den Garten verschwunden war. Und plötzlich wurde mir klar, dass sie nicht gekommen war, um mir Kuchen zu bringen. Sie hatte nach mir sehen sollen.

»Du bist an diesem Wochenende die ganze Zeit hier gewesen und du hast sie geschickt, um nach mir zu schauen.« Das war keine Frage mehr.

»Rose-Lotte hat mir von der Frau erzählt, die sie bei

dir gesehen hat, und da wusste ich, dass mein Ausflug möglicherweise der Lösung zweier Probleme dient.« ErzEngel raunte mir das zu und schob gleichzeitig mich und Frau Stein aus dem Schuppen und die Tür hinter sich zu. Als das Schloss wieder fest eingerastet war und wir uns alle Sitzmöbel aus der Wohnung im Wohnzimmer zusammengesucht hatten, begann sie mit dem Rest der Geschichte.

Es gab nur eine Möglichkeit.

Nur diese eine und die Zeit drängte. Die Wasserlache unter der geschlossenen Truhe wurde stetig größer und Rose-Lotte war nach und nach in eine eigenartige lächelnde Starre gefallen. Es war schon nach Mittag und es wurde wärmer. Die Sonne war auf ihrem höchsten Punkt auch in den Hof und auf den alten Schuppen gefallen. Also wählte ich Helmuts Nummer und kündigte ihm an, dass ich ihn abholen würde. »Kannst du Werkzeug einpacken? Es geht um eine defekte Kühltruhe. Hier liegt zwar einiges rum, ich bin aber nicht sicher, was du brauchst.« Er hatte wie immer wenig gefragt und kurz gegrunzt. Auf dem Weg zu ihm spielten meine überreizten Nerven mir die Szene im Wohnzimmer immer und immer wieder vor.

Rose-Lotte, die kleine Laute von sich gab, die mal Worte und mal schmerzgewordener Ton waren. Und meine Mutter, die in dieser kahlen Umgebung die

Geschichte eines Lebens erzählte, das mich schaudern ließ.

Rose-Lotte Stein hatte spät geheiratet und mit ihrem Mann eine kleine Metzgerei betrieben. Ihre eigenen Eltern hatten die Tochter, die nur schwer hören konnte und an Männern kein Interesse zeigte, mittels einer Anzeige im Zentralorgan der katholischen Arbeiterbewegung an den alleinstehenden Metzger vermittelt, um sicherzugehen, sie in soliden, gottesfürchtigen Händen zu wissen.

»Und dann hat er sie geschlagen?« Ich war meiner Mutter ungeduldig ins Wort gefallen und sah die Tragödie quasi vor mir. Der brutale, grobschlächtige Metzger mit den von Tierblut immer roten Händen und die wehrlose junge Frau. Rose-Lotte Stein schüttelte den Kopf und behielt durch das Fenster den Schuppen im Auge.

»Nein, hat er nicht. Aus heutiger Sicht wäre eine Metzgerin für Rose-Lotte bloß passender gewesen.« ErzEngel lächelte zum ersten Mal an diesem Tag.

Gut, ich musste die Geschichte etwas umschreiben. Da war die einsame, isolierte Lesbe, zartfühlend, sehnsüchtig und hoffnungslos, die nach langer unglücklicher Ehe verzweifelte und im Affekt ihren Ehemann hinterrücks an der Wurstmaschine erschlug.

Damit konnte ich auch leben, aber es erklärte die Anwesenheit des zweiten Senioren in der Truhe nicht. Da musste mehr passiert sein. Vielleicht hatte sie sich zwischen Mettenden und Dauerwurst in eine reife Aushilfswurstfachverkäuferin verliebt und nachdem die beiden ihren verbotenen Gefühlen im Schatten des Fleischwolfs erlegen waren, hatten sie für ihre Liebe nur einen Ausweg gesehen. Und jetzt ruhten die eifersüchtigen Ehemänner im eisigen Sarg. Wo aber war die Aushilfsverkäuferin jetzt?

»Hörst du mir noch zu?« Mein Gesichtsausdruck hatte wohl meinen Ausflug in die Welt der Theorien verraten.

»Natürlich.«

»Die Metzgerei mussten sie schon in den siebziger Jahren aufgeben.«

Ich verabschiedete mich wehmütig von der Wurstverkäuferin, der ich Irenes Augen und ihre schönen Hände gegeben hatte. Falls ich aus dieser Situation herauskam, ohne im Gefängnis zu landen, würde ich Irene anrufen. Falls ich ins Gefängnis kam, würde ich ihr täglich schreiben.

»Rose-Lotte ist danach putzen gegangen, Herr Stein hat zu trinken angefangen. Jeder wie er kann.«

Das war es! Ich verstand. Der vom Alkohol und Frust gezeichnete Ehemann tyrannisierte im Suff seine hilflose Frau und sie rächte sich nach Jahren der seelischen Qualen, als er wieder einmal volltrunken am Boden lag. Ich sah die Axt im Mondlicht funkeln.

Und dann erschlägt sie zur Sicherheit noch einen Nachbarn? Auch meine neueste Theorie hatte eine unschöne Lücke.

»So haben sie dann hier gelebt. Er hat im Schuppen gebastelt und getrunken. Sie hat das Geld für beides verdient. Schließlich haben sie nur noch von ihrer Rente gelebt. Von der Metzgerei sind ihnen ja nur

Schulden und die beiden Truhen geblieben.«

Natürlich! So musste es gewesen sein! All diese Jahre voller Gewalt und Entbehrungen und dann hatte die Rente nicht mehr für den Mann, die Frau und den Alkohol gereicht und so hatte sich Rose-Lotte für das eigene Überleben entschieden und die Axt genommen. Und die verhassten Symbole des Scheiterns waren zum kalten Sarg des Tyrannen geworden.

Aber so war es auch nicht gewesen.

»Charly?«

Helmut klopfte an meine Scheibe und fragte sich wahrscheinlich, warum ich es erst so eilig machte und dann gedankenverloren vor dem Gasometer stand, ohne ihm Bescheid zu sagen. Ich winkte ihn in den Wagen und er hievte einen Werkzeugkasten von beträchtlicher Größe in meinen Kofferraum. Wir fuhren los. Helmut schwieg und ich suchte im stillen Wagen nach Worten.

»Helmut, die Truhe, um die es geht. Du solltest da nicht reinschauen. Sie gehört einer sehr netten alten Dame.«

Andere hätten das als Auftakt für ein Gespräch und viele Fragen genutzt. Helmut grunzte zustimmend. Er hatte alle Informationen, die er für diese Situation brauchte.

Ich brachte ihn durch den gemeinsamen Hofeingang des Hauses im Keller zum Schuppen und Erz-

Engel schloss uns auf. Ich warf einen Blick durch das Fenster. Rose-Lotte saß auf ihrem Sessel und strickte. Ich kannte die Wolle.

Helmut kniete sich neben die Lache und schraubte ein verdrecktes Gitter an der Hinterseite der Truhe auf. Oder besser gesagt, er versuchte es aufzuschrauben, denn es widersetzte sich seinen Bemühungen. Schließlich bog er es mit einer dicken Zange auf und leuchtete mit einer Taschenlampe in die schweigende Technik. Er zog, drehte und leuchtete, er drückte zwischendurch den Knopf am oberen Truhenrand und lauschte. Es blieb still. Er legte sich vor die Truhe und kam schließlich mit einem resignierten Blick nach oben.

»Totalschaden. Bin nicht sicher, dass es dafür noch Teile gibt. Falls ja, wird das aber teuer. Besser neu kaufen und das Zeug umladen, bevor es komplett auftaut.«

Und hier lag das Problem.

Eine neue Truhe würde das Unvermeidliche zwar wieder um einige Jahre aufschieben, aber eines Tages würde Rose-Lotte ihren Nachlassverwaltern dann eine tiefgekühlte Überraschung hinterlassen. ErzEngel wollte das nicht.

»Wir klären das jetzt und endgültig. Wenn sich die Truhe nicht mehr reparieren lässt, ist das ein Zeichen. Das hat sie nicht verdient, dass die Welt so über sie denkt, weißt du? Sie hat es doch nur gut gemeint. Oder nicht besser gewusst.«

Meine Mutter hatte mir das schon vor meiner Abfahrt im Wohnzimmer erklärt, als ich diese Lösung vorgeschlagen hatte.

»Sie hat mich auserwählt, um ihr zu helfen. Und sie ist sehr verliebt in dich. Wir müssen das richtig machen.«

Helmut sah sich begeistert und ruhig die vielen Werkzeuge und den Flaschenzug an. Ich traf wieder eine Entscheidung.

»Helmut, es gibt in dieser Truhe etwas, das sehr schnell einen neuen und endgültigen Platz finden muss. Ich möchte dir Rose-Lotte Stein vorstellen.«

Er folgte mir zu der alten Frau, die still in ihrem Sessel strickte. ErzEngel stand wie eine Löwin neben ihr, bereit jeden Angreifer zu vertreiben.

Helmut sah sich in der kahlen Wohnung um, sah die alte Frau im Sessel und den grünen Schal, den sie strickte, und nickte.

»Es war ein Unfall?«

Wir nickten alle zusammen. Helmut nahm sich einen Stuhl und setzte sich.

»Es war ein Unfall.«

Mit genau diesen Worten hatte meine Mutter auch meine Ausflüge in die Welt der kriminalistisch interessanten Lebensläufe unterbrochen. Denn hinter Rose-Lottes Geheimnis stand nichts als ein Schicksal, dessen gesamte Grausamkeit in seiner Ereignislosigkeit lag. Niemand hatte gewütet, geschlagen, getötet oder sich gar leidenschaftlich verliebt. Es war eher die völlige Abwesenheit aller Emotionen, die Rose-Lottes Dasein in eine kalte Katastrophe verwandelt hatten.

»Sie hat ihn nicht umgebracht?«

»Natürlich nicht, sieh sie dir doch an. Sie kann doch keiner Fliege etwas zuleide tun.«

Ich hatte sie mir angesehen und Rose-Lotte hatte schüchtern zurückgeblickt. Mitten in meine Augen. Ihre Augen waren wasserblau und ich hatte plötzlich sehen können, dass sich ihr Alter und ihr unglückliches Leben wie eine zerknautschte Maske auf ein hübsches Gesicht gelegt hatten. Sie war sicherlich nur ein paar Jahre älter als ErzEngel, aber sie sah deutlich älter aus. Und müder. Aber in ihrem Blick hatte die gleiche Sehnsucht gelegen, die in meinem lag, wenn ich Irene ansah. Die gleiche Liebe, der gleiche hoffnungslose Wunsch. Wir waren Seelenverwandte, von nichts als der Zeit getrennt.

Sie hatte gewusst, was ich gesehen hatte, tief eingeatmet und fast unhörbar und undeutlich geflüstert: »Ich wäre gerne jünger für dich.«

Aber ich hatte es doch verstanden und es hatte mir mein Herz gebrochen, mehr als SIE es jemals gekonnt hatte.

Diesen Teil erzählte ich Helmut nicht.

Und den Rest fasste ich zu einer für ihn verdaulichen Menge zusammen.

»Ihr Mann hat mit einem obdachlosen Saufkumpan selbst gebrannten Schnaps getrunken. Methanol. Als sie sie im Schuppen gefunden hat, waren beide schon tot. Rose-Lotte kann sich nicht gut verständigen und sie hat Angst vor fremden Menschen und vor dem, was sie mit ihr tun können. In ihrer Welt war es einfacher, das allein zu lösen, das hat sie immer getan. Also hat sie die beiden erst eingefroren, dann säuberlich mit Axt und Kreissäge portioniert und schließlich nach und nach liebevoll bestrickt.«

Helmut kratzte sich ratlos am stoppeligen Kinn. Rose-Lottes Stricknadeln verharrten in der Wolle.

Den letzten Teil hatte ich mir selber erklären müssen.

»Sie wollte wohl so etwas wie Grabpflege betreiben und ihr Mann mochte die Farbe grün. Nicht wahr?« Ich sah zu Rose-Lotte hinüber. Sie nickte vorsichtig.

»Und warum hat sie ihn uns dann aufs Dach gestellt.« Helmut fand es sicherer, mich anzusehen.

Aber es war ErzEngel, die ihm antwortete. »Sie wollte gerne einmal im Leben etwas Aufregendes tun und sie wollte meiner Tochter eine Rose und ein Gedicht schenken und sicher sein, dass sie sich daran erinnert.«

»Verstehe.« Er schaute auf mich und dann auf seine Uhr, die ihm die Zeit auf allen Kontinenten anzeigte. »Dann sollten wir jetzt einen besseren Platz für die beiden finden.«

Ich hätte ihn küssen können und das Gefühl hatte ich bei Männern selten.

Sein Plan war einfach.

Und er erklärte ihn mir, als ich ihn zum Gasometer zurückbrachte. »Wir vergraben sie heute Nacht in der Wildnis. Da findet sie keiner. Ist ein guter Platz für einen Menschen aus dem Revier.«

Ich musste ihm recht geben. Die »Wildnis« befand sich auf dem Gelände einer zweihundert Hektar großen Industriebrache ganz in der Nähe. Sie lag in einer riesigen Geländemulde zwischen den Resten einer ehemals bewohnten Straße und einem Bahndamm. Ganz früher hatten hier die Arbeiter ihre Gärten gehabt, aber dann hatten zwei Autobahnen die Lauben von den Wohnhäusern abgeschnitten und die kleinen Häuser waren eingerissen worden. Nach dem Abriss war das unzugängliche Gelände als Flächenreserve des damals noch in Betrieb befindlichen Hüttenwerks lange Zeit sich selbst überlassen worden. So war es verwildert und mit der Zeit hatte sich ein dichtes, undurchdringliches Wäldchen entwickelt, in dem sich die Natur ungestört den giftigen Boden zurückerobern konnte. Obwohl der Rest der Brache heute viel genutzter Freizeitraum war, durfte das dicht bewachsene Gelände zum Schutze von Flora und Fauna von den Besuchern nicht betreten werden. In einer Broschüre konnte man lesen, dass hier hin und wieder Nachtigallen sangen. Es war ein perfekter Ort.

Und Helmut hatte auch die Logistik schon überlegt.

»Du nimmst jetzt meinen Kombi, packst die Damen hinten rein und später die Fracht auf die Lade-

fläche. Ich fahre mit deinem Wagen hin und grabe an einer guten Stelle. Heute Nacht um 2.45 Uhr treffen wir uns. Fahr von hinten über den alten Betriebsweg ran. Ist dann noch ein Stückchen zu Fuß. Kannst du das allein tragen?«

Ich nickte und hoffte, dass das stimmte.

»Hast du große Müllsäcke?«

»Ich finde welche!«

»Bis später.« Wir tauschten die Autos und er verschwand.

Ich telefonierte mit ErzEngel, die mir versicherte, dass sie ausreichend Müllsäcke im Keller hatte und ich sie leicht finden würde. Den ersten Teil glaubte ich ihr, beim zweiten war ich nicht sicher.

Es war schon 17.00 Uhr, als ich wieder vor unserem Haus stand. Ich hatte dafür gesorgt, dass die beiden Damen etwas zu essen bekommen hatten, ein neuer Aufnehmer unter der Truhe lag und sie über die nächsten Stunden informiert waren. Rose-Lotte hatte mir beim Abschied über die Hand gestrichen und wir hatten uns angelächelt. Ich würde sie mit allem, was ich tun konnte, beschützen.

Jetzt musste ich noch die Müllsäcke finden und dann galt es, nur noch zu warten. Interessanterweise fand ich den Karton mit den Müllsäcken schnell, nachdem ich die Palette mit dem Melkfett zur Seite geräumt hatte. Ich schleppte den Karton in den Kombi und schaute auf die Uhr. 17.45 Uhr. Um 2.00 Uhr würde ich zu Rose-Lotte und ErzEngel fahren, also hatte ich jetzt noch etwas Zeit, mir die Ereignisse klarzumachen und verrückt zu werden. Ich ging die Treppe wieder hinauf, ließ mich müde aufs Sofa fallen und schloss die Augen.

Die Sirenen heulten.

Ich schlug die Augen auf und mein Herz raste. Verdammt, ich war eingeschlafen. Wie spät war es denn? Ich griff nach dem Handy, das neben mir lag und kniff die unwilligen Augen zusammen. 01.24 Uhr. Gerade noch rechtzeitig aufgewacht.

Ich musste mich jetzt schnell beruhigen. Ich hatte schrecklich geträumt und die Bilder dieser unfreiwilligen Gehirngymnastik waren noch vollkommen real. In meinem Traum hatte die ganze Stadt gebrannt, jedes Haus und jede Straße. Ich hatte Irene nicht finden können in all den Flammen und dem beißenden Rauch. Ich hatte ihren Namen geschrien, immer wieder, bis ich nicht mehr atmen konnte und die Hitze unerträglich geworden war. Dann war ich hingefallen und die Sirenen hatten mein klägliches Krächzen übertönt und mit ihrem Heulen die Menschen über mich hinweg vor sich her getrieben. Gut, dass ich aufgewacht war.

Es klingelte wieder lang anhaltend. Wenn man unseren Klingelknopf zu lang drückte, klang sein Ton wie ein jammerndes Heulen oder ein heulendes Jammern.

Das hatte mich geweckt?

Wer war das um diese Zeit?

Die Polizei?

Es musste die Polizei sein.

Hatten sie mich bis zu Rose-Lotte verfolgt?

War meine Mutter schon verhaftet?

Ruhig bleiben! Ich musste nachdenken!

Ich ging mit klopfendem Körper bis zum Fenster und spähte hinaus. Draußen war es dunkel und ruhig. Falls sie nicht mit zivilen Fahrzeugen unterwegs waren, war die Polizei zu Fuß gekommen, denn ich konnte kein Einsatzkommando entdecken. Allerdings stand ein fremder Kleinwagen vor der Tür.

Es klingelte wieder.

Lauter.

Heulender.

Ich strich mir die Haare glatt, ging die Treppe hinunter und öffnete die Tür.

Markus sah mich an, als stände er einem schrecklichen Geist gegenüber, und ich hoffte, dass er mir meine Erleichterung nicht ansehen konnte.

»Bin gerade aufgewacht«, entschuldigte ich mein Aussehen, aber das schien ihn gar nicht zu interessieren.

»Warum?«, blaffte er mir wütend entgegen.

»Warum was?«, fragte ich, bevor mir mit der Hitze der brennenden Stadt einfiel, was er möglicherweise meinen könnte.

»Kann ich reinkommen, wir müssen reden?« Er drängte sich einfach durch die Tür und ging an mir vorbei hinauf in meine Wohnung.

Ich riskierte einen Blick auf die Uhr. 01.28 Uhr.

Ich eilte ihm hinterher.

Er saß am Tisch und alle Wut war von ihm gewichen. Er weinte. »Ich dachte, sie ist bei dir.«

Ich setzte mich zu ihm. »Falls wir hier von Irene sprechen, wir haben schon länger keinen Kontakt.«

»Was? Aber sie hat doch wegen ihrer Gefühle für dich unsere Hochzeit abgesagt. Heute Abend. Ich bin den ganzen Abend durch die Stadt gefahren.« Er schluchzte.

Wer jemals von einer galaktischen Glückswelle erfasst worden ist und dabei einem weinenden Menschen gegenübersaß, für den diese Welle ein tödlicher Tsunami war, der wird mir zustimmen, dass es keinen angemessenen Gesichtsausdruck für diese Situation gibt. Also machte ich keinen. In meinem Inneren sah es allerdings anders aus. Dort schlug seine Nachricht ein wie ein eiserner Klöppel, der eine gewaltige Glocke traf. Alles in mir vibrierte.

Markus hob den Kopf und sah mich an. Seine verweinten Augen brachten das Vibrieren wieder zum Schweigen. »Und dir geht es genauso?«

Ich warf einen Blick auf die Küchenuhr, die mir signalisierte, dass sie nicht in der Lage war, die Zeit anzuhalten. Das war nicht die richtige Nacht für dieses Gespräch, aber das Leben ließ mir keine Wahl. »Was hat sie dir erzählt?«

»Dass sie glaubt, in dich verliebt zu sein und dass sie darüber nachdenken muss.«

Alle meine inneren Klöppel schlugen gegen alle meine inneren Glocken und ich vibrierte wieder. Konnten Traum und Alptraum wirklich so dicht beisammen liegen wie in dieser Nacht?

»Das hat sie mir nicht gesagt.« Hatte sie wirklich nicht.

»Aber es stimmt, oder etwa nicht?« Ich sah ihm an, dass er einen Grund zum Hoffen wollte. Aber den konnte ich ihm nicht geben. »Es stimmt, was mich angeht. Über ihre Gefühle weiß ich nicht viel. Du solltest das mit ihr besprechen.«

Er weinte wieder lauter und verzweifelt. »Ich dachte doch, sie wäre hier.«

Und da klingelte es wieder.

Mein Herz setzte aus und stolperte dann ein paar unruhige Takte. Jetzt musste es die Polizei sein. Die Truhe war wahrscheinlich schneller ausgelaufen und der Gestank hatte die Nachbarn alarmiert. Rose-Lotte steckte schon in einer Zwangsjacke und meine Mutter wurde dem Haftrichter vorgeführt. Wie hatte ich die beiden nur allein lassen können?

Alles war aus. 01.32 Uhr und alles war aus.

»Guckst du nicht, wer das ist?« Markus sah mich verletzt und misstrauisch an. Und er zog die falschen Schlüsse aus meinem Gesichtsausdruck.

»Weil du weißt, dass sie es ist? Seid ihr verabredet?« Er stand abrupt auf und lief die Treppe hinunter zur Tür. Ich rannte ihm hinterher, konnte ihn aber nicht mehr abfangen und so riss er die Tür auf.

Irene sah uns beide überrascht an.

»Was machst du hier?« Sie griff nach Markus' Hand,

der sich aber losriss und an ihr vorbei nach draußen stürmte. »Müsste ich das nicht fragen? Du wolltest doch nachdenken? Bist du damit schon fertig?«

»Markus …« Irene rief seinen Namen, aber er stieg in seinen Wagen, ohne sich noch einmal umzudrehen, und raste davon. Sie sah mich an. »So hatte ich mir das alles nicht vorgestellt, Charlotte.«

Ich hatte mir das auch nicht so vorgestellt, ich hatte mir verboten, es mir vorzustellen. Möglicherweise hatte ich heimlich davon geträumt. Bei Nacht. Und bei Tag.

Und da stand sie jetzt, die Frau meiner nicht ganz so heimlichen Träume, und sah mich an und ich musste in 15 Minuten losfahren, um die halbgefrorenen Teile einer Leiche zu vergraben.

»Ist es wahr, was Markus mir erzählt hat?« Wir schauten uns zum ersten Mal seit jener Nacht in die Augen. Mein Augennerv stellte eine direkte Verbindung zu meinem Unterleib her. Eine Highspeed-Breitbandverbindung.

Sie lächelte müde und das machte sie natürlich noch schöner. »Dass ich die Hochzeit abgesagt habe?«

»Warum du die Hochzeit abgesagt hast.«

»Ja, das stimmt und ich hätte es dir sehr gerne selber gesagt.« Sie strich mir mit der Außenseite der Hand ganz leicht über die Wange. »Ich wollte mit dir in aller Ruhe über dieses Wochenende sprechen. Und über unsere Zukunft. Hätte auch nicht auf einer Türschwelle sein müssen. Ich bin ja nicht einmal sicher, wie du das siehst.«

Und ich traf wieder eine Entscheidung und diese war fürs ganze Leben. Ich beugte mich vor und küsste sie mitten auf den Mund, mit allem, was ich fühlte und fürchtete. Sie kam mir mit Lippen und Zunge entgegen und wir küssten uns, bis ich den Eindruck hatte, nicht mehr stehen zu können. Dann ließ ich sie los, nahm meinen Autoschlüssel, zog die Tür hinter mir zu und schob sie vor mir her zu Helmuts Wagen.

»Was machst du?« Sie sah glücklich und verwirrt aus. Ich würde diese Verwirrung noch vergrößern müssen.

»Ich muss dir auch etwas über unser Wochenende erzählen.«

Wir fuhren nach Bruckhausen

und sie unterbrach mich immer wieder aufgeregt. »Deine Mutter war nicht dehydriert und hatte keinen Hitzschlag?«

»Wie man es nimmt.« Ich versuchte zu blinken, stellte aber aus Versehen auch die Scheibenwischer an, die sich quietschend über die trockene Scheibe mühten. Ein feiner Schmierfilm verkleisterte mir die Sicht. Helmuts Auto war mir fremd und ich hoffte, dass ich wenigstens das richtige Licht angeschaltet hatte. »Sie hat absichtlich wenig getrunken und viel in der Sonne herumgestanden, um die nötigen Symptome aufzuweisen. Aber nein, verwirrt war sie zu keiner Zeit. Das war hohe Schauspielkunst. Sie hatte sich einfach entschlossen, Rose-Lotte zu helfen, ohne mich ins Vertrauen zu ziehen und anders hätte sie ihr langes Ausbleiben nicht entschuldigen können. Sie haben die ganze Nacht die Teile umgeschichtet, den Boden gewischt und geredet. Erschöpft war sie schon.«

Irene verdaute diese Nachricht schlechter als die vorangegangene Enthüllung, dass der geheimnisvolle Strumpfmörder eine unglückliche Rentnerin und die Morde simple Unfälle mit Alkohol waren. »Du hast dir diese ganzen Sorgen gemacht und sie hat das passieren lassen. Das ist nicht in Ordnung!«

Ich legte meine Hand auf ihre und sie ließ ihre Finger zwischen meine gleiten. Das war so wunderbar, dass ich an den nächsten Kreuzungen wieder mit dem Scheibenwischer blinkte. Und mich danach ganz aufrichten musste, um über das dichte Schmierband, das sich wie eine schmutzige Schärpe über die Scheibe gelegt hatte, hinwegzusehen.

»Es ist nicht in Ordnung, aber es war nötig. Und wenn du Rose-Lotte näher kennst, dann wirst du verstehen, warum wir ihr helfen müssen.«

Irene drückte meine Hand. »Und die Rosen waren also wirklich für dich?«

Ich nickte schuldbewusst.

»Das Gedicht dann ja wohl auch?«

»Ja, das auch.«

Sie musterte mich und da ich gerade abbog, konnte ich nicht sehen, mit welchem Gesichtsausdruck sie das tat.

»Ich kann sie verstehen. Ich suche schon seit Tagen nach tiefroten Rosen, die ich dir schicken kann.«

Sie beugte sich zu mir und biss mir ganz leicht ins Ohrläppchen, was mich spüren ließ, dass auch meine

Ohren ans neue, innere Breitbandnetz angeschlossen waren.

Es war genau 02.00 Uhr,

als wir in der tristen Straße vor dem grauen Haus hielten. Es war 02.07 Uhr, als ich mit ErzEngel, Rose-Lotte und Irene im Licht einer Taschenlampe vor der Truhe stand. ErzEngel hatte entschieden, dass es klüger war, nicht mit zu hellem Licht die Aufmerksamkeit der Nachbarn zu erregen. Ich war mir nicht sicher, ob nicht der huschende Schein der Lampe einen zufälligen Beobachter viel mehr interessieren würde, griff aber nicht ein. Irene war blass geworden, als sie die Wohnung, die Strickwaren und schließlich den Schuppen gesehen hatte, und ich fragte mich, wie viele Frauen wohl eine solche erste Nacht mit ihrer jungen Liebe verbrachten.

»Es wird Zeit. Wir müssen die Truhe jetzt öffnen.« ErzEngel machte sich daran, einen der beiden Pflastersteine näher zum Rand zu ziehen, und Rose-Lotte stöhnte wieder auf. Das hatte sie schon getan, als sie Irene vor ein paar Minuten an meiner Hand entdeckt hatte.

ErzEngel war sofort an ihrer Seite gewesen. »Ich weiß, dass das wehtut, Rose-Lotte, aber das ist Charlys große Liebe. Ich habe dir das doch erklärt.«

Wie schön, dass man meine Gefühle schon in aller Öffentlichkeit besprechen konnte.

Irene hatte mich fragend aber glücklich angesehen.

»Ich habe es ihr nicht gesagt.« Hatte ich mich entschuldigt.

»Das musste sie nicht.« Meine Mutter hatte Irene an sich gedrückt. »Schön, mal eine Schwiegertochter zu haben, die ich auch sehen kann. Ich hatte schon beinahe die Befürchtung, dass sie sich dieses Lesbischsein nur einbildet.«

»Mutti, so weit sind wir noch nicht.« Mir war nichts anderes übrig geblieben, als Irene und Rose-Lotte abwechselnd ein beruhigendes Lächeln zuzuwerfen.

Das tat ich jetzt wieder und zog mit ErzEngel gemeinsam die Steine vom Deckel.

»Wir müssen das jetzt ein für alle Mal hinter uns bringen. Also los. Eins. Zwei. Drei.« Ich schob mit meiner Mutter gemeinsam den Deckel nach oben und schaute in das eisige Grün. Da lagen sie, die fein geteilten Überreste des seligen Herrn Stein und seines unbekannten Saufkumpanen. Ganz obenauf der von Presse und Öffentlichkeit so dringlich herbeigesehnte vierte Fuß. Es roch ein kleines bisschen süßlich und an manchen Stellen war eine weißliche, wässrige Schicht auf der Wolle zu sehen.

»Weiter!«

ErzEngel begann die sorgfältig umstrickten Teile aus der Truhe zu heben. Irene hielt tapfer nacheinander die Tüten auf und ich legte sie vorsichtig hinein. Ein Fuß, vier Hände und jede Menge Strickpakete, die ich nicht zu identifizieren wagte. Die zwei besonders dick umstrickten Bowlingkugeln erzeugten bei ihrer kurzen Reise ins Plastik einen leisen Ton im Raum, der aus allen Kehlen gleichzeitig erklang. Rose-Lotte weinte still.

Vier große Säcke später war die Truhe leer. Der süßliche Geruch war viel stärker geworden und ich hatte bei manchem Griff gefühlt, wie das tauende Fleisch unter der Wolle leicht nachgegeben hatte.

Ich fuhr den Kombi leise rückwärts an den Eingang und schleppte mit Irene die vier schweren Säcke ins Auto. ErzEngel und Rose-Lotte stiegen auf den Rücksitz und Irene setzte sich wieder neben mich.

Es war 2.34 Uhr.

Wir fuhren schweigend die dunklen Straßen entlang. Immer wieder drängte ein Geruch von feuchter Wolle und Verwesung in meine Nase.

»Riechst du das auch?« Ich flüsterte in Irenes Richtung.

»Wir riechen das alle, Otter. Mach doch dein Fenster ein bisschen auf.«

»Leichter gesagt als getan.« Ich fuchtelte blind in der Region meiner Tür herum, in der ich den elektrischen Fensterheber vermutete.

»Lass mich.« Irene beugte sich weit über mich und drückte schließlich auf den gesuchten Knopf. Mit der anderen Hand stützte sie sich währenddessen auf meinem Oberschenkel ab. Und sie ließ ihre Hand auch dort liegen, als sie sich wieder aufgerichtet hatte. Mein Oberschenkel wurde warm und kribbelte. So würde ich alles ertragen.

»Hast du vielleicht auch eine Ahnung, wie ich Wasser

auf diese Scheibe bekomme?« Ich betätigte probeweise die Lichthupe.

Und sah deshalb die gelben Lichter in der Ferne plötzlich sehr deutlich.

Die gelben Lichter, die die Straße in die Einspurigkeit zwangen.

Hin zu der wartenden Gruppe gut beleuchteter Polizisten, die um 2.37 Uhr eine allgemeine Verkehrskontrolle durchführten.

»Verdammt. Verdammt. Verdammt.« Ich wurde vorschriftsmäßig langsamer und reihte mich hinter dem Wagen vor mir ein. Im Auto war es sehr still. Irene presste mir mit der Hand das Blut aus dem Oberschenkel. Rose-Lotte schluchzte.

Der Wagen vor mir fuhr langsam an und rollte auf das leuchtende Polizistenspalier zu. Ich konnte sehen, wie einer der Beamten um den Wagen herumging und hineinleuchtete, während ein anderer dem Fahrer Fragen stellten.

»Mach das Fenster weiter runter. Mach alle Fenster runter!« ErzEngel hatte recht. Ich ließ mit Irenes Hilfe alle Scheiben hinab. »Wenn er danach fragt, sag, uns ist schlecht geworden. Wir hatten Klassentreffen. Es gab viel zu trinken. Das da hinten im Heck sind Gartenabfälle. Los fahr.«

Ich sah erst jetzt, dass der Wagen vor mir verschwunden war und die Beamten mich ungeduldig näherwinkten.

»Guten Morgen, allgemeine Verkehrskontrolle, Grodens mein Name, Führerschein und Fahrzeugpapiere bitte.« Der Schein der Taschenlampe tanzte durch den Wagen. Ich roch unsere grüne Fracht stärker als zuvor und mir wurde schlecht. Ich hatte keinen Fahrzeugschein. Helmut hatte mir seinen Fahrzeugschein nicht gegeben. Irene lächelte den Beamten an und ich zog aus diesem Lächeln die Energie, um mein geschocktes Gehirn wieder in Betrieb zu nehmen. Denk nach! Ich nutzte die Zeit, die ich brauchte, um den Führerschein aus der Jackentasche zu ziehen, um genau das zu tun. Helmut war ordentlich, Helmut hasste Taschen. Helmut war allzeit bereit. Versuchsweise klappte ich den Sonnenschutz an der Fahrerseite hinab und hätte vor Glück fast geweint, als ich das gut gefaltete Dokument genau da in einer kleinen Klappe stecken sah. Der Polizist nahm beides entgegen, während er sich in den Wagen beugte und weiter Fragen stellte.

Nein, ich hatte nicht getrunken.

Nur die Damen hinter mir sollte niemand mehr ans Steuer lassen, weshalb ich mir das Auto geliehen hatte, um sie von ihrem feuchtfröhlichen Klassentreffen abzuholen.

ErzEngel strahlte den Beamten an und ließ ihn wissen, dass er ein fescher junger Mann sei. Ihn ließ das gleichgültig und er verglich weiter meine Daten miteinander.

»Einen Moment, bitte«, sagte er dann und ging zu seinem Fahrzeug. Sein Kollege blieb handlungsbereit an unserem hinteren Reifen stehen.

»Sie überprüfen, ob der Wagen als gestohlen gemeldet ist.« ErzEngel kannte sich natürlich aus.

Wir warteten.

Der laue Wind der Herbstnacht verteilte den süßlichen Geruch aus dem Heck spielerisch unter unseren Nasen. Irene tippte mit den Fingern auf das Handschuhfach. Ich wagte es nicht, sie anzusehen. Es war 02.41 Uhr. Der Polizist kam jetzt ganz langsam zurück und schaute mir freundlich ins Gesicht, als er mir die Papiere durch die Scheibe reichte. »Gute Fahrt und bringen Sie die beiden Damen heil ins Bett.« Er tippte sich an die Mütze und ich verbat mir, erleichtert aufzustöhnen. Rose-Lotte verbat sich das nicht.

Helmut kam uns ungehalten entgegen. »Wo bleibt ihr denn?«

»Frag lieber nicht.« Ich hob mit ihm zusammen den ersten Sack aus dem Auto und stellte ihn auf den stockdunklen Weg. Jetzt, wo die Autoscheinwerfer erloschen waren, gab es nichts mehr, das ihn erhellte. Wir trugen im Schein der Taschenlampe die Säcke tief in die totale Dunkelheit.

»Vorsicht hier.« Helmut bog die Dornenhecke ein wenig zurück, sodass sie einen schmalen natürlichen Pfad freigab. Am Ende des Pfades konnte ich ein dunkles Loch erkennen, neben dem zwei Schaufeln lagen. »Hier rein.« Wir folgten Helmuts Anweisungen und zwei Fuhren später lagen die Säcke in der Dunkelheit der Kuhle.

»Angenehme Nachtruhe.« ErzEngel nahm einen Erdklumpen vom Hügel, den Helmut herausgeschaufelt hatte, und warf ihn auf die Säcke. Rose-Lotte tat es ihr nach und es sah aus, als ob sie dabei ein Gebet sprach. Ich nahm mir eine der Schaufeln und dann ließ ich zusammen mit Helmut Rose-Lottes größtes Problem unter einer dicken Erdschicht verschwinden. Um halb fünf packte Helmut die dreckigen Schaufeln wieder in seinen Wagen und ich den Rest der Trauergemeinde in mein eigenes Auto.

»Wir sehen uns ja gleich.« Er stieg in seinen Wagen.

Ich hielt ihn kurz am Ärmel fest. »Danke, Helmut.«

Er nickte und fuhr davon.

ErzEngel hatte Rose-Lotte in einen zu großen Schlafanzug gepackt und als ich aus meiner Wohnung hinunterging, um noch einmal nach den beiden zu sehen, bürstete sie ihr gerade liebevoll die Haare. Rose-Lotte sah mich traurig an.

»Das wird wieder.« Jeder sorgfältige Bürstenstrich begann die Vergangenheit aus Rose-Lottes Kopf streichen. Ich küsste sie auf die grauen Haare und überließ sie ErzEngels Pflege.

Irene wartete im Flur, als wüsste sie nicht, in welches Zimmer sie gehen sollte.

»Bleibst du hier?« Ich war unsicher, wie unsere noch nicht begonnene Beziehung diese Nacht überstanden hatte.

Ihr Lachen klang mühsam. »Meinst du, ich habe meine Hochzeit abgesagt, einem wirklich netten Mann das Herz gebrochen und zwei Leichen vergraben, um jetzt allein nach Hause zu gehen?« Sie zog mich in ihre Arme. Ich drängte sie gegen die Wand und wir küssten uns wieder mit der gleichen Intensität, die mich schon in jener Nacht so erregt und erfüllt hatte. Nach einer langen Zeit wich sie ein kleines Stück zurück und sah mich an. »Ich will schon so lange mit dir schlafen.«

Ich zog sie von der Wand fort und sah erst jetzt, dass wir an ihren Buchstaben, an ihrem Gedicht gelehnt hatten, und wie sie war mir das nicht mehr wichtig.

Das ganze Ruhrgebiet

lag uns im Abendlicht zu Füßen. Stadt an Stadt an Stadt, so weit das Auge reichte. »Von hier oben kann man Düsseldorf sehen. Und das Haus in dem ich gestern Nacht mit dir geschlafen habe«, flüsterte ich so stolz in ihr Ohr, als hätte ich den 117 Meter hohen und 68 Meter breiten Oberhausener Gasometer, auf dessen vorderer Aussichtsplattform wir standen, persönlich und nur für diesen Zweck umgebaut. Ich wies über Rhein-Herne Kanal und Emscher hinweg weltgewandt in die Richtung, in der ich meine Wohnung vermutete. Irene winkte fröhlich hinab zu einem langen Güterzug, der sich parallel zum Kanal mit vielen bunten Containern einem unbekannten Ziel entgegenschleppte und küsste mich dann lang und sanft. »Meinst du, du könntest das heute Nacht noch einmal tun?«

Die warme Luft, die ihr das Haar zerzauste, umgab uns mit dem Duft von feuchtem Asphalt, irgendwo weit weg hatte es schon zu regnen begonnen. Ich zog sie näher zu mir und suchte in ihren Augen nach meinem Spiegelbild. Da war ich, mein schmales Gesicht, meine dunklen Augen, mein fragender Mund mitten in ihrem sanften Lächeln. Sie war ein paar Jahre älter als ich.

»Mein Herz klopft«, flüsterte sie.

Ich lauschte. »Meines auch.«

Ich nahm vorsichtig ihre warme Hand, ihre Finger schlossen sich mit angenehmem Druck um meine und wir schauten gemeinsam in den Sonnenuntergang.

Reihe Liebesleben im *konkursbuch* Verlag

Weitere Bücher von Anne Bax:

Wirklich ungeheuer praktisch

Erzählungen, 272 S., Klappenbroschur, Fadenheftung, 3. Auflage, ISBN 978-3-88769-728-0

Begegnungen in Waschküchen, auf heterosexuellen Tupperparties und an Familiensonntagen. Wie machen Lesben es eigentlich?, fragt Tante Christel eines Tages an einem solchen Familientag und Anne Bax beantwortet diese Frage und viele mehr in fünfundzwanzig Geschichten.

»Es wird geküsst, gelacht, geschluchzt, verliebt, entliebt, getrennt, gelebt … und es darf/kann/muss gelacht werden, mal herzhaft über die gelungenen Pointen, mal eher leise über den vorgehaltenen Spiegel und ganz oft äußerst vergnügt über den virtuosen Umgang mit der Sprache.« (Lescriba)

Rachel ist süß

Erzählungen, 288 S., Klappenbroschur, Fadenheftung, 3. Auflage, ISBN 978-3-88769-725-9

»Haarscharf beobachtet sie die Frauen auf ihrer hingebungsvollen, manchmal verzweifelten Suche nach wahrer und ewiger Liebe. Bodenlos amüsant, schreiend komisch werden auch die unsäglichsten Situationen in Anne Bax' schneller Schreibe zu einem atemberaubenden Lesevergnügen.« (AVIVA)

Kochen & Küssen

192 S., gebunden, viele farbige Bilder, 12,90, ISBN 978-3-88769-730-3

Das erotische Kochbuch. Mit Geschichten zum Vorlesen (von Anne Bax), Rezepten (fleischlos) zum Nachkochen (von Cornelia Böhm) und vielen Zeichnungen (von Zielgruppe.net).

»Ein Genuss für Herz, Magen und Zwerchfell! Also ran ans Buch und rein in die Küche – ich wünsche gute Laune und ebensolchen Appetit!« (Hajo)

»Enthaltsamkeit dürfte einem nach Lektüre von ›Kochen & Küssen‹ schwerfallen, denn Anne Bax und Cornelia Böhm verstehen ihr Handwerk. Fest steht: Liebe geht durch den Magen. Und dem ist es völllig egal, ob ihr auf Frauen, Männer oder beides steht.« (Uniqueen, das Studentinnenmagazin von Unicum)

Lesbischer Kochen!

»Die überwiegend vegetarischen Rezepte sind nichts für versnobbte Gourmets, sondern schlicht und leicht nachkochbar. Appetit machen sie dennoch und liefern zudem wissenswerte Zusatzinfos. Die Suppen, Hauptspeisen und Desserts haben originelle Namen: So heißen die Möhren-Zucchini-Puffer ›Have you seen my organic sex toys?‹ und die Rahmpfifferlinge ›Herbstliche Landlesbenträumerei‹. Wer dieses Koch- und Lesebuch geschenkt bekommt, kann also künftig den Topfdeckel beim Kochen zulassen.« (L-Mag)

Impressum

3. Auflage 2013

PF 1621, D – 72006 Tübingen
Telefon: 0049 (0) 7071 66551 und (0) 172 7233958
Fax: 0049 (0) 7071 63539
E-Mail: office@konkursbuch.com
Internet: www.konkursbuch.com

Gerne schicken wir Ihnen auch unser gedrucktes
Gesamtverzeichnis!

Gestaltung: Verlag & Freundinnen
Umschlaggrafik: designbüro zabel im Werk.Kontor, Essen

ISBN: 978-3-88769-765-5